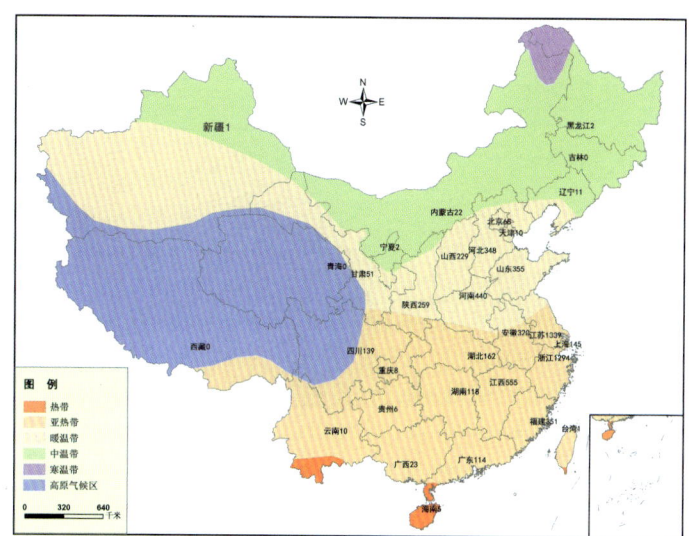

彩插图一　中国历代文学家之气候带分布图

说明：

1. 黑龙江省和内蒙古自治区跨越中温带和寒温带两个气候带，占籍内蒙古自治区的22位文学家，均在今天的呼和浩特市和赤峰市境内，即内蒙古中部，属中温带；占籍黑龙江省的2位文学家，均在今天的大庆市和哈尔滨市境内，即黑龙江南部，亦属中温带。

2. 辽宁省南部为暖温带，北部为中温带，占籍辽宁省的11位文学家，只有一人在今天的铁岭市，属中温带；其余10人均在今天的锦州、营口、丹东、辽阳一带，即辽南，属暖温带。

3. 宁夏回族自治区南部为暖温带，北部为中温带，占籍宁夏回族自治区的2位文学家是南部固原人，属暖温带。

4. 四川省横跨两个气候带，川西高原属于高原气候区，川东盆地属于亚热带，占籍四川省的139位文学家均分布在川东盆地，属亚热带。

5. 云南省的绝大部分地区为亚热带，只有南部河谷区为热带，占籍云南省的10位文学家，均在今天的大理、保山、昆明、玉溪和文山北部，即云南中部地区，属亚热带。

6. 广东省的雷州半岛为热带，其余均为亚热带，占籍广东省的114位文学家全在雷州半岛以北，即亚热带。

7. 台湾省的南部为热带，占籍台湾省的1位文学家在台湾的中北部，即亚热带。

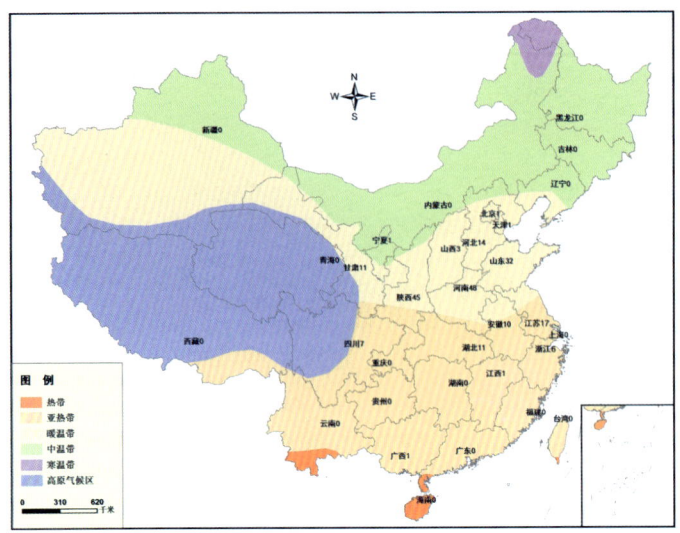

彩插图二　第二个温暖期（春秋、战国、秦及西汉）文学家之气候带分布图

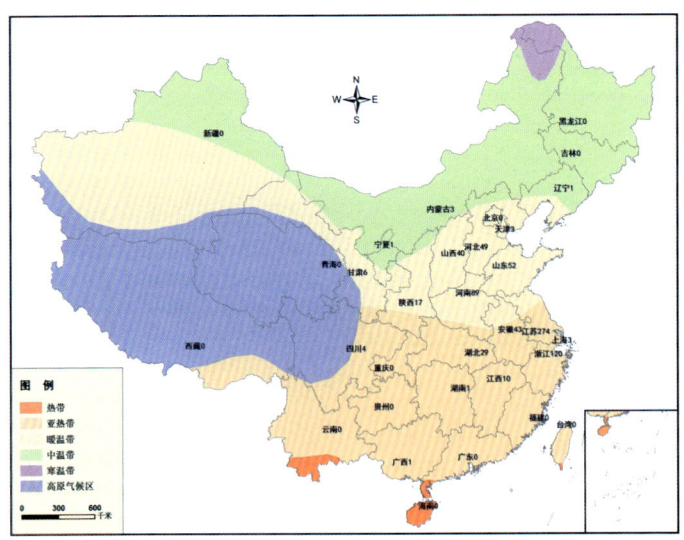

彩插图三　第二个寒冷期（东汉、三国、两晋南北朝）文学家之气候带分布图

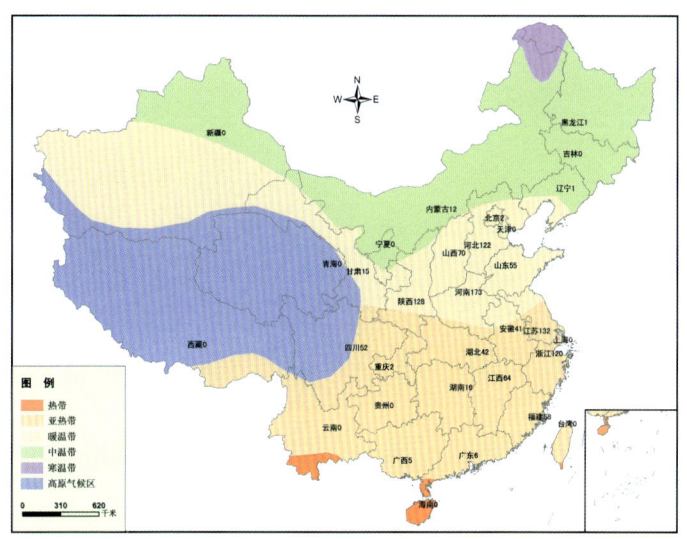

彩插图四　第三个温暖期（隋、唐、五代、北宋/辽）文学家之气候带分布图

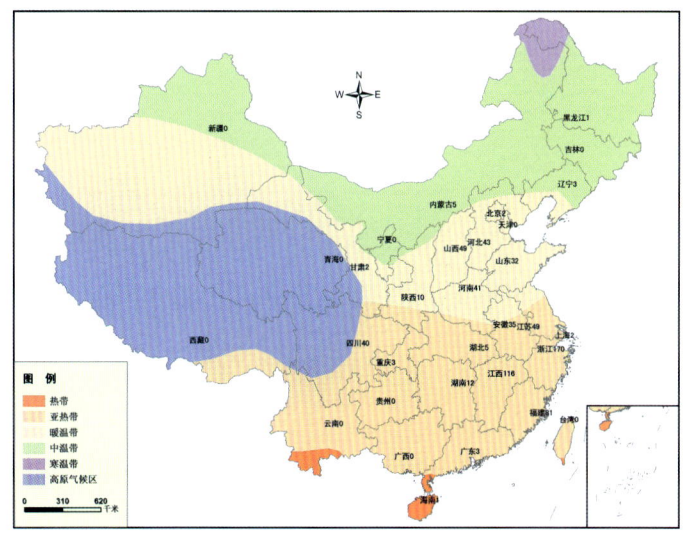

彩插图五　第三个寒冷期（南宋/金）文学家之气候带分布图

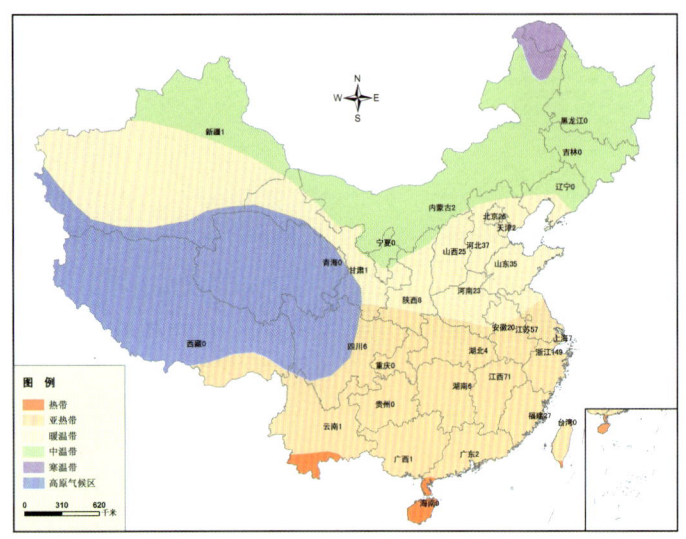

彩插图六 第四个温暖期（元代）文学家之气候带分布图

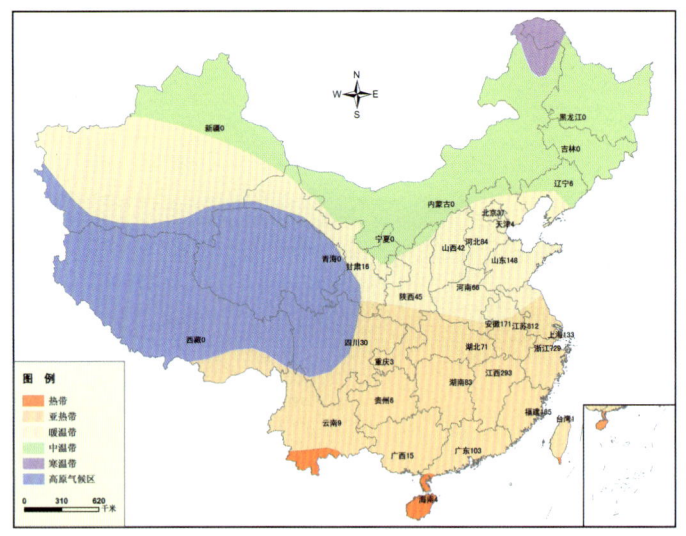

彩插图七 第四个寒冷期（明代、清代）文学家之气候带分布图

气候、物候与文学
——以文学家生命意识为路径

曾大兴 著

2018年·北京

图书在版编目(CIP)数据

气候、物候与文学：以文学家生命意识为路径 / 曾大兴著.—北京：商务印书馆，2016（2018.3 重印）
ISBN 978-7-100-12079-1

Ⅰ.①气… Ⅱ.①曾… Ⅲ.①气候—关系—文学—文学研究 Ⅳ.①I0

中国版本图书馆 CIP 数据核字（2016）第 050658 号

权利保留，侵权必究。

气候、物候与文学
——以文学家生命意识为路径

曾大兴 著

商 务 印 书 馆 出 版
（北京王府井大街36号 邮政编码100710）
商 务 印 书 馆 发 行
三河市尚艺印装有限公司印刷
ISBN 978-7-100-12079-1

2016年5月第1版　　开本 880×1230 1/32
2018年3月北京第2次印刷　印张 9½ 插页 4
定价：46.00 元

国家社会科学基金优秀项目（08BZW044）
广州市宣传文化出版资金资助项目

序

　　我与大兴兄相识于1990年,那时候他已经在柳词研究方面崭露头角,出版了学术专著《柳永和他的词》。那还是一个出版专著相当困难的年代,尤其是青年学者,一本书几乎就可以确立其"江湖地位"。但我佩服的是,大兴并不满足于他已有的这种"江湖地位",他还在满腔热忱地进行新的学术设计,兴致勃勃地进行新的耕耘。由宋词的研究延伸到词学,甚至对20世纪兴起的新词学作历史的和学术的梳理,由古老的词学衍发出当代词创作的研究,于当代歌词包括流行歌词研究或许可以推为先驱。此外,他极富创意地进行"文学家的地理分布"的学术设计与系统研究。我知道这是一个绝对前沿性的课题,那时候的学者正在被大而无当的文化研究所激发,很少人像他这样踏踏实实地从一个具体的文化(文化地理)视角别致地打开,细致地统计,潜沉地分析,试图解开中国文学的地域差异之谜。他是一个将文学的文化研究落到实处的实干专家,当然也是集诗学研究、史学研究与文化地理学研究为一体的实力派学者。他拥有充沛的学术生命力,并拥有学术开拓的足够能量,既在文学学术的大地上作无垠的畅想,又在学术的田地里作辛勤的耕耘，同时在艰难的摸索与收获的陶醉中从不会自我迷失。

过了十多年在异地再会大兴兄，他虽然经历了某些职场的变化和文化角色的转换，但研究词学和文学地理这两个保留课题的兴致丝毫未减，当然伴有许多重量级成果的陆续推出。他在学术界的地位已更加稳固，也更加显著。我深深知道大兴兄的学术轨迹：在中国经典文学作品中，词作的社会文化和自然文化感兴较为强烈，其地域差异往往比其他体裁的文学作品更其明显。颜之推《颜氏家训·音辞篇》所言："南方水土和柔，其音清举而切诣，失在浮浅，其辞多鄙俗；北方山川深厚，其音沉浊而钝，得其质直，其辞多古语。"虽然并非专议词作，但以"音"、"辞"为关键词，则指涉显然更偏向于词类。可以说，文学地理是他潜心钻研词学的一个副产品，一种新发现。

他近年来完成的国家社会科学基金项目"气候与文学之关系研究"（出版时更命为《气候、物候与文学——以文学家生命意识为路径》），看似在原有的文学家地理分布研究的基础上缩小了论述范围，其实则是大大深化了原来的命题。他将中国传统文论中的"应物斯感"与西方文论中的"风格即人"这两个关键命题别致地结合在一起，发现了这样一个文化事实：中国文学家及其创作的地理学影响，往往集中体现在气候和物候的感应方面，而这种气候与物候的感应，其关节点乃在于文学家的生命意识。不同的地理方位刺激起文学家生命感兴的因素乃是有规律的同时又是动态的气候与物候，文学家将此生命意识衍化为审美情怀和文学情怀，于是不同地域的文学家其感怀内容以及其表现风格，都会出现较明显的差异。一定地理环境的气候、物候，激发起文学家相应的生命意识，由这种生命意识衍化为或对应为一定的文学感怀及其表现风格，这是曾大兴教授揭示和描述的一条重要规律，这条规律的学术支点和力点是找到了生命意识这样的中间环节，实际上也是文学地理学的内在文化奥秘。

  大兴治学踏实低调，在他的论述中很少将这样的学术发现称为规律。我觉得将之称为规律并无不可。由生命意识的感触引发出文学的情思，这是古已有之的理论自觉和审美自觉。历代文人所乐言且有深解的"感时"文思，无论是"感时凄怆"或者是"感时伤物"，都是由时间维度（时序）触发生命感兴进入文学情怀的表现，而时序对生命意识的激发也应该体现在气候、物候的变化与触发。这是非常容易理解的，也是为古代文学家和文学理论家所反复揭示了的规律。曾大兴的研究不过是对这一规律的一种重新阐发，但他的阐发则是从空间维度上展开的。他由文学家的地理分布发展到对文学地理的研究，进而深入剖解地理因素对文学家影响的内在奥秘，重新发现了气候、物候对生命意识的激发等"感时"现象，与古代文论中的"感时"文思说殊途同归。显然，"感时"文思说是历代文学家通过类似的文学母题及其文学表现提炼出来的审美规律，而从地理学、气候学、物候学抵达生命意识的"感时"现象，则是曾大兴的学术发现和创见。从地理学及相对应的气候学、物候学的空间维度进入了已成学术定论的时间维度，在与时间维度相重合的意义上进一步确认：气候、物候影响文学家的生命意识，影响文学家对生活与写作环境的选择，影响文学家的气质与风格，影响文学家的灵感触发机制，乃至影响文学作品的主题、人物和内部景观。在曾大兴的研究中，这一空间维度的有关文学规律的揭示，与时间维度的相应的文学规律顺利地完成了无缝对接，不仅意味着其学术任务的圆满完成，而且也彰显出其学术开拓的鲜明与圆润。

前人的"感时"文思说，已经充分揭示了文学创作对于季节、气候、物候甚至天气的感应与反映，乃集中体现于相应的生命意识，而曾大兴则由文学地理学研究、气候学研究，从空间维度抵达了这一理论，并且揭示了相应的规律。这种规律所包含的理论深度似乎与古已有之的"感时"说形成了某种"对冲"关系，但一种规律的揭示哪怕在相对浅显的理论层次上都具有弥足珍贵的学术价值和文化意义。斯达尔夫人在《论文学》中阐述了这样的规律或者现象：北方天气阴沉，居民十分忧郁，基督教的教义和它最早那批信徒的热忱加重了他们忧郁的情绪，并给他们提供了方向；而南方人民禀性偏于激奋，现在则易于接受与其气候及趣味相适应的沉思默想的生活（斯达尔夫人《论文学》，人民文学出版社 1986 年版）。其实这样的理论和判断早在中国的隋代就已存在，前述颜之推学说虽然理论有些武断，立论含有偏见，例如将南方音词理解为浮浅、鄙俗之流，殊失公允，但对南北方文脉风格的差异性的解读，足以对斯达尔夫人的理论形成"对冲"关系。不过即便如此，斯达尔夫人的理论毕竟揭示了远在西欧的南北方文学差异的规律与现象，其超时代的学术影响和世界性的理论意义从未被这种可能的"对冲"所磨蚀。在这样的意义上，曾大兴的学术贡献和理论贡献更不可能被"感时"说的理论"对冲"所磨蚀，他揭示的规律具有自身的理论内涵，他从一个完全不同的维度——空间维度揭示了生命意识对气候、物候感应的规律，他因此证实了甚至可以以自己名字进行命名的那种文学的地域性定律。

曾大兴围绕着文学家的生命意识所进行的文学研究仍旧回到了他所擅长且长期热衷的地域性考察，回到了文学地理学研究。近些年，文学地理学研究形成一股热潮，甚至形成文学学术的某种时尚。曾大兴在相关研究中，对文学地理学始终保持着热忱而矜持的态度，体现出他学风的严谨与持重。当然，学者都会有类似的冲动，将自己的学术研究独立为一门学问或者擢升为一种理论，那样的成功无异于思想家对某种"主义"或者"学说"的精彩建构。那是一种成就的诱惑，更是一种境界的召唤，因而可以演化为一种巨大的学术冲动。没有这种学术冲动的研究者很可能只属于在学问上行之不远的那一类，于是，对文学进行地理学研究的学者都有理由投身于文学地理学的建构，并在这方面表现出应有的热情与冲动。可贵的是，曾大兴善于将这样的学术冲动掩藏于翔实、缜密及多方位、多维度的学术考察和学术解析之中，以具体而丰富的学术成果确证文学地理学的学术特点、学术优势和学术可能性，为文学地理学的学科建设和学术体制建构做一些扎实、踏实而且朴实的文献准备和理论准备。

文学家的地理分布研究，是他为中国文学研究带来的一个崭新的研究视角。这一研究视角突破了单纯从时代背景认识作家、分析文学现象的习惯性视角，将文学产生的空间和地域条件当作文学认知背景和作品分析要素，使得南北文学的区别、东西文学的分野、山海文学的迥异、朝野文学的悬隔，在地理学的空间关照中得到学术的凸显。这是地理学在文学研究范畴的一种应用，也是文学研究引入地理学知识系统的一种开拓，是文学研究借地理学这一他山之石拓展自己学术空间的成功尝试。曾大兴可贵的学术精神体现在不断拓展中伴随着不断追问，不同的地理环境影响了文学的风格与文学家的精神气质，然而这种影响是通过怎样的途径实现的？这便是他通过这本书做出的另一层次的回答：不同地理环境所提供的气候条件和物候条件，是这种地理因素影响力发挥的主要方式。他找到了这种影响发生和深化的学术理路和逻辑方式：一定地理环境中的气候条件或物候特征，刺激起或作用于文学家的生命意识，由此造成文学风格的不同甚至文学家人格风范的差异。以生命意识研究文学与地理的关系，当然更研究文学家与自然条件的关系，这在曾大兴的学术建构中具有无可争辩的方法论意义。组构成这一研究方法的基本要件都不是曾大兴自己的发明，即便是生命意识及其与气候、物候的联系，也是前人学术智慧中时有隐现的内涵。但前人的气候、物候与生命感兴的关系研究都从时间之维展开，"春游芳草地，夏赏绿荷池，秋饮黄花酒，冬吟白雪诗"，或者"春水满泗泽，夏云多奇峰；秋月扬明辉，冬岭秀孤松"等气候与物候相结合的描述，乃是前人通行的认知和审美表述习惯，这一习惯将所有的空间、地域理解为同一的对象，只有时序在流动、变化并生发出差异。曾大兴的研究对人们的这一学术和文学习惯作了有力的补正，甚至从方法论上作了颠覆性的修正：对于地大物博的古老中华而言，不同的地理环境所呈现的气候序列与物候特征，及其给予文学家生命感兴与审美感性的冲击力，存在着关键性的差异，这样的差异构成了文学地理认知的主要依据。

是为序。

朱寿桐
2014年8月2日于澳门

目录

绪论

一、本书的性质 001

二、前人有关言论之综述 002

三、本书所要解答的问题 017

四、主要步骤与研究方法 018

五、本书的结构 020

上篇　气候、物候对文学家之影响

第一章　气候、物候对文学家的生命意识之影响 023

第一节　文学家的生命意识 024

第二节　物候对文学家的生命意识之触发 029

第三节　人文气候对文学家的生命意识之培育 036

第二章　气候的差异性对文学家的分布与迁徙之影响 046

第一节　生命意识支配下的环境选择 046

第二节　环境选择中的气候因素 047

第三节　气候对文学家的写作之影响 053

第四节　气候的地域差异影响到文学家的分布格局之差异 057

第五节　气候的时段差异影响到文学家的分布格局之变迁 060

第三章　气候对文学家气质与作品风格之影响 069

第一节　气、气象与气候之关联性 070

第二节　自然气候、人文气候、文学家气质与文学作品风格之关联性 074

第三节　气候对人的气质之影响 083

第四节　气候作用下的文学家气质对文学作品风格之影响 95

第五节　气质、风格与文学家的生命意识之关系 104

第四章　"应物斯感"：气候、物候与文学家的灵感触发机制 111

第一节　灵感的触发、捕捉和表现是生命的一种高峰体验 111

第二节　文学家的灵感触发机制 119

第三节　"应物斯感"中的"物"与气候之关系 130

第四节　"应物斯感"中的"感"与物候之关系 135

第五节　"应物斯感"这个重要命题被忽视的原因 140

下篇　气候、物候对文学作品之影响

第五章　气候、物候对文学作品主题之影响 …… 145

第一节　中国文学的基本主题 …… 145

第二节　中国文学十大主题中的生命意识与物候元素 …… 146

第三节　悲秋主题所体现的生命意识 …… 152

第四节　伤春主题所体现的生命意识 …… 161

第六章　气候、物候变化与文学人物心情、性格及命运之变化 …… 168

第一节　文学人物是文学家生命意识的代言人 …… 168

第二节　文学人物与气候、物候之关系 …… 171

第三节　气候、物候变化与文学人物的心情之变化 …… 174

第四节　气候、物候变化与文学人物的性格及命运之变化 …… 179

第七章　气候、物候的差异性与文学内部景观的差异性 …… 193

第一节　文学景观的定义与类型 …… 193

第二节　文学内部景观是文学家生命感知的结果 …… 196

第三节　文学内部景观与气候、物候之关系 …… 199

第四节　气候、物候的南北差异与文学内部景观的南北差异 …… 202

第五节　气候、物候的东西差异与文学内部景观的东西差异 …… 208

第六节　气候、物候的高下差异与文学内部景观的高下差异 211

第七节　气候的时段差异与文学内部景观的时段差异 215

结束语 218

一、本书的结论 218

二、研究中的局限 220

三、研究展望 221

主要参考文献 226

附录一：岭南文学与气候、物候之关系 233

第一节　岭南文学的定义 234

第二节　岭南的气候特点 237

第三节　岭南文学家和外地文学家对岭南气候、物候的反应 241

第四节　岭南文学作品对岭南气候、物候的反映 244

第五节　也不伤春，也不悲秋——岭南气候、物候对岭南文学家生命意识之影响 264

余论 277

附录二：《气候与文学之关系研究》审读意见 279

附录三：《气候与文学之关系研究》鉴定意见 282

图表清单

彩插图一　中国历代文学家之气候带分布图
彩插图二　第二个温暖期（春秋、战国、秦及西汉）文学家之气候带分布图
彩插图三　第二个寒冷期（东汉、三国、两晋南北朝）文学家之气候带分布图
彩插图四　第三个温暖期（隋、唐、五代、北宋/辽）文学家之气候带分布图
彩插图五　第三个寒冷期（南宋/金）文学家之气候带分布图
彩插图六　第四个温暖期（元代）文学家之气候带分布图
彩插图七　第四个寒冷期（明代、清代）文学家之气候带分布图

图一　气候影响文学的途径示意图 …… 036
图二　自然气候对人文气候之影响示意图 …… 045
图三　中国近5000年来气候变迁图 …… 060
图四　气候、物候、气质、文学家生命意识与文学作品风格之关系示意图 …… 110

表一　中国温带、亚热带地区物候观测种类简表 …… 031
表二　温暖期与寒冷期文学家之分布格局简表 …… 065
表三　与自然气候有关的义项和词条简表 …… 074
表四　与人文气候有关的义项和词条简表 …… 075
表五　与文学家气质有关的义项和词条简表 …… 075
表六　与文学作品风格有关的义项和词条简表 …… 077
表七　孟氏所言欧洲三类国家与中国境内同纬度地区之对照表 …… 092
表八　孟氏所言欧洲三类国家与李氏所言中国境内三道气候类型之对照表 …… 093
表九　李、孟氏所言地域、气候、人的气质之对照表 …… 094
表十　地域、气候、气质与文学作品风格之对照表 …… 103
表十一　中国古代文学十大主题的生命意识与物候之关系简表 …… 147

绪论

一、本书的性质

本书属于文学地理学的基础研究成果。

文学地理学是 20 世纪 80 年代后期以来诞生的一个新兴学科。这个学科的研究对象,就是文学与地理环境之间的关系。世间万事万物都是在特定的时间和空间条件下产生并发展的,文学也不例外。传统的文学研究,重视时代背景(时间)的分析而忽视地理环境(空间)的考察,因此对文学的认识就存在很大的片面性,许多精彩的内容、形式和特点都被忽略或者遮蔽了。

文学地理学借鉴地理学的"人地关系"理论,研究文学家(包括个体的文学家、文学家族、文学流派、文学中心)的地理分布、迁徙与组合,描述文学作品(包括作品的主题、人物、内部景观等等)的地域特点与地域差异,揭示文学现象与地理环境之间的互动关系。这个学科为文学研究提供了一种全新的理论、视角和方法,解决了传统的文学研究所不能解决的诸多问题,丰富和深化了人们对文学家、文学作品和各种文学现象的认识和理解,展示了文学研究的诱人前景。20多年来，文学地理学的研究成绩斐然，已经成为文学领域的一个热门学科。[1]

需要指出的是，文学地理学作为一个新兴学科，主要是在实证研究方面取得了一些令人瞩目的成绩，在理论研究、方法研究方面尚存在明显的不足。例如人们讲到文学与地理环境的关系时，其所涉及的地理环境，多是指人文环境，很少注意到自然环境。事实上，地理环境包括自然环境和人文环境，自然环境又包括地貌、水文、生物、气候、灾害等要素，人文环境又包括政治、军事、经济、文教、宗教、风俗等要素。自然环境与人文环境的各个要素都能对文学构成影响；无论从哪一个要素着眼来探讨文学与地理环境之间的关系，都是很有意义的。

本书的性质，即是从气候这个自然要素着眼，来探讨文学与地理环境之间的关系，属于文学地理学的基础研究，涉及理论研究与实证研究这两个方面。

二、前人有关言论之综述

在古今中外的文学理论和文学批评著作中，有关文学与自然环境之关系的言论并不少见，但是有关文学与气候之关系的言论却非常少见。据笔者的考察，似乎只有中国6世纪的批评家刘勰（约466—约537）和钟嵘（约467—约519），以及法国19世纪的

---

[1] 曾大兴：《建设与文学史学双峰并峙的文学地理学》，《中国社会科学报》2011年4月19日。

批评家斯达尔夫人（1766—1817）曾经提到过这一问题。

（一）刘勰和钟嵘最早提到"气候影响文学"这一问题

刘勰《文心雕龙·物色》：

> 春秋代序，阴阳惨舒，物色之动，心亦摇焉。盖阳气萌而玄驹步，阴律凝而丹鸟羞，微虫犹或入感，四时之动物深矣。若夫珪璋挺其惠心，英华秀其清气，物色相召，人谁获安！是以献岁发春，悦豫之情畅；滔滔孟夏，郁陶之心凝；天高气清，阴沉之志远；霰雪无垠，矜肃之虑深。岁有其物，物有其容；情以物迁，辞以情发。一叶且或迎意，虫声有足引心。况清风与明月同夜，白日与春林共朝哉！
>
> 是以诗人感物，联类不穷，流连万象之际，沉吟视听之区；写气图貌，既随物以宛转；属采附声，亦与心而徘徊。故灼灼状桃花之鲜，依依尽杨柳之貌，杲杲为出日之容，瀌瀌拟雨雪之状，喈喈逐黄鸟之声，喓喓学草虫之韵。皎日嘒星，一言穷理；参差沃若，两字穷形：并以少总多，情貌无遗矣。[1]

在汉语中，"气"这个字的含义是很丰富的。在《汉语大字典》里，"气"字的义项多达23个；在《汉语大词典》里，"气"字的义项多达31个，以"气"为词根（构词语素）的单词（不含

---

[1] 范文澜：《文心雕龙注》，人民文学出版社1958年版，第693—694页。

成语）则多达180个。在《文心雕龙·物色》的这两段话里，"气"字一共出现了4次，依次为："阳气萌而玄驹步"；"英华秀其清气"；"天高气清"；"写气图貌"。这四个"气"字是什么意思呢？

"英华秀其清气"的"气"，当是指气味；"写气图貌"的"气"，当是指气氛；"天高气清"的"气"，当是指天气。这三个"气"字似乎并不难理解。那么，"阳气萌而玄驹步"的"气"是指什么呢？

这需要联系同一语境中的相关词语来理解。先看"阴律"这个词。刘勰讲："阳气萌而玄驹步，阴律凝而丹鸟羞。""阴律"就是"阴气"，詹锳《文心雕龙义证》："阴律，阴气，古代用音律辨别气候，所以也可以用'阴律'代替'阴气'。"[1]这两句话用现代汉语来翻译，就是"（春天）阳气萌发而蚂蚁行走，（秋天）阴气凝聚而螳螂潜伏"。

当"阳气"和"阴律"（阴气）对举的时候，这个"气"字，就应该是指气候了。如《左传·昭公元年》："天有六气……六气曰阴、阳、风、雨、晦、明也。"讲的就是气候。又如明苏浚《气候论》："晁错曰：扬粤之地，少阴多阳。李待制曰：南方地卑而土薄。土薄，故阳气常泄；地卑，故阴气常盛。阳气泄，故四时常花，三冬不雪，一岁之暑热过中……阴气盛，故晨昏多露，春夏雨淫，一岁之间，蒸湿过半。"[2]在这里，"阳气"和"阴气"对举，讲的是岭南地区的气候。

---

[1] 詹锳：《文心雕龙义证》，上海古籍出版社1989年版，第1730页。
[2] 苏浚：《气候论》，汪森辑：《粤西文载》（四），广西人民出版社1990年版，第229—230页。

再看"四时"这个词。刘勰讲:"微虫犹或入感,四时之动物深矣。"何谓"四时"?《黄帝内经·素问·六节藏象论》云:"五日谓之候,三候谓之气,六气谓之时,四时谓之岁。"可见"四时"就是指春、夏、秋、冬四季。刘勰讲:"献岁发春,悦豫之情畅;滔滔孟夏,郁陶之心凝;天高气清,阴沉之志远;霰雪无垠,矜肃之虑深。"其实就是对"四时"景物以及由此而产生的心情的一个概括。

当"阳气"与"阴律"(阴气)对举,又与"四时"连用的时候,这个"气"字,就只能是指气候了。

刘勰所讲的"阳气",就是指气候;所讲的"四时",就是指春、夏、秋、冬四季;那么,他所讲的"物色"又是指什么呢?

所有讲《文心雕龙》的学者都不怀疑,所谓"物色",就是指"自然景色"。需要指出的是:"物色"是随着气候的变化而变化的。"物色"的准确含义,应该是物候学所讲的"物候"。所谓"物候",用物候学家竺可桢先生的话来讲,"就是谈一年中月、露、风、云、花、鸟推移变迁的过程"。它是"各年的天气气候条件的反映"。[1] 刘勰讲:"灼灼状桃花之鲜,依依尽杨柳之貌,杲杲为出日之容,瀌瀌拟雨雪之状,喈喈逐黄鸟之声,喓喓学草虫之韵。"这一段全是讲"物色",但是这些"物色"都是随着气候的变化而变化的。因此,与其说是在讲"自然景色",毋宁说是在讲"物候"。例如:"灼灼"讲桃花的华盛之貌;"依依"讲杨柳的柔弱之貌;"杲杲"讲太阳之明亮;"瀌瀌"讲雨雪之交加;"喈喈"

---

[1] 竺可桢、宛敏渭:《物候学》,湖南教育出版社1999年版,第14、45页。

讲黄莺之和鸣;"喓喓"讲草虫之声韵。这一切,无不是对特定季节的气候条件的反映。

刘勰讲:"春秋代序,阴阳惨舒,物色之动,心亦摇焉。"又讲:"岁有其物,物有其容;情以物迁,辞以情发。"这几句话,实际上讲到了三组关系:一是"气候"(阴阳)与"物候"(物色)的关系,二是"物候"(物色)与人的"心""情"的关系,三是人的"心""情"与"文学"(辞)的关系。历来阐释《文心雕龙》的学者,只注意到第二、第三组关系,而忽略了第一组关系。例如,刘绶松《文心雕龙初探》讲:"'情以物迁,辞以情发'这两句很扼要地阐释了自然环境与文学的密切关系。只有真正地对自然环境有了深刻的感受,而这种感受迫使人们不得不用艺术语言(辞)将它表现出来,这样产生出来的作品,才能够具有感人的力量。"[1] 刘大杰《中国文学批评史》讲:"'情以物迁,辞以情发'两句,扼要地说明了人们的感情随着自然景物的变化而变化,而文辞则又是由于感情的激动而产生的。"[2] 他们都强调文辞(文学)是由于感情的激动而产生的,而感情又是随着自然景物的变化而变化的;但是他们都没有意识到自然景物又是因为什么而变化的。其实这个问题刘勰已经提到了,这就是:"春秋代序,阴阳惨舒";就是"阳气萌"和"阴律凝",也就是四时气候的变化。气候的变化引起物候的变迁,物候的变迁引起感情的激动,感情的激动导致文辞(文学)的产生。这就是气候对文学的影响,也是文学作

---

[1] 转引自詹锳:《文心雕龙义证》,上海古籍出版社 1989 年版,第 1732 页。
[2] 同上。

品产生的一种机制。刘勰的表述本来是完整的，后人的阐释反而不够完整。

当然，也不能责怪后人思虑不周，或者"失察"，因为刘勰本人的主观意图并不在讲"气候影响文学"这一问题，而在强调"以少总多"的写作方法，反对"文贵形似"的错误倾向，倡导"物色尽而情有余"的艺术效果。所以笔者认为：刘勰的《文心雕龙·物色》，只是提到了"气候影响文学"这一问题，并没有意识到这种影响的重要性，更没有对这种影响进行研究。

还有一个人就是钟嵘，他的出生时间比刘勰稍晚。他在《诗品·序》的开篇就提到了这个问题，并且讲得简明扼要：

> 气之动物，物之感人，故摇荡性情，形诸舞咏。[1]

这里的"气"，就是指"气候"。我们可以联系该文中的另一段话来理解。他说："若乃春风春鸟，秋月秋蝉，夏云暑雨，冬月祁寒，斯四候之感诸诗者也。"[2] 这个"四候"，就是指春、夏、秋、冬四季的气候。如上述，当"气"字与"四候"或"四时"、"四序"、"四季"等词语连用时，这个"气"字就应该是指"气候"。笔者注意到，郭绍虞先生主编的《中国历代文论选》一书在讲到钟嵘的这四句话时，就是这样解释的："气，气候。这四句说：气候使景物发生变化，景物又感动着人，所以被激动的感情，便表

---

[1] 钟嵘：《诗品·序》，曹旭：《诗品笺注》，人民文学出版社2009年版，第1页。
[2] 同上书，第28页。

现在舞咏之中。这是讲诗歌产生的原因。"[1] 这个解释是正确的。

许多学者在阐释钟嵘的"气之动物"四句时,喜欢引述《礼记·乐记》中的这一段话,以为是钟嵘之所本:"凡音之起,由人心生也。人心之动,物使之然也。感于物而动,故形于声。……乐者,音之所由生也,其本在人心之感于物也。……凡音者,生人心者也。情动于中,故形于声,声成文谓之音。……夫民有血气心知之性,而无哀乐喜怒之常,应感起物而动,然后心术形焉。"[2] 实际上,《礼记·乐记》的这一段话,并不比钟嵘的话高明。或者说,钟嵘的认识,已经超过了《礼记·乐记》。因为《礼记·乐记》只讲了"物"与"人心"的关系,以及"人心"与"乐"(声、音)的关系,而钟嵘则除了这两层关系,还讲了一个最初的关系,即"气"(气候)与"物"(物候)的关系。

气候的变化引起物候的变化,物候的变化导致人的感情的激动,人的感情的激动导致文学的产生。这是文学作品的一种生成机制。这种机制包含三个程序。钟嵘的表述是完整的。就郭绍虞主编的这部《中国历代文论选》来看,钟嵘的这个表述似乎被某位学者意识到了,但是并没有引起重视。而且除了这部《中国历代文论选》,其他讲《诗品·序》的论著,也都没有意识到。其中的原因,当是钟嵘本人的意图并不在考察"气候影响文学"这一问题,而在探讨五言诗的起源及其创作得失。由于他自己没有这个意图,语焉不详,所以后人在解释这几句话时,也就没有把它

---

[1] 郭绍虞主编:《中国历代文论选》第 1 册,上海古籍出版社 1979 年版,第 312 页。
[2] 《礼记·乐记》,阮元校刻:《十三经注疏》,中华书局 2009 年版,第 3310—3311 页。

当作一个问题来考虑。

　　刘勰、钟嵘之后，在中国文论史上，尽管也有不少人讲到"气"，但都不是指气候，而是指作家的气质、气派、气息、气味、气习，或者作品的气骨、气格、气脉、气势、气度、气韵等等，这些东西都偏于主观方面，与作为客观环境的气候虽然有关，但本身并不指气候。也就是说，"气候影响文学"这一命题，在中国的文论领域似乎再也没有人提到。

（二）斯达尔夫人曾经提到"气候影响文学"这一问题

　　法国19世纪的著名文学批评家斯达尔夫人在《论文学》一书里，在讲到"北方文学"（英国、德国、丹麦、瑞典等国的文学）与"南方文学"（希腊、意大利、西班牙、法国等国的文学）之间的差别时说：

> 　　北方人喜爱的形象和南方人乐于追忆的形象之间存在着差别。气候当然是产生这些差别的主要原因之一。[1]

　　斯达尔夫人的这个提法比刘勰、钟嵘要明确，可惜她也没有就此而展开研究。她只是点到为止。在接下来的文字里，她用了大量篇幅来叙述南方、北方文学的差别，但是并没有从气候的角度来探讨这些差别形成的原因，更没有探讨气候是如何影响文学的。

---

[1]〔法〕斯达尔夫人著，徐继曾译：《论文学》，人民文学出版社1986年版，第146—147页。

斯达尔夫人的这两句话，可能是受了她的前辈、法国18世纪的启蒙思想家孟德斯鸠的影响。孟德斯鸠在《论法的精神》这本书里，用了整整一章的篇幅来讨论气候对法律的影响，指出人的精神气质和内心情感因不同的气候而有很大的差别，处于不同气候带的国家的法律因此也有很大的差别。虽然他没有提到气候对文学的影响，但是他的这个观点，可能启发了斯达尔夫人。

比斯达尔夫人稍晚的丹纳（1828—1893），在他的名著《艺术哲学》这本书里，也提到过气候问题。他说：

> 每个地域有它特殊的作物和草木，两者跟着地域一同开始，一同告终；植物与地域相连。地域是某些作物与草木存在的条件，地域的存在与否，决定某些作物的出现与否。而所谓地域不过是某种温度，湿度，某些主要形势，相当于我们在另一方面所说的时代精神与风俗概况。自然界有它的气候，气候的变化决定这种那种植物的出现；精神方面也有它的气候，它的变化决定这种那种艺术的出现。我们研究自然界的气候，以便了解某种植物的出现，了解玉蜀黍或燕麦，芦荟或松树；同样我们应当研究精神上的气候，以便了解某种艺术的出现，了解异教的雕塑或写实派的绘画，充满神秘气息的建筑或古典派的文学，柔媚的音乐或理想派的诗歌。精神文明的产生和动植物界的产物一样，只能用各自的环境来解释。[1]

---

[1] 〔法〕丹纳著，傅雷译：《艺术哲学》，人民文学出版社1986年版，第9页。

丹纳的说法是很有见地的。但是他这里所讲的气候,与其说是自然界的气候,还不如说是"精神上的气候",即"时代精神与风俗概况"。他只是借自然界的气候与植物的关系,来比喻"精神上的气候"与文学艺术的关系。至于自然界的气候对文学艺术的影响,他实际上谈得很少。

总之,斯达尔夫人只是提到了"气候影响文学"这一问题,但是并没有就此而展开考察和论证;丹纳虽然提到了气候,但是他所讲的气候主要是指"精神上的气候",而不是指自然气候。

不过他们的提法也有某些值得借鉴的成分。斯达尔夫人所讲的气候,是指自然的气候;丹纳所讲的气候,是指"精神上的气候"。他们的提法启示笔者,在考察气候问题的时候,可以把它分为两个层面来进行:一是自然的气候,二是精神的气候。为了表述的方便,笔者把前者称为"自然气候",简称"气候",把后者称为"人文气候"。笔者认为,考察气候对文学的影响,必须把自然气候、人文气候和文学现象这三者有机地结合起来。

(三)竺可桢和王梨村讲过"文学反映气候、物候"的问题

"气候影响文学"这个问题,属于"文学与气候之关系"这个范畴,这个范畴包含两个维度:一个是"气候影响文学",一个是"文学反映气候"。在中国的文论领域,自刘勰和钟嵘之后,似乎再也没有人提及"气候影响文学"。值得注意的是,在20世纪的自然科学领域,有人讲到了"文学反映气候、物候"这个问题。

例如我国杰出的地理学家、气候学家和物候学家竺可桢先生,就在他与宛敏渭合作的《物候学》这本书里,用了2200多字的篇幅,讲"唐宋大诗人诗中的物候"。竺先生指出:

> 我国唐、宋的若干大诗人,一方面关心民生疾苦,搜集了各地大量的竹枝词、民歌;一方面又热爱大自然,善能领会鸟语花香的暗示,模拟这种民歌、竹枝词,写成诗句。其中许多诗句,因为含有至理名言,传下来一直到如今,还是被人称道不置。明末的学者黄宗羲说:"诗人萃天地之清气,以月、露、风、云、花、鸟为其性情,其景与意不可分也。月、露、风、云、花、鸟之在天地间,俄顷灭没,而诗人能结之不散。常人未尝不有月、露、风、云、花、鸟之咏,非其性情,极雕绘而不能亲也。"换言之,月、露、风、云、花、鸟乃是大自然的语言,从这种语言可以了解到大自然的本质,即自然规律。而大诗人能掌握这种语言的含意,所以能写成诗歌而传之后世。物候就是谈一年中月、露、风、云、花、鸟推移变迁的过程,对于物候的歌咏,唐宋大诗人是有成就的。[1]

竺先生在《唐宋大诗人诗中的物候》这一节里,先后引用了白居易的《赋得古原草送别》、李白的《侍从宜春苑奉诏赋龙池柳色初青听新莺百啭歌》、王安石的《泊船瓜洲》、李白的《扶风豪士歌》、李益的《临滹沱见蕃使列名》、刘禹锡的《竹枝词》(江上

---

[1] 竺可桢、宛敏渭:《物候学》,湖南教育出版社1999年版,第14页。

朱楼新雨晴)、王之涣的《出塞》、杜甫的《杜鹃》、陆游的《初冬》与《鸟啼》等诗，谈文学对气候、物候的反映，借以证明物候学的相关问题。[1] 他的某些发现，既有科学家的智慧，又有文学家的灵气，可以说是妙趣横生。例如：

> 唐白居易（乐天）十几岁时，曾经写过一首《赋得古原草送别》的诗："离离原上草，一岁一枯荣；野火烧不尽，春风吹又生。……"诗人顾况看到这首诗，大为赞赏。一经顾况的宣传，这首诗便传诵开来。这四句五言律诗，指出了物候学上的两个重要规律：第一是芳草的荣枯，有一年一度的循环；第二是这循环是随气候而转移的，春风一到，芳草就苏醒了。
>
> 在温带的人们，经过一个寒冬以后，就希望春天的到来。但是，春天来临的指标是什么呢？这在许多唐、宋人的诗中我们可以找到答案的。李白（太白）诗："东风已绿瀛洲草，紫殿红楼觉春好。"王安石（介甫）晚年住在江宁，有句云：

---

[1] 物候学，按照竺可桢先生的解释，"主要是研究自然界的植物（包括农作物）、动物和环境条件（气候、水文、土壤条件）的周期变化之间相互关系的科学"；"物候学和气候学可以说是姊妹行，所不同的，气候学是观测和记录一个地方的冷暖晴雨、风云变化，而推求其原因和趋向；物候学则是记录一年中植物的生长荣枯，动物的来往生育，从而了解气候变化和它对动植物的影响。观测气候是记录当时当地的天气，如某地某天刮风，某时下雨，早晨多冷，下午多热等等。而物候记录如杨柳绿，桃花开，燕始来等等，则不仅反映当时的天气，而且反映了过去一个时期内天气的积累"。"从物候的记录可以知季节的早晚，所以物候学也称为生物气候学。"（参见竺可桢、宛敏渭：《物候学》，湖南教育出版社1999年版，第1页。）

"春风又绿江南岸,明月何日照我还。"……李白、王安石他们在诗中统用绿字来象征春天的到来,到如今,在物候学上,花木抽青也还是春天重要的指标之一。王安石这句诗的妙处,在于说明物候是有区域性的。若把这句诗改成"春风又绿河南岸",就很不恰当了。因为在大河以南开封、洛阳一带,春风带来的征象,黄沙比绿叶更有代表性。所以,李白《扶风豪士歌》,便有"洛阳三月飞胡沙"之句。虽然句中"胡沙"是暗指安史之乱,但河南春天风沙之大也是事实。[1]

竺先生的这两段话,借用唐宋大诗人的几首描写物候的诗,阐述了物候的三个重要规律:第一,物候"有一年一度的循环",也就是具有周期性或时序性;第二,物候的"循环是随气候而转移的";第三,"物候是有区域性的"。物候的这三个重要规律,对于我们认识气候、物候对文学的影响十分关键。换句话说,如果物候不具备这三个重要规律,那么气候、物候对文学的影响就无从谈起。关于物候的这三个重要规律,笔者在以后的各章中还会提到。

竺先生在《唐宋大诗人诗中的物候》这一节的末尾总结说:

> 我们从唐、宋诗人所吟咏的物候,也可以看出物候是因地而异,因时而异的。换言之,物候在我国南方与北方不同,东部与西部不同,山地与平原不同,而且古代与今日不同。[2]

---

[1] 竺可桢、宛敏渭:《物候学》,湖南教育出版社1999年版,第14—15页。
[2] 同上书,第16页。

在《物候学的定律》这一章里,竺先生又先后引用了白居易、龚自珍、苏轼、柳宗元、杜甫、宋之问、李白、苏辙、陆游、张籍、钱起、参寥子、王之涣、王昌龄、王维等15位诗人的20首描写物候的诗,来证明物候的南北差异、东西差异、高下差异和古今差异。他强调:"我国文化遗产异常丰富,若把前人的诗歌、游记、日记中物候材料整理出来,不仅可以'发潜德之幽光',也可以大大增益世界物候学材料的宝库。"

物候的南北差异、东西差异、高下差异和古今差异,对于我们认识文学的南北之别、东西之别、高下之别和古今之别,也是十分关键的。换句话说,正是因为物候具有这四大差异,才导致了文学的地域差异和某些时代差异。关于这个问题,笔者将在本书第七章里详加探讨。

竺先生是我国物候学的奠基人。他利用古代文献资料,包括古代诗歌来研究物候学的有关问题,不仅发掘出了物候学的许多第一手材料,论证了物候的有关规律,开辟了物候学研究的一个重要途径,也对笔者研究气候、物候对文学的影响,提供了有益的启示。

竺可桢先生与宛敏渭先生合著的这本《物候学》于1963年出版,此后又修订再版了多次,在气候学界、物候学界以及广大读者中产生了广泛而深远的影响。在他们的启发之下,王梨村先生在1989年出版了一本《中国古今物候学》。他使用了更多的古典诗词,来证明物候的周期性、季节性、顺序性、相关性、指标性、地区性、时代性、灵活性和反常性,可以说是丰富或深化了竺先生的某些认识。[1]

---

[1] 参见王梨村:《中国古今物候学》,四川大学出版社1989年版。

王先生在《物候的季节性》这一节里，特别讲到了"物候能表现季相"这个问题。他说："一年四季中，季相是四季各自的表象。因此各季相是不相同的。季相是变化的，有节奏的。由春到夏，由秋到冬，各种季相的更替是有机体共同生存的适应性，是植物群落以及形成该植物群落的个体的生活中季节节奏的表现，也就是每个植物发育的阶段性不可避免的结果，所以物候是季相的表现。""在温带地区，四季变化的季相十分明显，在寒带及热带地区虽不明显，但也是有其节奏变化的。"王先生指出："从古代诗歌中，也可见到诗人们用生物界的季节现象与非生物界的季节现象来对季相进行描绘。"[1] 他列举了 62 首古代诗人描写"初春"、"盛春"、"暮春"、"残春"和"夏季"、"秋季"、"冬季"季相的诗词，最后特别强调：

　　　　在《全宋词》中，记有欧阳修的前《渔家傲》十二首鼓子词，后《渔家傲》十二月词，也对物候一年周期按月作了季相的描述。这不仅反映了物候的季节性，同时也反映了物候的顺序性和相关性，以及物候的地区性。[2]

　　王先生对"季相"这个概念的界定，以及对古人描写季相的诗词作品的罗掘、介绍，不仅加深了人们对"季相"的认识，也对笔者研究气候、物候对文学的影响有所启发。关于这个问题，笔者在"附录"部分有详细探讨。

---

[1] 王梨村：《中国古今物候学》，四川大学出版社 1989 年版，第 39—40 页。
[2] 同上书，第 55 页。

虽然竺可桢、王梨村这两位物候学家的目的都不在研究文学,不在探讨气候、物候对文学的影响,而是借用文学对物候现象的反映来研究物候学,来证明物候学的相关规律或者特点,但是他们的研究无疑进一步表明:在气候、物候和文学之间,确实存在一种密切的关系。也就是说,"气候、物候与文学的关系"问题,无论是"气候、物候影响文学",还是"文学反映气候、物候",乃是一个已然存在的事实,不管是从文学的角度来看,还是从气候学、物候学的角度来看,都是一个非常值得研究的问题。

三、本书所要解答的问题

综上所述,中国 6 世纪的文学批评家刘勰和钟嵘,法国 19 世纪的文学批评家斯达尔夫人,先后提到了"气候影响文学"这一问题。应该说,这是一个非常重要的发现。这个发现,无论是对文学批评、文学研究来讲,还是对文学创作来讲,都有着非常重要的意义。这一点是应该予以充分肯定的。

问题是,气候是如何影响文学的?或者说,气候通过什么途径来影响文学?这三位批评家都没有回答。也就是说,他们只是提到了"气候影响文学"这个重要命题,但是他们并没有解答这个命题。

还有一点,气候影响文学,主要影响到它的哪些方面?或者说,气候对文学的影响,主要表现在哪些方面?他们也没有做必要的探讨。

有鉴于此,本书所要解答的问题有两个:一是气候通过什么途径来影响文学?二是气候主要影响到文学的哪些方面?第一个问题是一个前提性的、基础性的问题。只有解答了第一个问题,第二个问题才能得到合乎逻辑的解答。

四、主要步骤与研究方法

(一)主要步骤

第一步,考察"气候影响文学"这个命题的来源、意义以及所需解答的问题;

第二步,发现"气候影响文学"的途径,找到物候与文学家的生命意识之间的节点;

第三步,以文学家的生命意识为路径,考察气候、物候对文学家的影响,包括文学家对生活与写作环境的选择、文学家的灵感触发机制、文学家的气质与风格等三个主要方面。

第四步,以文学家的生命意识为路径,考察气候、物候对文学作品的影响,包括主题、人物、内部景观等三个主要方面。

第五步,考察岭南气候、物候对岭南文学的影响。通过这样一个特例,从相反的角度证明气候和物候对文学家的生命意识的重要性,进而证明文学家的生命意识对于文学(文学家和文学作品)的重要性。

（二）研究方法

本书属于文学地理学的基础研究，自然应以文学地理学的研究方法为基本方法。需要说明的是：文学地理学以文学为本位，而不是以地理学为本位，故文学地理学的研究方法实际上是以文学的研究方法为主，以地理学的研究方法为辅。

由于本书涉及气候学、物候学、地理学、统计学、哲学、心理学和文艺心理学的许多问题，故本书的研究方法，可以说是文学地理学的研究方法与气候学、物候学、统计学、哲学、心理学、文艺心理学的研究方法相结合。具体情况如下：

1. 气候学和物候学的方法。本书各章，包括附录一，均同时使用了气候学和物候学的研究方法。

2. 统计学的方法。本书第二章、第三章，同时使用了统计学的方法。

3. 哲学的方法。本书第一章，同时使用了哲学的方法。

4. 心理学与文艺心理学的方法。本书第一、三、四、五、六各章，同时使用了心理学和文艺心理学的方法。

整个研究过程，体现了实证研究与理论研究相结合，但以实证研究为主；定量分析与定性分析相结合，但以定性分析为主；归纳法和演绎法相结合，但以归纳法为主。

由于本书主要是一种实证性的研究，所以主要采用归纳的方法，较少采用演绎的方法，因为不是从理论到理论，不是由某一个现成的结论推导出另一个结论，而是通过对大量的现象与事实的考察、研究，归纳出自己的观点和结论。

五、本书的结构

本书主要分为上下两篇，上篇讨论气候、物候对文学家的生命意识、地理分布、气质与风格以及灵感触发机制之影响。

下篇则讨论气候、物候对文学作品的主题、文学人物的心情、性格与命运以及作品的内部景观的影响。

需要说明的是：

第一，气候通过物候影响文学家生命意识，而文学家生命意识又影响到文学家对生活与写作环境的选择，影响到文学家的气质与风格的形成，影响到文学家的灵感触发机制，进而影响到文学作品的主题、人物、内部景观等等，所以上篇第一章，实为全书之总纲。

第二，第三章实际上讨论了两个问题：一是气候对文学家气质之影响，二是气候作用下的文学家气质对文学作品风格之影响。第二个问题似可放在下篇，由于文学家的气质与文学作品的风格之间的关系实在是太密切了，如果按照"文学家→文学作品"的思路把二者分开论述，则有行文重复和机械之弊，故将二者结合在一起，形成一个相对完整的叙述。

上篇　气候、物候对文学家之影响

第一章　气候、物候对文学家的
　　　　生命意识之影响

　　气候是一种自然现象，文学是一种精神现象。气候是不能直接影响文学的，它必须以文学家为中介。

　　气候影响文学家的什么呢？可以说，既能影响文学家的身体，也能影响文学家的精神。换句话说，既能影响文学家的生命（包括健康状况、寿命的长短等等），也能影响文学家的生命意识（包括对生命的种种情绪体验和理性思考）。就生命（或身体）这一方面而言，气候对所有的人都能构成影响；也就是说，在这一方面，文学家和普通人并没有什么不同。气候对所有人的生老病死都能构成影响，并不因为某个人是文学家就有所不同。真正有所不同的，是在生命意识（或精神）方面。

　　正是在生命意识（或精神）方面，文学家对气候有着特殊的反应。

第一节　文学家的生命意识

1. 生命意识的本质是时间意识

所谓生命意识，是指人类对于自身生命所产生的一种自觉的情感体验和理性思考。它包含两个层面的内容：一是对生命本身的感悟和认识，例如对生命的起源、历程、形式的探寻，对时序的感觉，对死亡的看法，对命运的思索等等，可以称之为"生命本体论"；一是对生命价值的判断和把握，例如对人生的目的、意义、质量、价值的不同看法，可以称之为"生命价值论"。

人的生命意识的产生，是与人的时间意识的明晰大体同步的。时间是无限的，人的生命却是有限的。如果说，时间是一条流淌不息的长河，那么人的生命便是这长河中的一朵转瞬即逝的浪花。人无法摆脱个体时间的限制，无法获得生命的真正自由，人在内心深处是既无奈又不甘的。面对有限生命与无限时间的矛盾，人们采取了各种各样的应对方式，建立了各种各样的思想和学说，形成了各种各样的生命本体观和生命价值观。所以，人的生命意识问题，从实质上来讲，乃是一个时间问题。

中国人面对有限生命与无限时间的矛盾，主要有三种应对方式。一是儒家的方式。儒家有一种"时不我待"的紧迫感，他们总是力争在有限的人生内尽可能地有所作为，通过拓展生命的空间来延长生命的有效时间，通过对他人、对社会的贡献和影响来彰显个体生命的意义。一是道家的方式。道家以"全生避死"的态度来对待有限的人生，或者以"齐生死"的态度来模糊生死的界限，甚至"以死为乐"。三是佛家的方式。佛家虚构了一个"生死轮回"的因果链，他们对现实中的一切遭遇都安之若素，以消极的、近乎麻痹的态度对待"今生"，而把全部的希望寄托在"来世"。

2. 文学家的生命意识

中国文学家面对有限生命与无限时间的矛盾，虽然不少人或多或少地受到道家或佛教的影响，但是就其主流而言，就其生命意识的主导方面而言，还是深受儒家的影响。孔子讲："四十、五十而无闻焉，斯亦不足畏也已。"[1] 又讲："君子疾没世而名不称焉。"[2] 这样的生命价值观对中国文学家的影响是极为深远的。司马迁被汉武帝处以"腐刑"，受到远非常人所能承受的极大的痛苦和侮辱，但是并没有选择自杀，而是忍辱负重地活了下来。他向自己的朋友表明心迹："所以隐忍苟活，幽粪土之中而不辞者，恨私心有所不尽，鄙没世而文采不表于后世也。"[3] 在他的著作还没有写完的时候，他是不能选择自杀的。中国古代的文学家，遭受排斥、打压、监禁、贬谪、流放、饥寒、病痛、屈辱者可谓多矣，但是真正选择自杀的人并不多。他们珍惜自己有限的生命，他们要让这有限的生命绽放出绚丽的花朵。他们活着要出名，死后要不朽。

---

[1] 杨伯峻译注：《论语译注》，中华书局1980年版，第94页。
[2] 同上书，第166页。
[3] 司马迁：《报任安书》，班固：《汉书·司马迁传》，浙江古籍出版社2000年版，第846页。

他们是把文学写作当作"名山事业"来看待的。虽然他们有时候也流露一些"及时行乐"的思想，但是在多数时候，他们还是采取了一种"趁时而起"的应对方式。

生命意识并不是什么玄乎的东西，只要是一个思维健全的人，有一定的自我意识的人，都会有自己的生命意识，只是不同的人，对生命有着不同的感受、思考和体认罢了。文学家的生命意识之所以特别值得关注和研究，是因为文学家对时间、对个体生命的感受更敏锐，更细腻，也更强烈。

时间的流逝是悄无声息的，一般人对时间的流逝过程通常是浑然不觉的。在多数情况下，人们之所以能够意识到时间的流逝，之所以会有某种时间上的紧迫感或危机感，是因为受到某些生命现象的启示或警惕。这些生命现象包括人类自身的生老病死[1]，也包括动植物的生长荣枯和推移变迁，即有关的物候现象[2]。

人是自然界的一分子，人不可能游离于自然之外，更不可能凌驾于自然之上。人的生命与自然界的动植物的生命是异质同构的。众生平等，万物同体，天人合一。人的生老病死，与动植物的生长荣枯一样，都体现了自然生命的节律。

问题是，一般人对人类自身（尤其是对自己和自己身边的人）的生老病死的反应是敏感的，对动植物的生长荣枯和推移变迁的反应则不够敏感，甚至有些麻木。多数情况下，似乎只有相关领

---

[1] 索甲仁波切指出："接近死亡，可以带来真正的觉醒和生命观的改变。"索甲仁波切著，郑振煌译：《西藏生死书》，浙江大学出版社 2011 年版，第 35 页。
[2] 弗雷泽指出："在自然界全年的现象中，表达死亡与复活的观念，再没有比草木的秋谢春生表达得更明显了。"〔英〕弗雷泽著，徐育新、汪培基等译：《金枝》，大众文艺出版社 1998 年版，第 489 页。

域的专家（包括种地的农民）和文学家算是例外。然而相关领域的专家对于物候的反应，通常是一种知性的或理性的反应，而文学家的反应则多是一种感性的或情绪的反应。例如种地的农民看到杨柳绿、桃花开、燕始来等物候现象，想到的是季节的早晚，以及农事的安排；文学家看到杨柳绿、桃花开、燕始来等物候现象，则会想到时间的流逝，并由时间的流逝想到个体生命的流程、状态、质量、价值和意义。陆机《文赋》讲："遵四时以叹逝，瞻万物而思纷。悲落叶于劲秋，喜柔条于芳春。"[1] 就是讲文学家因四时物候的变化，引发了关于生命的或悲或喜的情感体验。这种体验一般人是很难有的。现代文学家郁达夫在他的散文《杂谈七月》中写道："阴历的七月天，实在是一年中最好的时候，所谓'已凉天气未寒时'也，因而民间对于七月的传说，故事之类，也特别的多。诗人善感，对于秋风的惨淡，会发生感慨，原是当然。至于一般无敏锐感受性的平民，对于七月，也会得这样讴歌颂扬的原因，想来总不外乎农忙已过，天气清凉，自己可以安稳来享受自己的劳动结果的缘故。"[2] 由此即可看出一般人对于物候的反应和文学家是不一样的。

　　文学是一种生命体验。文学家不仅能够对动植物的生长荣枯和推移变迁等物候现象有着更敏锐、更细腻、更强烈的体验，不仅能够由此而感知生命的流程、状态、质量、价值和意义，而且能够用一种诗化的形式，把他们的这些体验和感知生动形象地表

---

[1] 郭绍虞主编：《中国历代文论选》第 1 册，上海古籍出版社 1979 年版，第 170 页。
[2] 郁达夫：《杂谈七月》，《郁达夫散文选集》，百花文艺出版社 1984 年版，第 209 页。

现出来。清代著名学者黄宗羲讲:"诗人萃天地之清气,以月、露、风、云、花、鸟为其性情,其景与意不可分也。月、露、风、云、花、鸟之在天地间,俄顷灭没,而诗人能结之不散。常人未尝不有月、露、风、云、花、鸟之咏,非其性情,极雕绘而不能亲也。"[1] 所谓"以月、露、风、云、花、鸟为其性情",就是能够敏锐地、细腻地、强烈地体验和感知动植物的生命律动;所谓"能结之不散",就是能够抓住这种体验和感知,并用诗化的形式(文学的形式)表现出来。

文学家对于生命的体验、感知和表现,又可以唤起或强化更多的人对于生命的感受、思考和体认。所以说,生命意识对所有思维健全的人都是重要的,对文学家尤其重要。一个没有敏锐、细腻而强烈的生命意识的文学家,不能算是优秀的文学家;一个人不能从优秀的文学作品中感受到生命的流程、状态、质量、价值和意义,那么他(她)对于生命的体验和思考,乃至生命的质量,是要多少打些折扣的;一个民族如果没有自己的具有敏锐、细腻而强烈的生命意识的文学家和文学作品,那么这个民族对于生命的体验和思考,乃至生命的质量,也是要多少打些折扣的。事实上,这样的民族恐怕没有。几乎每一个民族都有自己的具有敏锐、细腻而强烈的生命意识的文学家和文学作品,只是文学家的社会身份不尽一样,文学作品的载体不尽一样罢了。

那么,物候为什么会触发文学家的生命意识呢?这就涉及本章所要讨论的第二个问题——气候与物候了。

---

[1] 黄宗羲:《景州诗集序》,《南雷文案》卷一,耕余楼本。

第二节　物候对文学家的生命意识之触发

物候之所以会触发文学家的生命意识，是因为它有"一年一度的循环"，即具有时序性，或曰周期性，而"这循环是随气候为转移的"。[1] 所以在这一节里，我们要把气候和物候放在一块加以讨论。

1. 气候与物候

气候，按照《现代地理科学词典》的解释，就是指"某较长时期内气象要素和天气过程的平均特征和综合统计情况"[2]。气候这个概念，与气象、天气这两个概念有联系，也有区别。通俗地讲："气象，是指发生在天空里的风、云、雨、雪、霜、露、虹、晕、闪电、打雷等一切大气的物理现象。""天气，是指影响人类活动瞬间气象特点的综合状况。""气候，是指整个地球或其中某一个地区一年或一段时期（称为时段）的气象状况的多年特点。"[3]

气候有两个突出的特点，一个是它的周期性，一个是它的地域性。气候的周期性，导致物候现象的发生；气候的地域性，导致不同的地区具有不同的物候现象。

---

[1] 竺可桢、宛敏渭：《物候学》，湖南教育出版社1999年版，第14页。
[2] 刘敏、方如康主编：《现代地理科学词典》，科学出版社2009年版，第129页。
[3] 严济远：《气象、天气和气候有什么区别》，少年儿童出版社编：《十万个为什么·气象》，少年儿童出版社1980年版，第33页。

物候，按照《现代地理科学词典》的解释，就"是生物受气候诸要素及其他生长因素综合影响的反应"[1]，用我国物候学的创始人竺可桢先生的话来讲："就是谈一年中月、露、风、云、花、鸟推移变迁的过程。"[2] "在温度表（发明于1593年）和气压表（发明于1643年）发明以前，人们不知道如何量气温和气压。在那以前，人们要知道一年中寒来暑往，就要人目来看降霜下雪，河开河冻，树木抽芽发叶、开花结果，候鸟春来秋往，等等，这就叫物候。研究这类现象关系的就是物候学。"[3]

"物候现象是各年的天气气候条件的反映。"[4] 物候现象是非常广泛的，在大自然中，那些受天气气候条件的影响而出现的、以一年为周期的自然现象，都属于物候现象。物候现象主要包括三种类型：一是植物（包括农作物）物候，如植物的发芽、展叶、开花、结果、叶变色、落叶，农作物的播种、出苗、开花、吐穗等现象；二是动物物候，如候鸟、昆虫及其他两栖类动物的迁徙、始鸣、终鸣、冬眠等现象；三是气象水文现象，如初霜、终霜、初雪、终雪、结冰、解冻等。竺先生在《物候学》一书里，把我国温带、亚热带地区的物候观测种类列了一个名单，[5] 笔者根据这个名单制成表一，以供研究之参考。

---

[1] 刘敏、方如康主编：《现代地理科学词典》，科学出版社2009年版，第99页。
[2] 竺可桢、宛敏渭：《物候学》，湖南教育出版社1999年版，第14页。
[3] 竺可桢：《中国近五千年来气候变迁的初步研究》，《竺可桢全集》第4卷，上海科技教育出版社2004年版，第448页。
[4] 竺可桢、宛敏渭：《物候学》，湖南教育出版社1999年版，第14页。
[5] 同上书，第136—138页。

表一　中国温带、亚热带地区物候观测种类简表

植物种类		动物种类		农作物	气象水文要素
木本植物	乔木	候鸟	家燕、金腰燕、楼燕、黄鹂、杜鹃、四声杜鹃、豆雁	禾本科粮食植物、棉花	霜 雪 严寒开始 土壤表面冻结 水面（湖泊、池塘）结冰 河上薄冰出现 河流解冻 土壤表面解冻 水面（池塘、湖泊、河流）春季解冻 河面春季流冰 雷声 闪电 虹 植物遭受自然灾害
	银杏、侧柏、桧柏、水杉、加拿大杨、小叶杨、垂柳、胡桃、板栗、栓皮栎、榆树、桑树、玉兰、苹果、毛桃、山桃、杏树、构树、合欢、洋槐、槐树、枣树、梧桐、白蜡、桂花、紫薇、苦楝、栾树				
		昆虫	蜜蜂、蚱蝉、蟋蟀		
	灌木				
	牡丹、紫荆、紫藤、木槿、紫丁香				
草本植物	芍药（白花者）野菊花	两栖类	蛙		

物候这门知识是为了适应农业生产的需要而产生的。我国是一个历史悠久的农业大国，为了掌握农时，早在周、秦时代，人们就开始了对物候的观测，根据物候来安排农事。我国关于物候的记载，在世界上是最早的，《诗经》、《左传》、《管子》、《夏小正》、《吕氏春秋》、《礼记》、《淮南子》等书，都有不少关于物候的记载。如《礼记·月令》讲："仲春之月，日在奎……始雨水，桃始华，仓庚鸣……玄鸟至。至之日，以大牢祠于高禖，天子亲往……日夜分，雷乃发声，始电。蛰虫咸动，

启户始出……耕者少舍,乃修阖扇,寝庙毕备。毋作大事,以妨农之事。"[1] 这就是两千多年前人们对黄河流域春季第二个月物候现象的一个概述。

2. 物候的时序性与文学家对时序的感觉

物候被称作是"大自然的语言"。它是随气候的变化而变化的。它的最大特点就是时序性和地域性。通过物候,可以了解气候的变化、时序的更替和各地季节的迟早,所以物候学也被称为生物气候学。物候观测的历史要比气候测量早得多。竺可桢先生讲:"在十六七世纪温度表与气压表发明之前,世人不知有所谓'大气',所以无所谓'气候'。"[2] 人们对于气候和季节的了解,是通过对物候的观测来实现的。后来人们可以借助温度表、气压表,乃至雷达、火箭、人造地球卫星等来测量气候了,但是也没有排除直接用眼睛和耳朵来观测物候,直到今天还是如此。这是因为"各项气象仪器虽能比较精密地测量当时的气候要素,但对于季节的迟早尚无法直接表示出来"[3]。如果说,"观测气候是记录当时当地的天气,如某地某天刮风,某时下雨,早晨多冷,下午多热等等。而物候记录如杨柳绿,桃花开,燕始来等等,则不仅反映当时的天气,而且反映了过去一个时期内天气的积累"。所以物候学和气候学虽是姊妹学科,但它们之间的差别还是很明显的,"气候

---

[1] 《礼记·月令》,阮元校刻:《十三经注疏》,中华书局1980年版,第2947—2949页。
[2] 竺可桢、宛敏渭:《物候学》,湖南教育出版社1999年版,第5页。
[3] 同上书,第3页。

学是观测和记录一个地方的冷暖晴雨、风云变化，借以推求其原因和趋向；物候学则是记录一年中植物的生长荣枯，动物的往来生育，从而了解气候变化和它对动植物的影响。"[1]

就其与文学的关系而言，地貌、水文和生物等自然地理要素，都是文学创作的常见题材，常见的地貌、水文和生物现象，也都能激发文学家的创作灵感，但是这种激发的原动力是什么呢？应该是气候。南朝梁代的文学批评家刘勰讲："春秋代序，阴阳惨舒，物色之动，心亦摇焉。"比刘勰的出生时代稍后的文学批评家钟嵘讲："气之动物，物之感人，故摇荡性情，形诸舞咏。"是气候的变化（春秋代序，阴阳惨舒）最先引发了物候的变化（气之动物），物候的变化（物色之动）触发了文学艺术家的生命意识（物色之动，心亦摇焉；物之感人，故摇荡性情），尔后才有文学艺术作品的诞生（形诸舞咏）。我们注意到，刘勰的《文心雕龙·物色》在提到气候对文学的影响之后，还提到过地貌、水文和生物对文学的影响。他说："若乃山林皋壤，实文思之奥府……然屈平所以能洞监风骚之情者，抑亦江山之助乎！"这一段话常常被学者们当作经典来引述，但是大家似乎都忽视了一个最基本的事实，即"山林皋壤"、"江山"（地貌、生物、水文）对文学的影响，是以"气"（气候）对"物"（物候）的影响为前提的。

有一个事实特别值得我们注意。在我国，最早关于物候的记载，并不是成书于公元前5世纪的《左传》，也不是成书于公元前3世纪的《管子》，而是成书于公元前6世纪的《诗经》。其

---

[1] 竺可桢、宛敏渭：《物候学》，湖南教育出版社1999年版，第1页。

《豳风·七月》写道:"四月秀葽,五月鸣蜩";"八月剥枣,十月获稻";"七月在野,八月在宇,九月在户,十月蟋蟀入我床下"等,讲的就是西周时期豳地(今陕西彬县、旬邑一带)的物候现象。而《唐风·蟋蟀》之"蟋蟀在堂,岁聿其莫",《秦风·蒹葭》之"蒹葭苍苍,白露为霜",《邶风·北风》之"北风其凉,雨雪其雱",《王风·黍离》之"彼黍离离,彼稷之苗"等,则是西周时期的唐(今山西曲沃一带)、秦(今陕西中部、甘肃东部一带)、邶(今河南汤阴一带)和东周时期的洛邑(今河南洛阳一带)的物候现象。这说明物候现象不仅影响到农业生产,也影响到文学创作;也说明文学家对于物候现象的感受、观察和描写,实际上要早于相关领域的专家学者。

农民根据相关物候的出现来判断季节的迟早,从而适时地安排农事。文学家则由相关物候的变化,感知时序的更替,从而引发种种关于生命的情绪体验和理性思考。这是中国文学的一大特点,也是一个由来已久的传统。《诗经·唐风·蟋蟀》写道:"蟋蟀在堂,岁聿其莫。今我不乐,日月其除。""蟋蟀在堂",这是唐地(今山西曲沃一带)秋天的物候。蟋蟀进屋了,一年的时光就所剩无几了,由此便想到了有限的生命正在一天一天地流失,于是主张及时行乐,丰富生命的内容,提高生命的质量。但行乐也不能过分,还要顾及自身的责任:"无已大康,职思其居。好乐无荒,良士瞿瞿。"所谓"忧深而思远也"[1]。这就是文学家由"蟋蟀在堂"这一物候所引发的关于生命的情绪体验和理性思考。所以

---

[1] 朱熹:《诗集传》,上海古籍出版社1980年版,第68页。

笔者认为，物候与文学家的生命意识之间是有一种天然的联系的，就像物候与农事之间有一种天然的联系一样。我国古代文学作为农业社会的精神产品，它的题材、情感、思想、表现方法和形成机制等等，无不深深打上农业社会的种种印记。由物候联想到时间，再由时间联想到生命的流程、状态、价值和意义，这是我国古代文学中许多作品的一种形成机制。

物候所体现的是大自然的节律。人是大自然的一分子，人的生命同样体现了大自然的节律。俗话讲："人生一世，草木一秋。"人的生命与植物的生命，可以说是"异质同构"。是什么东西把物候和文学家的生命意识有机地联结起来了呢？笔者认为，是时间。物候所反映的是季节的迟早和时序的更替，它的实质是个时间问题；文学家的生命意识，是文学家对自身生命和时间的一种自觉，它的实质也是个时间问题。正是时间这个"节点"，把物候与文学家的生命意识有机地联结起来了。因此，在文学作品中，物候的出现与文学家的生命意识的流露，可以说是一种因果关系。当文学家写到物候的时候，多是为了表达某种对于生命的体验或者思考；当文学家表达某种生命的体验或思考的时候，往往离不开某些特定的物候现象的触发。

综上所述，正是气候的变化引起了物候的变化，物候的变化触发了文学家对时序的感觉（生命意识），文学家对时序的感觉（生命意识）被触发之后，才有了文学作品的产生。气候并不能对文学家的时序感觉（生命意识）产生直接的影响，它必须以物候为中介；物候也不能对文学作品产生直接的影响，它必须以文学家的时序感觉（生命意识）为中介。图示如下：

```
          气候
           ↓
          物候
           ↓
    文学家的时序感觉（生命意识）
           ↓
          文学作品
```

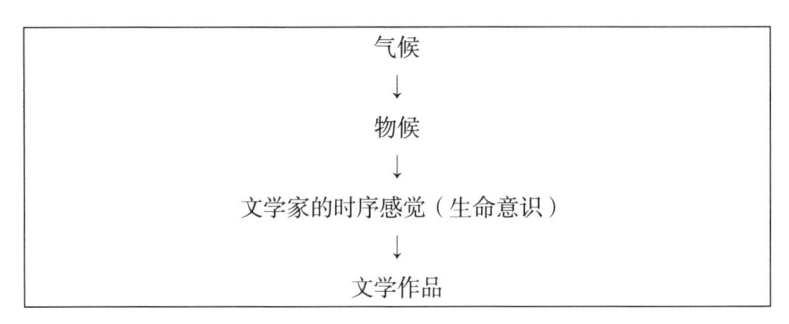

图一　气候影响文学的途径示意图

第三节　人文气候对文学家的生命意识之培育

如上所述，生命意识的内涵是很丰富的，它包括人对生命本身的感悟和认识，例如对生命的起源、历程、形式的探寻，对时序的感觉，对死亡的看法，对命运的思索；也包括对生命价值的判断和把握，例如对人生的目的、意义、质量、价值的不同看法。前者属于"生命本体论"，后者属于"生命价值论"。如此丰富的内容，自然气候可以触发它，也可以部分地培育它，但不能全部培育它。尤其是"生命价值论"方面的内容，自然气候是难以培育的。能够担当这个培育之责的，主要是人文气候。

自然气候对于人的生命意识，主要是起一种触发作用，启示作用，或者警醒作用。通常来讲，生命意识作为人类文化的一种长期积淀，它是已然存在的，潜伏在人的脑海深处，一般情况下不会浮现出来，只有人世间的生老病死，尤其是近距离的生老病死，以及自然界的动植物的生长荣枯和推移变迁才能唤醒它，让它浮现出来。人世间的生老病死也有许多与气候有关,这个问题很复杂,不是本书所要解决的,我们可以不去说它。单说自然界的动植物的生长荣枯和推移变迁主要是气候变化的结果。

需要指出的是,这些潜伏在脑海深处的生命意识,作为人类文化的一种长期积淀,虽然是一个已然的存在,但并不是一个先天的存在,它是后天培育的,是一代一代积淀而成的。每个人的生命意识,既有前代的积淀,也有自我的培育。那么,是什么东西培育了它呢?应该说,主要是人文气候。

1. 人文气候与"历史的长时段"

如果说自然气候是自然地理的一个要素,那么人文气候就可以说是人文地理的一个要素。

人文地理又包括政治地理、军事地理、经济地理、文教地理、宗教地理和风俗地理,它们对人们的生活和思想都能产生重要的、直接的影响,然而是不是都能产生深刻而持久的影响呢?这是本节所要讨论的一个重点。

政治地理(包含人种、民族、聚落、疆域、政区等)、军事地理(包含战场、关隘、城防、烽燧等)、经济地理(包含农业、城镇、水利、交通、人口、工商业等)这三者,通常被称为"广义的人文地理";而文教地理(包含教育、人才、学风等)、宗教地理(包含原始信仰、本土宗教、外来宗教等)和风俗地理(包含方言、民俗、风气、习惯等)这三者,则被称为"狭义的人文地理"。[1] "广

---

[1] 参见蓝勇编著:《中国历史地理学》,高等教育出版社2002年版,第6页。

义的人文地理"与"狭义的人文地理"都能对人类的生活和思想构成影响，但是比较而言，"广义的人文地理"对人类的影响远不及"狭义的人文地理"那样深刻和持久。

在这里，我们不妨参考一下法国年鉴学派的代表人物布罗代尔的观点。布罗代尔在他的代表作《历史学和社会科学：长时段》中指出：历史学所以不同于其他社会科学，主要体现在时间概念上。历史时间就像电波一样，有短波、中波和长波之分，可以分别称之为短时段、中时段和长时段。所谓短时段，也叫事件或政治时间，主要是历史上突发的现象，如革命、战争等等；所谓中时段，也叫局势或社会时间，是在一定时期内发生变化形成一定周期和结构的现象，如人口的消长、物价的升降、生产的增减；所谓长时段，也叫结构或自然时间，主要指历史上在几个世纪中长期不变和变化极慢的现象，如地理气候、生态环境、社会组织、思想传统等等。短时段现象只构成了历史的表面层次，它转瞬即逝，对整个历史进程只起微小的作用。中时段现象对历史进程起着直接和重要的作用。只有长时段现象才构成历史的深层结构，构成整个历史发展的基础，对历史进程起着决定性和根本的作用。因此，历史学家只有借助长时段的观点，研究长时段的历史现象，才能从根本上把握历史的总体。[1]

革命、战争、人口的消长、物价的升降、生产的增减等，从历史学的角度来讲，属于"短时段"和"中时段"，从地理学的角度来讲，则相当于"广义的人文地理"。地理气候、生态环境、社

---

[1] 参见〔法〕费尔南·布罗代尔著，刘北成、周立红译：《论历史》，北京大学出版社2008年版，第27—60页。

会组织、思想传统等等，从历史学的角度来讲，属于"长时段"，从地理学的角度来讲，则相当于"狭义的人文地理"。"广义的人文地理"可以说是人文地理的表层结构，它对人类所构成的影响往往是表面的、短暂的，就像"短时段"和"中时段"对整个历史进程所产生的作用；"狭义的人文地理"是人文地理的深层结构，它对人类的影响则是深刻的、漫长的，起决定作用的，就像"长时段"对整个历史进程所产生的作用一样。

所不同的是，"短时段"和"中时段"对历史进程所起的作用是直接的；而"广义的人文地理"对人类所构成的影响，有时候是直接的，有时候则未必。在多数情况下，它只有通过漫长的积淀进入"狭义的人文地理"这个深层结构，才能对人类构成直接而深远的影响。

这种"狭义的人文地理"，就是我们所说的"人文气候"。可以说，主要就是这个"人文气候"培育了人的生命意识。

2. 人文气候对文学家的生命意识之培育

"人文气候"这个概念，用法国19世纪的批评家丹纳的话来讲，就是"精神上的气候"。丹纳在他的名著《艺术哲学》中指出：

> 每个地域有它特殊的作物和草木，两者跟着地域一同开始，一同告终；植物与地域相连。地域是某些作物与草木存在的条件，地域的存在与否，决定某些作物的出现与否。而所谓地域不过是某种温度，湿度，某些主要形势，相当于我们在另一方面所说的时代精神与风俗概况。自然界有它的气候，气候

的变化决定这种那种植物的出现；精神方面也有它的气候，它的变化决定这种那种艺术的出现。我们研究自然界的气候，以便了解某种植物的出现，了解玉蜀黍或燕麦，芦荟或松树；同样我们应当研究精神上的气候，以便了解某种艺术的出现，了解异教的雕塑或写实派的绘画，充满神秘气息的建筑或古典派的文学，柔媚的音乐或理想派的诗歌。精神文明的产生和动植物界的产物一样，只能用各自的环境来解释。[1]

丹纳的观点是很有见地的。他把气候分为两种，一种是"自然界的气候"，"它的变化决定这种那种植物的出现"；一种是"精神上的气候"，"它的变化决定这种那种艺术的出现"。虽然他只是借"自然界的气候"与植物的关系，来比喻"精神上的气候"与艺术的关系，而关于"自然界的气候"与艺术之间的关系，他实际上并没有怎么讲。但是"精神上的气候"这个概念，对"人文气候"这个概念的提出和使用是一个启示，一个证明，一个支持。

丹纳的局限，或曰未尽事宜，在笔者看来，就是没有把"精神上的气候"（人文气候）和"自然界的气候"（自然气候）这两者结合起来进行考察。事实上，就艺术（包括文学）和艺术家（包括文学家）而言，无论是人文气候，还是自然气候，都能对其构成重要的、不可或缺的影响。就文学家的生命意识这个层面来讲，如果说自然气候主要对其起触发作用，那么人文气候则主要对其起培育作用。

丹纳所讲的"精神上的气候"，用他自己的话来解释，就是

---

[1] 〔法〕丹纳著，傅雷译：《艺术哲学》，人民文学出版社1986年版，第9页。

"时代精神与风俗概况"。[1]这个解释与我们对"人文气候"的理解也是很接近的。而在我国古代,与"人文气候"这个概念的内涵和外延大体重合的一个概念,就是"风俗",又叫"风气"、"民俗"、"民风"等。

因此,我们所讲的"人文气候",用布罗代尔的概念来讲,就是"历史的长时段";用丹纳的概念来讲,就是"精神上的气候";用我国古人的概念来讲,就是"风俗",或曰"风气"、"民俗"、"民风"等等。

一个地方的人文气候(风俗、风气、民俗、民风)的形成,既与当地的"广义的人文地理"有关,也与那里的自然地理有关。自然地理影响到"广义的人文地理","广义的人文地理"影响到"狭义的人文地理",即人文气候。2100多年前,司马迁写作《史记·货殖列传》,就是依据这样一个基本规律,先描述全国各主要区域的自然地理(土地、物产),然后描述"广义的人文地理"(生产方式、经济活动),最后再描述"狭义的人文地理"(风俗习惯),亦即人文气候。这种描述由于兼顾了自然地理和人文地理这两个层面,在今天看来,仍然具有经典的意义。尤其值得注意的是,司马迁还特别提到了自然气候这一要素对一个区域的人们的健康状况、生产方式和风俗所产生的影响,诸如"江南卑湿,丈夫早夭";"沂、泗水以北,宜五谷桑麻六畜,地小人众,数被水旱之害,民好畜藏,故秦、夏、梁、鲁好农而重民"。[2]"卑湿"和"水旱之害",讲的就是自然气候。

---

[1] 丹纳在这里把"风俗习惯"和"时代精神"并举,其实"风俗习惯"也包含了"时代精神"的某些积淀。
[2] 司马迁:《史记·货殖列传》,浙江古籍出版社2000年版,第984—985页。

100多年后，班固在司马迁的认识基础上又向前跨越了一步，他的《汉书·地理志》，不仅讲到了全国各主要区域的土地、物产、生产方式、经济活动与风俗（人文气候），还由风俗讲到了文学。他是第一个对风俗这个概念予以定义的人。他指出："凡民函五常之性，而其刚柔缓急，音声不同，系水土之风气，故谓之风；好恶取舍，动静亡常，随君上之情欲，故谓之俗。"[1]这里的"风气"二字，由于用"水土"二字作定语，便是讲一个地方的自然地理环境，讲它的水文、地貌和气候条件；而"君上之情欲"，则是讲官方的政治教化，属于"广义的人文地理"。"水土之风气"与"君上之情欲"相互作用，便形成了一个地方的风俗，即"狭义的人文地理"。风俗再对文学构成影响。例如："故秦地于《禹贡》时跨雍、梁二州，《诗·风》兼秦、豳两国……其民有先王遗风，好稼穑，务本业，故《豳诗》言农桑衣食之本甚备"；"天水、陇西，山多林木，民以板为室屋。及安定、北地、上郡、西河，皆迫近戎狄，修习战备，高上气力，以射猎为先，故《秦诗》曰'在其板屋'；又曰'王于兴师，修我甲兵，与子偕行'。及《车辚》、《四载》、《小戎》之篇，皆言车马田狩之事"。[2]因为"其民有先王遗风，好稼穑，务本业"，才有《豳风·七月》的"言农桑衣食之本甚备"；因为有"高上气力，以射猎为先"这样的风俗，才有《无衣》、《车辚》、《四载》、《小戎》这样的"皆言车马田狩之事"的诗歌。只有风俗（风气、民俗、民风），才能对文学作品

---

[1] 班固：《汉书·地理志下》，浙江古籍出版社2000年版，第568页。
[2] 同上书，第569页。

的题材与风格产生直接的影响。

气候学讲：气候是指整个地球或其中某一地区，在一年或一时段的气象状况的多年特点，这说明气候的形成是有一个过程的。例如我国南海诸岛，不只是夏季很热，春、秋两季也很热，就是在冬季也无严寒，而且不是一年如此，多年来都是这样，所以才被称为"四季暖热的热带气候"；又如我国长江流域的大部分地区，春、秋暖和，盛夏炎热，冬季寒冷，而且多年如此，所以才被称为"四季分明的温带气候"。自然气候的形成有一个过程，人文气候（风俗）的形成也需要一个过程。一个地方有农业生产（经济地理条件），但是还没有形成"好稼穑，务本业"的风俗，是不能产生《豳风·七月》这样的作品的；同理，一个地方有战争（军事地理条件），但是还没有形成"高上气力，以射猎为先"的风俗，也是不能产生《无衣》、《车辚》、《四载》、《小戎》这样的作品的。

就文学人才的成长来讲，也是不能离开相应的人文气候，不能离开相应的风俗（风气、民俗、民风）的。关于这一点，班固也认识到了。例如："巴、蜀、广汉本南夷，秦并以为郡，土地肥美，有江水沃野山林竹木疏食果实之饶。南贾滇、僰僮，西近邛、莋马旄牛。民食稻鱼，亡凶年忧，俗不愁苦，而轻易淫泆，柔弱褊阨。景、武间，文翁为蜀守，教民读书法令，未能笃通道德，反以好文刺讥，贵慕权势。及司马相如游宦京师诸侯，以文辞显于世，乡党慕循其迹。后有王褒、严遵、扬雄之徒，文章冠天下。系文翁倡其教，相如为之师。"[1] 巴、蜀、广汉这一带，土壤、水利、物产等自

---

[1] 班固：《汉书·地理志下》，浙江古籍出版社2000年版，第568—569页。

然地理条件都很优越,人民衣食无忧,但是民风并不好,所谓"材质不强,而心忿陋"(颜师古注)。在这种情况下,要想移风易俗,仅靠单一的政治教化是难以奏效的,所谓"文翁为蜀守,教民读书法令,未能笃通道德,反以好文刺讥",就是这个道理。只有等到司马相如在文学上获得巨大成功,"以文辞显于世,乡党慕循其迹",良好的人文气候(风俗、民俗、民风)才得以形成。这种气候形成之后,才有"王褒、严遵、扬雄之徒,文章冠天下"。

丹纳也认识到了"精神上的气候"对人才类型的影响,他说:"必须有某种精神气候,某种才干才能发展;否则就流产。因此,气候改变,才干的种类也随之而变;倘若气候变成相反,才干的种类也变成相反。精神气候仿佛在各种才干中作着'选择',只允许某几类才干发展而多多少少排斥别的。"[1]可见中外先哲对人文气候(风俗)这个概念的内涵及其对文学艺术的影响,在认识上是基本相通的。

以上事实表明,文学家的生命意识,文学作品的题材选择、风格呈现,以及文学家本身的成长等等,多与人文气候的培育有重要关系。

在此需要强调的是,人文气候(风俗、风气、民风、民俗)的形成,与自然气候也是有关系的,虽然不那么直接。一个地方的自然气候,影响到一个地方的土壤、水文、生物或物产;一个地方的土壤、水文、生物或物产,影响到一个地方的生产方式或经济活动;一个地方的生产方式或经济活动,影响到一个地方的

---

[1] 〔法〕丹纳著,傅雷译:《艺术哲学》,人民文学出版社1986年版,第34—35页。

生活方式与风俗（风气、民风、民俗），即人文气候。图示如下：

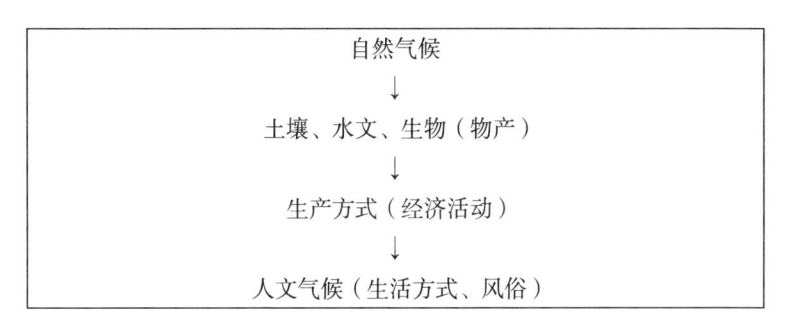

```
自然气候
  ↓
土壤、水文、生物（物产）
  ↓
生产方式（经济活动）
  ↓
人文气候（生活方式、风俗）
```

图二　自然气候对人文气候之影响示意图

因此，我们讲人文气候对文学家的生命意识具有培育作用，并不意味着自然气候没有加入到这种培育，只是不那么直接而已。

同理，我们讲自然气候对文学家的生命意识具有触发作用，也并不意味着人文气候就不能触发文学家的生命意识。如上所述，"生命意识作为人类文化的一种长期积淀，它是已然存在的，潜伏在人的脑海深处，一般情况下不会浮现出来，只有人世间的生老病死，尤其是近距离的生老病死，以及自然界的动植物的生长荣枯和推移变迁才能唤醒它，让它浮现出来。"例如人死之后，一般都会举行葬礼，葬礼就是一种相沿已久的风俗（葬俗），各地、各民族也不一样。这种风俗就是一种人文气候。这种人文气候就能唤醒（触发）人的生命意识。问题是，通常大家只注意到人文气候对人的生命意识的影响，而未曾注意到自然气候对人的生命意识的影响，尤其未曾注意到自然气候对文学家的生命意识的影响，所以我们要把这个问题作为一个课题来研究。

第二章　气候的差异性对文学家的分布与迁徙之影响

第一节　生命意识支配下的环境选择

一个人选择在什么样的环境下生存，是受他的生命意识所支配的。我们常常听老百姓讲"某个地方好活人"，"某个地方不好活人"；或者说"某个地方不是人待的地方"，"某个地方才是人待的地方"，等等，看似很普通的话，其实都包含了一种对生存环境的价值判断。大凡"好活人"的地方，就是生存环境较好的地方，能够给生命带来满足和快乐的地方；大凡"不好活人"的地方，则生存环境恶劣，不仅不能给生命带来满足和快乐，甚至还会贬损生命的价值和尊严。可见这种判断本身，原是体现了一种生命意识的，尽管不是每一个老百姓都知道"生命意识"这个概念。由于这个原因，所以人们在选择生存环境的时候，总会选择那些"好活人"的地方，不会选择"不好活人"的地方；总会选择那些"才是人待"的地方，不会选择"不是人待"的地方。这种选择，就是通常所说的"趋利避害"。而"趋利避害"本身，就是受生命意识所支配的。

　　凡是一个自由的人，无论社会地位高低，都有权利选择自己的生存环境。凡是选择，都受生命意识所支配。即便是最普通的人，例如一个流浪汉，一个乞儿，到了晚上，都会选择一个可以遮风避雨的地方。之所以要选择一个遮风避雨的地方，就是为了保护生命的安全。这就是生命意识在起支配作用。至于最不普通的人，例如天子，身居"九重"，则不仅仅是为了保护生命的安全，还要体现生命价值的尊贵。这更是生命意识在起作用。所以无论是谁，只要是有权利选择自己的生存环境，这种选择就是受生命意识所支配的。这是常识，无需多谈。

第二节　环境选择中的气候因素

　　环境有多种，但概括起来，不外两大类，一是自然环境，一是人文环境。自然环境包括地貌、水文、气候、生物等要素，人文环境包括政治、经济、军事、文教、宗教、风俗等要素。就自然环境而言，地貌（包括山脉、沙漠、海岸、土壤、冰川）、水文（包括河流、湖泊、井泉）、气候（包括气温、湿度、降雨、节气）、生物（包括动物、植物、生态系统）等要素，都会对人类的选择构成影响。但是在这些要素中，哪一个是最重要的，或者说是最直接的呢？应该说是气候。

　　人们通常讲，人类的文明起源于大河流域。例如古埃及文明起源于尼罗河流域,古巴比伦文明起源于幼发拉底河—底格里斯河流域,古印度文明起源于印度河—恒河流域,古中华文明起源于黄河—长江流域。这个观点是正确的,但是还有些笼统。试问,这四大古文明为什么会起源于这几个大河流域呢?这是因为在5000年前,这几个大河流域的气候温暖湿润,有利于人类的生存和文明的创造。历史地理学的研究结果表明:"距今5000年前地球最适期结束,从地中海到印度的广大地区由湿润到干燥而来的沙漠化是人们集中到大河之滨从而诞生古代文明的重要原因。同时,由其文明产生所需的生产力水平所限制,世界古代文明最早产生于易于开发的温带河谷平原地区。"大约距今4000年左右,自然环境又发生了重大变化,气候日趋干燥而寒冷,四大文明中的三大文明(埃及文明、巴比伦文明、印度文明)都出现了明显的衰退。[1]也就是说,随着气候变得寒冷而干燥,不利于人类的生存和文明的创造,那么这些大河流域就不再是文明的生长之地了。可见人们选择大河流域,但不是选择所有的大河流域,而是选择那些气候条件温暖湿润的大河流域。这就表明,在人类的生存环境的选择上,气候的因素实际上大过水文的因素。

再说地貌。人类的生存环境,总体来讲,是平原多过山地。这固然是因为平原的土质比山地要好,宜于耕种。但是更重要的原因,还是气候。平原的气候环境一般比较常态化,而山地的气候则复杂多变。海拔越高,气候越反复无常。海拔高则气压低,氧气缺少,另外还有太阳辐射强、温度低、湿度变化、大风等问题。就平原本身来讲,如果气候发生太大的变化,或过于干燥,

---

[1] 参见蓝勇编著:《中国历史地理学》,高等教育出版社2002年版,第40页。

草木不生，成了沙漠；或过于湿润，积水难除，成了沼泽，人们也会离此而去。可见在人类的生存环境的选择上，气候的因素实际上也大过地貌的因素。

至于生物对气候的依赖性那就更不用说了。以亚洲象和中国孔雀的分布为例，历史时期亚洲象生存的北界在北纬40.1°的今北京、河北一带，而现在在北纬24.6°的滇西南地区，南移了17个纬度；历史时期中国野生孔雀的分布从今河南南部的北纬31.1°，退至今云南南部的北纬25.4°，南移了7.7个纬度。"这一是由于历史气候的变化，影响了这些动物的自然繁殖，二是由于历史时期自然和人为因素造成的植被变化，使动物失去了生存的空间，三是由于人类不合理的无节制捕杀。"[1] 这项研究表明：在影响生物分布的三个因素中，"历史气候的变化"是第一因素。某些生物只适宜于在某种气候环境中生长，别的气候环境则不宜。所谓"橘生淮南则为橘，生于淮北则为枳。叶徒相似，其实味不同，所以然者何？水土异也"。[2] 气候环境决定了生物的命运。生物适应气候，这是第一性的；气候随生态系统的变化而有所改变，这是第二性的。

在人类对环境的选择过程中，虽然政治、经济、军事、文教、宗教、风俗等人文要素，以及地貌、水文、气候、生物等自然要素，都会对其产生影响，但是气候的影响无疑是最重要的影响之一。据历史地理学家葛剑雄的研究，中国历史上的移民有五种类型，即自北而南的生存性移民，以行政或军事手段推行的强制性

---

[1] 蓝勇编著：《中国历史地理学》，高等教育出版社2002年版，第82—83页。
[2] 《晏子春秋·内篇·杂下第六》，台湾商务印书馆影印文渊阁《四库全书》本，第446册，第144页。

移民，从平原到山区、从内地到边疆的开发性移民，北方牧业民族或非华夏族的内徙与西迁，东南沿海地区对海外移民。这五种类型的移民中，最主要的是第一种类型，即自北向南的生存性移民。他指出：

> 从秦汉至元末由黄河流域向长江流域的自北而南的移民是中国移民史上最重要的一章，规模和影响远远超过了其他任何一类。这绝不是偶然的。
>
> 首先有地理环境方面的原因。……从商、周至秦、西汉，黄河流域年平均气温比现在高2℃—3℃，气候温和，雨量充沛，适宜人类的生存和生产。而长江流域则气温偏高，降水量太多，过于湿热，疾病易于流行，排除积水也很困难。黄河中下游大多是黄土高原或黄土冲积平原，土壤疏松，原始植被一般不太茂密，比较容易清除，在金属工具还没有普遍运用的情况下更容易开垦耕种。而长江流域地下水位较高，土壤多为黏土，原始植被相当茂密，初期的开垦非常困难，在缺乏金属工具时尤其如此。黄土高原的地势比较平坦，在水土流失还不严重时，沟壑很少发育，存在大片"原"、"川"（台地、高地或河谷平原）；华北平原更是连成一片的大平原，有利于开发，也便于交通。而长江流域地形复杂，山岭崎岖，平原面积小，河流湖沼多，交通条件差。
>
> 正因为这样，尽管长江流域很早就产生了发达的文化，但总的开发水平和规模要落后于黄河流域。这一结果很明显地反映在人口分布上，到西汉末年的元始二年（公元2年），黄河流域中自燕山山脉以南、太行山和中条山以东、豫西山

区和淮河以北这一范围内的人口密度为每平方公里77.6人，其中不少行政区的密度超过每平方公里100人。这一地区的面积只占西汉疆域的11.4%，而人口却占了60.6%。关中平原的人口也非常稠密，长安附近地区的人口密度超过每平方公里1000人。如果以淮河和秦岭为界，北方人口占80%以上，南方还不到20%。南方不仅平均人口密度很低，而且还有很多地方基本是无人区，如现在的浙江南部和福建、广西和广东大部、贵州等地人口密度都还不足每平方公里1人。

……随着年平均气温的逐渐下降，黄河流域早期开发的优势也逐渐转化为劣势。在农业人口大规模进入黄河中游从事开垦以后，本来就并不十分茂盛的原始植被很快就遭到破坏，水土流失越来越严重。一方面，大量泥沙流入黄河，造成淤积，中下游河床越填越高，水灾也越来越严重，下游经常决溢改道。每次决口和改道不仅直接毁坏大片农田和财产，还扰乱了水系、淤塞了湖沼，或者抬高了地下水位，加速了土地的盐碱化，造成长期难以消除的后果。另一方面，黄河中游的黄土高原因水土流失，沟壑发育，被切割得支离破碎，大片的原、川已不复存在，耕种条件越来越差。在没有原始植被保护、地形严重破碎的条件下，疏松的黄土地又以更快的速度流失。在世界各主要的冲积平原中，华北平原本来就是比较贫瘠的一个。经过一段时间的耕种以后，土壤的肥力日渐瘠薄，更由于上中游已缺乏天然植被，新的淤积土地也缺乏营养物质的补充，形成恶性循环。[1]

---

[1] 葛剑雄：《中国移民史》第一卷，福建人民出版社1997年版，第55—59页。

在自然环境遭到严重破坏的情况下,一旦发生大的战乱,以及由战乱导致政治中心南迁,大批大批的移民南下就不可避免了,这样就改变了南方的人口比例。"从人口分布的趋势来看,中国人口分布从公元前2年至1840年,人口分布的重心基本保持向东南移动的趋势,14世纪是中国人口分布重心分布东南的极致。分析中国南北人口比重的演变可知,西汉至唐天宝年间,北方人口虽然呈下降趋势,但多数时间占全国半数以上;从唐中叶至元代,北方人口比重持续下降,南方人口普遍超过50%,元代达到顶点;明清时期北方地区人口比重有所恢复,但已经难以改变'人满东南'的大趋势。"[1]

以上研究表明:在影响人类的环境选择的诸多原因中,"首先有地理环境方面的原因"。而就"地理环境方面的原因"而言,最重要的或者说最直接的原因,就是气候。就中国而言,汉代及汉代以前,"黄河流域年平均气温比现在高2℃—3℃,气候温和,雨量充沛,适宜人类的生存和生产,而长江流域则气温偏高,降水量太多,过于湿热,疾病易于流行,排除积水也很困难"。所以汉代的人口分布,是北方远远多过南方。汉代以后,"随着年平均气温的逐渐下降",导致自然环境的恶化,加之大的动乱,以及由动乱导致的政治中心南迁,使得北方的人口大批大批地南迁,所以到了清代,"'人满东南'的大趋势"就"难以改变"了。

事实上,历史上的许多大的动乱,包括异族入侵和农民起义,也是由于气候的变化而引起的。例如西晋末年的"永嘉之乱",还

---

[1] 蓝勇编著:《中国历史地理学》,高等教育出版社2002年版,第299页。

有北宋末年的"靖康之乱"，就是由于北方气候的极度寒冷和干燥，草场大片干枯，牲畜大量死亡，北方游牧民族无法生存而被迫南下中原，而中原汉族政权又无力抵抗他们的铁骑，才被迫南迁，从而导致了历史上规模最大的两次自北而南的移民潮：永嘉移民和靖康移民。

又如明朝末年李自成领导的农民起义，则是由于黄河中上游流域的连年干旱少雨，粮食严重匮乏，民不聊生，而统治者又救灾无力，才引起了大规模的内乱。明清时期属于中国近五千年来的第四个寒冷期。长期的严寒，导致北方的游牧民族生存困难，于是就有了满族的入侵中原。农民起义与满族入侵，不仅对明王朝构成毁灭性的打击，也导致了新一轮的移民潮。"当时不仅南方大部分地区人口已经相当稠密，就是北方的平原地带也已人满为患，因此无论南方还是北方，由平原向山区的迁移成了移民的主流。"[1]

以上事实表明：在影响人类的环境选择的诸多自然要素中，气候这一要素无疑是最重要的，也是最直接的。

第三节 气候对文学家的写作之影响

关于气候对人类行为的影响，学术界有三种观点：一是决定论，一是或然论，一是概然论。决定论的观点是气候必然引起一

---

[1] 葛剑雄：《中国移民史》第一卷，福建人民出版社1997年版，第46页。

类行为，比如高温会引起犯罪，这是一种单因素决定论；还有一种广义的决定论，主张许多相关的变量共同作用决定人们的行为。或然论提出，气候限制了人们能进行哪些活动而又不能进行哪些活动，比如中等的风力允许驾驶帆船，而大风不允许骑自行车。概然论的观点介于这两者之间，认为气候并不绝对地决定特定的行为，但是的确会影响这些行为发生的可能性，例如下雪减少了人们开车的可能性，增加了人们参加冬季运动的可能性。决定论、或然论和概然论，三者不是完全相互排斥的，它们可能分别适用于不同方面的行为。例如气候可能决定了某个地区的农业模式，因为这个地区不可能种植某种作物（根本不能成活），但可以种植另外一种作物（但也不是一定的）。[1] 我们不是单因素决定论者。在讨论气候对人类的环境选择的影响，以及对特定环境中的人类行为的影响时，我们采纳的是一种广义的决定论，即"许多相关的变量共同作用决定人们的行为"。也就是说，人们选择什么样的生存环境，在这个环境中从事哪些工作，往往会考虑到多种因素，而气候无疑是其中的一个重要因素。

英国学者亨利·巴克尔通过对中非、爱尔兰、埃及和印度等地的考察，认为劳动条件与气候是紧密关联的。他在1967年出版的《英格兰文明史》一书中指出：寒冷的气候不利于工作，而炎热的气候则使人昏昏欲睡，只有温和的气候令人精力充沛。如果有肥沃的土地，那么温和的气候会带来丰富的产品。巴克尔还相信文明的进步往往会创造出一个悠闲的阶级，而前提是其他阶级

---

[1] 参见〔美〕保罗·贝尔等著，朱建军等译：《环境心理学》（第5版），中国人民大学出版社2009年版，第165—166页。

能生产出超过自己需要的产品。肥沃的土地和温和的气候相结合就能使农产品增产，从而造就悠闲的阶级，这样至少在理论上，文明的进步便成为可能。[1]他的这个观点是非常引人注目的，其《英格兰文明史》曾经风行一时。

亨利·巴克尔的上述观点得到环境心理学的证实。环境心理学的研究结果表明：一般来讲，当温度低于4℃或高于32℃时，工作效率下降；当温度在11℃—25℃之间时，从事体力劳动的效率最高；当温度在15℃—25℃之间时，从事脑力劳动的效率最高；当温度高于40℃时，无论从事哪种工作，其效率都大幅度降低。也就是说，15℃—25℃之间，是脑力劳动者的"最适温度"或"有效温度"。4℃以下或32℃以上的温度，也就是寒冷或炎热的气候环境，都不宜于人的思考和写作。

中国现代著名文学家郁达夫在他的散文《马六甲记游》中，讲到过他在"南海的热带圈内"的亲身感受：

> 在长年如夏天，四季不分明的南洋过活，记忆力只会一天一天的衰弱下去，尤其是关于时日年岁的记忆，尤其是当踏上了一定的程序工作之后的精神劳动者的记忆。[2]

文学创作从某种意义上讲，就是对人生的一种回忆方式。"长年如夏天，四季不分明"的南洋，属于典型的热带气候。在这样

---

[1] 参见〔美〕保罗·贝尔等著，朱建军等译：《环境心理学》（第5版），中国人民大学出版社2009年版，第167页。

[2] 郁达夫：《马六甲记游》，《郁达夫散文选集》，百花文艺出版社1984年版，第198页。

的气候环境里,作为"精神劳动者"的"记忆力只会一天一天的衰弱下去",这说明在热带的气候环境里是不利于文学家的思考和写作的。当然,长期居留者与短期居留者之间会有所区别。

中国近代著名文学批评家王国维在《词录序例》中写道:

> 长夏苦热,不耐深沉之思。偶得仁和吴昌绶伯宛所作《宋金元现存词目》,叹其搜罗之勤,因思仿朱竹垞《经义考》之例,存佚并录,勒为一书。搜录考订,月余而成,聊用消夏,不足云著述也。[1]

王国维的这个《词录序例》写于"光绪戊申秋七月",也就是光绪三十四年(1908)的农历七月。当时他正在北京。这说明,即便是在暖温带的北京,农历的七月也是很炎热的。这种炎热的气候,不仅不宜于文学作品的写作,甚至也不宜于文学批评的写作,最多只能做一些比较简单的、费时而不费脑的文学文献的收集和考订工作。

诚然,一个文学家选择在哪里居住和写作,往往要考虑多方面的因素,但气候无疑是最重要的因素之一。中国现代著名文学家谢婉莹(冰心)曾经现身说法地指出:

> 文学家要生在气候适宜,山川秀美,或是雄壮的地方。文学家的作品,和他生长的地方,有密切的关系。——如同小说家的小说,诗家的诗,戏剧家的戏剧,都浓厚的含着本

---

[1] 王国维:《词录序例》,《词录》,学苑出版社2003年版,第1页。

地风光——他文学的特质,有时可以完全由地理造成。这样,文学家要是生在适宜的地方,受了无形中的陶冶熔铸,可以使他的出品,特别的温柔敦厚,或是豪壮悱恻。与他的人格,和艺术的价值,是很有关系的。[1]

我们不大可能,似乎也没有必要对每一位文学家的居住和写作环境都一一进行微观的考察,但是我们相信,冰心的说法无疑是很具代表性的。

第四节 气候的地域差异影响到文学家的分布格局之差异

我国幅员辽阔,各地所处的位置不同,地形也不一样,季风影响又特别显著,这就使得我国的气候环境具有很大的地域差异。根据热量的不同,我国可分为热带、亚热带、暖温带、中温带、寒温带和高原气候区等六个气候带;根据降水量的不同,我国又可分为湿润区、半湿润区、半干旱区和干旱区等四种类型。可以说,世界上没有哪一个国家的气候环境像我国这样具有如此大的地域差异。

这样的气候环境,直接影响到我国人民的生产和生活方式,影响到文明的形成和发展水平。考古学的研究成果表明,我国旧

---

[1] 谢婉莹:《文学家的造就》,《燕大季刊》第1卷第4期。

石器时期和新石器时期的文化遗址，绝大部分就分布在中温带、暖温带和亚热带这三个气候带，热带分布得很少，寒温带和高原气候区更少。

这是因为在中温带、暖温带和亚热带，每年高于或等于10℃的天数在100—365天，高于或等于10℃的积温在1600℃—8000℃，这样的气候条件，为文明的形成和发展提供了良好的环境机制。而热带每年高于或等于10℃的天数都在365天，高于或等于10℃的积温在8000℃—10000℃；寒温带低于或等于10℃的天数少于100天，高于或等于10℃的积温低于1600℃：这两个气候带，要么太热，要么太冷，都不利于文明的生长。高原气候区低压缺氧，寒冷干燥，气温的日较差又很大，尤其不利于文明的生长。

文学家的地理分布也受到气候的地域差异的影响。如果我们从宏观的角度，整体地考察一个时代（或者一个时段）的文学家的居住和写作环境，我们就会发现，气候的重要性可以说是惊人的。笔者曾就谭正璧先生所编的《中国文学家大辞典》做过统计。该辞典收录我国先秦至近代（不含民国）有影响和较有影响的文学家6781人，除去籍贯不详者387人，占籍今朝鲜、蒙古和越南三国者6人，有籍贯可考者为6388人，这6388人的分布格局如图（见文前彩插图一）。

由彩插图一可知，在这6388位有籍贯可考的文学家中，分布在热带（海南）的只有5人，分布在中温带的只有25人，分布在亚热带和暖温带的竟多达6358人，占总数的99.5%，而寒温带和高原气候区则一个也没有。这个分布格局，与我国旧石器时期和新石器时期的文化遗址的分布格局是基本吻合的。这就从宏观上证明了气候的地域差异与文学家的地理分布格局之间有着非常重要的关系。

当然，影响文学家的地理分布格局之形成的因素是比较复杂的，自然气候只是其中的一个因素。也就是说，影响文学家的地理分布格局之形成的因素，除了自然气候，还有人文气候。人文气候的影响不难理解，详细情况可参见拙著《中国历代文学家之地理分布》[1]；而自然气候的影响则几乎无人提及（笔者此前也没有讲到），因此我们在这里要重点予以强调。

第五节　气候的时段差异影响到文学家的分布格局之变迁

我国的气候环境，不仅有地域差异，还有时段差异。1972 年，我国著名气候学家竺可桢先生发表《中国近五千年来气候变迁的初步研究》一文。竺先生根据手边材料的性质，把近 5000 年的时间分为四个时期："一、考古时期，大约公元前 3000 年至前 1100 年，当时没有文字记载（刻在甲骨上的例外）；二、物候时期，公元前 1100 年到公元 1400 年，当时有对于物候的文字记载，但无详细的区域报告；三、方志时期，从公元 1400 年到 1900 年，在我国大半地区有当时写的且时加修改的方志；四、仪器观测时期，我

---

[1] 曾大兴:《中国历代文学家之地理分布》，湖北教育出版社 1995 年初版，商务印书馆 2013 年修订版。

国自1900年以来开始有仪器观测气象记载,但局限于东部沿海区域。"[1]他的研究结果表明:"1.在近五千年的最初二千年,即从仰韶文化到安阳殷墟,大部分时间的年平均温度高于现今2℃左右。一月温度大约比现今高3℃—5℃。2.在那以后,有一系列的上下摆动,其最低温度在公元前1000年、公元400年、1200年和1700年;摆动幅度为1℃—2℃。3.在每一个四百至八百年的期间里,可以分出五十至一百年的小循环,温差范围是0.5℃—1℃。4.上述循环中,任何最冷的时期,似乎都是从东亚太平洋海岸开始,寒冷波动向西传布到欧洲和非洲的大西洋海岸。同时也有从北向南趋势。"[2](见图三)

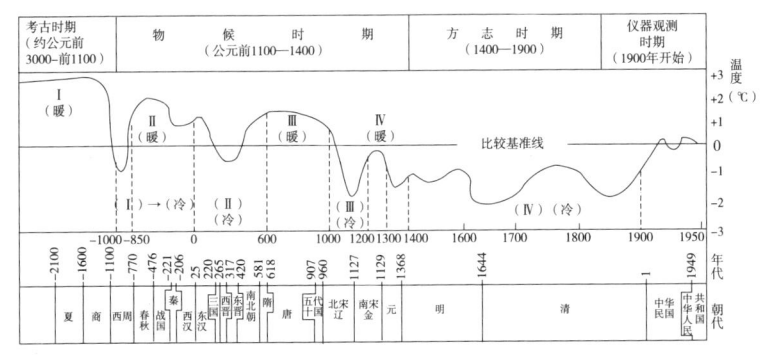

图三 中国近5000年来气候变迁图

历史地理学家王会昌先生在1992年出版的《中国文化地理》一书里,根据竺可桢先生的研究成果,并结合后来其他历史气候

---

[1] 竺可桢:《中国近五千年来气候变迁的初步研究》,《竺可桢全集》第4卷,上海科技教育出版社2004年版,第446页。
[2] 同上书,第470页。

学家的研究成果，把中国近五千年来的气候变化过程，划分为"四个温暖期"和与之相间的"四个寒冷期"。各个冷、暖期的基本特征如下：

公元前3000年—前1000年，即从仰韶文化到安阳殷墟，黄河中下游地区为亚热带气候，温度比现今高2℃—3℃。这是第一个温暖期，历时2000年。

公元前1000年—前850年前后，即从殷商至西周。周孝王时，江汉两次结冰。这是第一个寒冷期，历时150年。

公元前770年—公元初，即春秋至秦汉（西汉），黄河下游一带遍生竹、梅；江陵有橘，齐鲁有桑，渭川有竹。这是第二个温暖期，历时770年。

公元初—公元600年，即东汉三国至南北朝，淮河、南京水域结冰，阴历四月降雪，年均温比现今低1℃—2℃。这是第二个寒冷期，历时600年。

公元600年—1000年，即隋唐至北宋初年，长安冬季无冰雪，8至9世纪，长安种梅花，柑橘结实。这是第三个温暖期，历时400年。

公元1000年—1200年，即北宋初年至南宋中叶。11世纪初，华北已无野生梅树，只在园中生长；12世纪太湖结冰；福州荔枝冻死。这是第三个寒冷期，历时200年。

公元1200年—1300年，即南宋中叶至元初。13世纪后半叶，西安与博爱一带生竹，朝廷设立竹监司。这是第四个温暖期，历时100年。

公元1400年—1900年，即明、清时期。太湖结冰厚达数尺，人可在冰上行走；柑橘全部冻死。这是第四个寒冷期，历时500年。

王会昌先生指出："最近五千年来，在中国历史上，凡是思想活跃，文化繁荣或朝代兴旺的时期，往往与气候温暖的时期比较一致。例如仰韶—龙山文化的诞生，春秋战国诸子百家各种学派的形成和百家争鸣、百花齐放局面的出现，汉唐盛世及其文化的极度繁荣昌盛等等，都分别发生于第一、二、三个温暖气候时期。而凡是文化发展受阻，社会动荡不安，尤其是我国北方游牧民族大举南进甚至入主中原而导致游牧与农业文化激烈碰撞、融合的时代，往往又总是气候变冷变干、生态环境恶化的灾难时期，例如周王朝的解崩，东汉三国南北朝时期的大动荡、大分化，11至12世纪的宋、辽对峙和金灭北宋，宋室南迁，李自成起义和明王朝的倾覆等等，都在很大程度上与气候的寒冷有关。"

王先生强调指出："如果仅仅只是一朝一代的历史—文化发展与该时期的气候状况巧合的话，那么这种巧合可以有理由认为是偶然的巧合。但是，正如上面所述，气候变化与历史—文化发展之间并非一次性的巧合，而是历数千年仍然相互不悖的一系列基本吻合。这样，我们据此只能得出两者之间必定存在着必然巧合的结论。当然，一个民族历史与文化的发展，是多种因素综合作用的结果，决非仅由气候的变迁主宰或决定其发展方向、速度和进程。然而就中华民族文化发展的过程而论，游牧文化与农业文化之间碰撞—融合的周期性与气候冷暖变迁的波动性之间存在着基本吻合的准同步性规律，这一点应该说是毋庸置疑的。北方游牧文化寒期南侵、暖期北撤，中原农业文化寒期受扰，暖期北播，这种文化碰撞—融合的现象，实际上从新石器时代即已开始，一直持续到封建社会以来的2000多年间，甚至直到晚近的清代。"[1]

笔者对竺可桢先生和王会昌先生的研究成果表示钦佩。需要补充的是，20世纪70年代以来，以葛全胜为首的中国科学院地理科学与资源研究所历史气候变化研究团队及其国外合作者，在竺可桢先生的基础上，对中国历朝的气候变化进行了数十年的深入研究。2011年1月，他们的研究成果《中国历朝气候变化》由科学出版社出版。这本书对竺可桢先生的某些认识有所修正。例如：

第一，两汉之际（前45—30）气候寒冷，东汉中期（30—180）气候偏暖，东汉后期（180—220）气候转寒。也就是说，东汉（25—220）195年间，寒冷期只有45年，温暖期则有150年。[2]由此看来，与其把东汉划入第二个寒冷期，还不如把它划入第二个温暖期。

第二，北宋是一个"暖干的朝代"。五代后期至北宋后期（930—1100）气候温暖，北宋后期至南宋前期（1101—1200）气候寒冷。也就是说，北宋（960—1127）167年间，温暖期长达140年。[3]由此看来，第三个温暖期应由"隋唐—北宋初年"改为"隋唐—北宋后期"。

结合葛全胜等人的研究成果，可以对王会昌先生的表述略加修正，即仰韶文化后期至殷商后期（前3000—前1000）、春秋至

---

[1] 王会昌：《中国文化地理》，华中师范大学出版社1992年版，第81—84页。
[2] 参见葛全胜等：《中国历朝气候变化》，科学出版社2011年版，第146—152页。
[3] 参见葛全胜等：《中国历朝气候变化》，科学出版社2011年版，第384—403页，第440—443页。

东汉中期（前770—180）、隋代至北宋后期（581—1100）、南宋后期至元代前期（1200—1320）等四个时期为气候温暖期，而殷商后期至西周后期（前1000—前770）、东汉后期至南北朝后期（180—580）、北宋后期至南宋前期（1100—1200）、元代后期（1320—1900）至清代后期等四个时期则为气候寒冷期。

近5000年来的气候变迁，对中华民族的生存状况和文化发展构成了重大的影响。宏观地看，我国气候史上的"四个温暖期"与"四个寒冷期"，正好与我国文化史上的几个高潮期和相对低潮期相对应。例如，相对春秋战国至东汉中期的文化高潮期而言，东汉后期至南北朝后期是个文化低潮期；相对隋唐至北宋后期的文化高潮期而言，两宋之际是个文化低潮期；[1] 相对南宋后期至元代前期的文化高潮期而言，元代后期和明清时期是个文化低潮期。

当然，低潮期的文化不是没有成就，而是相对于高潮期的文化而言，它们的原创性与影响力有所逊色。以文学为例，我国的文学，从公元前11世纪（即《诗经》中的少数篇什诞生的时代）算起，直到清末，有3000年的历史。在这3000年的文学史中，最有代表性的文学，如《诗经》《楚辞》、先秦散文、两汉的散文、辞赋、乐府与五言诗，唐代的诗、文、文言小说，北宋的诗、文、词，元代前期的戏剧和散曲，就出现在"四个温暖期"中的后三个时期。在"四个寒冷期"中的后三个时期，虽然也有

---

[1] 关于两宋之际是否属于文化低潮期问题，学术界可能会有不同意见。笔者在此采纳谢桃坊先生的观点。参见谢桃坊：《北宋文化低潮时期的周邦彦词》，《宋词辨》，上海古籍出版社1999年版，第187页。

六朝五言诗与抒情小赋，南宋前期的诗词，明清的散文、诗词和戏曲这样的优秀文学，但是它们的原创性和影响力同上述温暖期的文学相比，还是有所逊色。诚然，明清小说的成就和影响是比较大的，但是明清文学的总体成就和影响还是不如上述温暖期的文学。

气候的变迁对文学的影响，也表现在文学家的分布格局的变迁上（仍以谭正璧先生所编《中国文学家大辞典》为统计对象），见表二：

表二　温暖期与寒冷期文学家之分布格局简表

气候期	时代或时段	南方人数（亚热带和热带）	北方人数（中温带和暖温带）	合计	南北比例
温暖期	春秋、战国、秦及两汉	53	156	209	2.5∶7.5
	隋、唐、五代、北宋	537	576	1113	4.8∶5.2
	元代	351	160	511	6.9∶3.1
温暖期合计		941	892	1833	5.1∶4.9
寒冷期	三国、两晋、南北朝	484	259	743	6.5∶3.5
	南宋	517	198	715	7.3∶2.7
	明代、清代	2649	448	3097	8.6∶1.4
寒冷期合计		3650	905	4555	8.0∶2.0
总计		4591	1797	6388	7.2∶2.8

说明：

1. 表中所谓南方，指江苏、上海、浙江、安徽、江西、福建、台湾、湖北、湖南、广东、广西、四川、重庆、云南、贵州、海南等16个省（区、市），相当于气候学所讲的亚热带和热带；所谓北方，指黑龙江、吉林、辽宁、内蒙古、宁夏、北京、天津、河北、河南、山东、山西、陕西、甘肃、新疆等14个省（区、市），相当于气候学所讲的中温带和暖温带。

2. 安徽、江苏两省跨亚热带和暖温带两个气候带，因占籍这两个省的文学家太多，细分起来过于繁琐，这里按照传统习惯，把这两个省统归于南方。

3. 根据历史气候学家的研究结果，南powered后期至元代前期（1200—1320）为第四个温暖期，南宋（1127—1279）152年间，寒冷期有73年，即1127—1200；温暖期有79年，即1200—1279。虽然温暖期略长于寒冷期，但寒冷期在前，温暖期在后，而笔者关于文学家的年代确认是以卒年为限，生于南宋后期即温暖期的文学家有许多跨宋、元两代，实际上已被确认为元代文学家，为不致引起混乱，故将南宋文学家划入寒冷期。

4. 元代（1279—1368）89年间，温暖期为41年，即1279—1320；寒冷期为48年，即1320—1368。虽然寒冷期略长于温暖期，但温暖期在前，寒冷期在后，生于元代后期即寒冷期的文学家有许多跨元、明两代，实际上已被确认为明代文学家，为不致引起混乱，故将元代文学家划入温暖期。

我们再把上述分布情况绘成图（见文前彩插图二至七）。

由表二可知，春秋战国秦及两汉、隋唐五代及北宋、元代前期，属于历史上的三个温暖期，文学家的南北之比为5.1∶4.9，南方略多于北方；三国两晋南北朝、南宋前期、明清，属于历史上的三个寒冷期，文学家的南北之比为8.0∶2.0，南方大大超过北方。这样的分布格局，在很大程度上是由文学家的迁徙造成的。

文学家的迁徙是一个比较复杂的问题，从微观的角度来看，可以说是各有其因；从宏观的角度来看，则不难发现其中的规律：一是从自然气候寒冷的地方迁往相对温暖的地方，一是从人文气候稀薄的地方迁往相对浓郁的地方；在自然气候温暖的时期，文学家一般是由人文气候稀薄的地方迁往相对浓郁的地方；在自然气候寒冷的时期，文学家一般是由寒冷的地方迁往相对温暖的地方。例如：春秋、战国、秦及两汉是五千年历史上的第二个温暖期，在这个时期，北方的人文气候比南方适宜得多，所以南北文学家的分布格局是2.5∶7.5，北方是南方的3倍。隋、唐、五代及北宋是第三个温暖期，在这个时期，北方的人文气候略优于南方，所以南北文学家的分布格局是4.8∶5.2，南北方的比例大体平衡；元代前期是第四个温暖期，在这个时期，南方的人文气候比北方适宜得多，所以南北文学家的分布格局是6.9∶3.1，南方是北方的2.2倍。而在三国两晋南北朝、南宋前期和明清这三个寒冷期，南方的文学家都一律多过北方，分别是北方的1.5倍、2.7倍和6.1倍。

在自然气候温暖的时期，人们的自然生存有了相应的保障，才会着重考虑人文生存的问题，所以人文气候浓郁的地方，总是比人文气候相对稀薄的地方更能吸引文学家；在自然气候寒冷的时期，人们的自然生存是第一位的，人文生存是第二位的，所以自然气候相对温暖的地方，总是比寒冷的地方更能吸引文学家。由此可见，宏观上讲，影响文学家迁徙的原因，首先是自然气候，其次才是人文气候。

历史上有一些被贬谪的文学家，因为是受处分，所以朝廷一般是把他们由自然气候相对温暖的地方贬到寒冷的地方，例如清代黑龙江的宁古塔；或是由人文气候相对浓郁的地方贬到稀薄的地方，例如唐宋时期的岭南。总之，是要让他们从身体到精神上都受到惩罚。这是一种被动的迁徙，不过其数量在中国古代文学家总数中所占比例很小，而且其中的绝大多数人并没有在贬谪之地落籍，也就是说，他们只是短暂的流寓，并没有因贬谪而改变他们的籍贯，所以这种情形并不影响笔者的上述判断。

总之，文学家的迁徙与其地理分布一样，均受到气候的影响，一个是自然气候，一个是人文气候。人文气候的影响不难理解，而自然气候的影响则很少有人提及，因此这里只讲自然气候，人文气候则从略。

第三章　气候对文学家气质
　　　　与作品风格之影响

　　本章主要讨论两个前后关联的问题：一是气候对文学家气质的影响；二是气候作用下的文学家气质对文学作品风格的影响。本来，文学家气质与文学作品风格，分别属于两个层面的问题，前者属于"文学家本体"，后者属于"文学作品本体"，前者属于本书"上篇"讨论的范围，后者属于本书"下篇"讨论的范围。但是，由于文学家气质与文学作品风格属于两个关联性很强的问题，如果把它们分开来讨论，则难免有机械和重复之弊。

　　笔者认为，气候对文学作品风格的影响，主要通过两个途径来实现：一是通过描写对象（题材）本身的特点来实现。气候（物候）因不同的地域和不同的时序而具有不同的特点，文学家写到不同地域、不同时序的气候（物候），就会给文学作品带来不同的风格。关于这一点，我们将在第七章详细讨论。一是通过文学家气质来实现。气候影响到文学家气质，文学家气质再影响到文学作品风格。不同气质的文学家，会给自己的作品带来不同的风格。这是本章所要讨论的问题。也就是说，前者讨论文学作品风格，后者讨论文学家气质与文学作品风格之间的关系。由于文学家气质与文学作品风格这两个问题具有很强的关联性，所以笔者不主张把二者分开来讨论。

为了较全面而清晰地表述二者之间的关联性，笔者拟从语言学的角度，先考察"气"、"气象"、"气候"这三个概念之间的关联性，再考察"自然气候"、"人文气候"、"文学家气质"和"文学作品风格"这四个概念之间的关联性，然后再根据国内外的有关材料和有关研究成果加以论证。

第一节　气、气象与气候之关联性

"气"的本义为"云气"。许慎《说文解字》："气，云气也。"按照现代气象学的解释，云气是指"不接地面的悬浮在大气中大量小水滴和小冰晶组成的集合体"，[1]属于"气象"的范畴。"气象"与"气候"有关联，也有区别。如果说"气象"是指发生在天空里的风、云、雨、雪、霜、露、虹、晕、闪电、打雷等一切大气的物理现象，那么"气候"，则是指整个地球或其中某一个地区一年或一段时期的气象状况的多年特点，具有周期性和地域性。"长期以来，人们都把气候看作气象要素的平均，指某一地区长时期的大气平均状态，即长时期的天气的综合表现。所谓长时期，通常指半个月以上时间。因此，月平均气温、月总降水量、月平均

---

[1] 刘敏、方如康主编：《现代地理科学词典》，科学出版社2009年版，第123页。

气压就构成了气候的三大要素。"[1]

但是，在古人那里，"气"、"气象"、"气候"这三个概念，往往是不加区分的。概括地讲，主要有三种情况：

第一种情况是，既用"气"来指"云气"，也用"气象"、"气候"来指"云气"。例如《墨子·号令》："巫祝史与望气者，必以善言告民，以请上报守。"所谓"望气"，就是根据云气的变化来占卜吉凶。这里的"气"，就是指"云气"，用的是"气"字的本义。

古人讲"云气"，既用"气"这个概念，也用"气象"这个概念。例如《旧五代史·唐书·符存审传》："居旬日，梁军逼我营。会望气者曰：'西南黑气如斗鸡之状，当有战阵。'存审曰：'我方欲决战，而形于气象，得非天赞与？'"这里的"气"和"气象"，都是指"云气"。

古人讲"云气"，也有不用"气"或"气象"，而用"气候"这个概念的。例如《三国志·蜀书·周群传》："群少受学于舒，专心候业，于庭中作小楼，家富多奴，常令奴更直于楼上视天灾，才见一气，即白群，群自上楼观之，不避晨夜。故凡有气候，无不见之者，是以所言多中。"又如《晋书·艺术传·戴洋》："侃薨，征西将军庾亮代镇武昌，复引洋问气候。"又如郦道元《水经注·阴沟水》："（文穆）郡户曹史，征试博士太常丞，以明气候，擢拜侍中右中郎将。"又如刘禹锡《边风行》："将军占气候，出号夜翻营。"上述"气候"都是指"云气"，都是讲古人根据云气的变化来预测吉凶。

第二种情况是，古人所讲"气候"，也就是现代气候学所讲的

---

[1] 姜世中主编：《气象学与气候学》，科学出版社2010年版，第2页。

"气候",既用"气候"这个概念,也用"气"和"气象"这两个概念。例如杜审言《经行岚州》:"北地春光晚,边城气候寒。往来花不发,新旧雪仍残。"又如张耒《宣城至日谒天庆观呈郡僚》:"南方异气候,霜叶未全红。"这里的"气候",就是现代气候学所讲的"气候"。

古人讲"气候",也有不用"气候"这个概念,而用"气"这个概念的。例如曹植《泰山梁甫行》:"八方各异气,千里殊风雨。"又如韩愈《南海神庙碑》:"常以立夏气至,命广州刺史行事祠下。"又如耶律楚材《过夏国新安县》:"气当霜降十分爽,月比中秋一倍寒。"又如袁宏道《曾、雷二太史过柳浪用杜韵》:"云岚深几曲,五月气犹寒。"上述"气",都不是指"云气",而是指"气候",反映的是"气象状况的多年特点",具有"周期性"和"地域性"。

古人讲"气候",也有不用"气候"和"气",而用"气象"这个概念的。如苏轼《与章子厚书》云:"黄州僻陋多雨,气象昏昏也。"这里的"气象"显然是指"气候",因为"黄州僻陋多雨"这六个字,描述的是一种具有"地域性"和"周期性"的状态。

第三种情况是,古人讲"气象",也就是现代气象学所讲的"气象"的时候,既用"气象"这个概念,也用"气"和"气候"这两个概念。例如刘大櫆《漱润楼记》云:"风雨云烟,晨夕之气象万变。""晨夕"之间的"风雨云烟",反映的是当前的气象状况,无疑属于"气象"的范畴。

古人讲"气象",也有不用"气象"这个概念,而用"气"这个概念的。例如《左传·昭公元年》:"天有六气……六气曰阴、阳、风、雨、晦、明也。""阴、阳、风、雨、晦、明"云者,就是现代气象学所讲的"气象"。

古人讲"气象",也有不用"气象"和"气",而用"气候"这个概念的。如谢灵运《石壁精舍还湖中作》:"昏旦变气候,山水含清晖。"昏旦(早晚)之间的大气变化,按照现代气象学的观点,显然是指"气象",而不是指"气候"。

总之,古人讲"云气",即讲"气"的本义的时候,往往既用"气"这个概念,也用"气象"和"气候"这两个概念;古人讲现代气候学所讲的"气候"的时候,既用"气候"这个概念,也用"气"和"气象"这两个概念;古人讲现代气象学所讲的"气象"的时候,既用"气象"这个概念,也用"气"和"气候"这两个概念。这三种情况表明:

第一,当"气"这个概念回到它的本义,即用它来指"云气"的时候,是可以与"气象"、"气候"这两个概念通用的。

第二,"气象"、"气候"这两个概念最接近"气"这个概念的本义。

第三,在古人那里,"气"、"气候"、"气象"这三个概念,既可以互指"云气",也可以互指"气候"和"气象",三者之间是可以相互替换的。

第四,古人使用"气"、"气候"、"气象"这三个概念,既有严加区分的时候,也有区分不尽严格的时候;既有与现代气象(气候)学相合的地方,也有不尽相合的地方。古人使用这三个概念,之所以区分不尽严格,之所以与现代气象(气候)学不尽相合,之所以会有相互替换的情况,是因为作为本义的"气",即"云气"的"气",与"气象"、"气候"二者之间确有客观上的关联性,是因为"气象"与"气候"之间也有客观上的关联性。

第二节　自然气候、人文气候、文学家气质与文学作品风格之关联性

"气"的本义是"云气",后来泛指一切气体,一切与"气"有关的事物。"气"这个概念的内涵是极为丰富的,外延是极为宽泛的。在《汉语大字典》里,"气"字的义项多达23个;在《汉语大词典》里,"气"字的义项多达31个,以"气"为词根(构词语素)的词条(不含成语)多达180个。

笔者曾对《汉语大字典》和《汉语大词典》中"气"字的义项进行比对和统计,除去重复,共有33个。笔者发现,在这33个义项和180个以"气"为词根的词条中,与"自然气候"有关的有16个,与"人文气候"有关的有13个,与"文学家气质"有关的有43个,与"文学作品风格"有关的有19个。请看下表:

表三　与自然气候有关的义项和词条简表

气字的义项	云气	以气为词根的词条	气候(一年中的二十四节气与七十二候;亦泛指时令;指云气等变化;天气)
	蜃气		
	气象		气象(气候、天象,景色)
	节气;气候		气势(气象)
	景象		气节(节气,节令)
			气令(犹节令)
			气数(指节气)
			气运(节候的流转变化)
			气朔(指显示吉凶的云气和每月的朔日,后亦泛指节气、岁时)
			气温(空气的温度)
			气劲(气候寒冽)
			气和(气候调和)

表四　与人文气候有关的义项和词条简表

气字的义项	指社会风气和习俗；风尚	以气为词根的词条	气候（比喻结果、成就、前途）
	气氛		气象（气派）
			气土（犹风土）
			气度（风气习俗）
			气俗（风气习俗）
			习气（风气习俗）
			气脉（风气习俗）
			气氛（指特定环境中给人强烈感觉的景象或情调）
			气貌（谓描述气势、形貌）
			气魄（气势，气派）
			气概（气派，声势）

表五　与文学家气质有关的义项和词条简表

气字的义项	指人的精神状态、情绪	以气为词根的词条	气候（指人的神态风貌）
	指人或物的某种特质或属性		气象（气度，局量；气概，气派）
	指人的元气、生命力		气质（指人的生理、心理等素质，是相当稳定的个性特点）
	指作家的气质		气禀（指人生来就有的气质）
			气分（引申为气息，气质）
			气习（气质，习性）
			气性（气质，性情）
			气血（气性，精神，精力）
			气宇（胸襟，度量。亦指气概，风度）
			气局（气度格局）
			气骨（气概，骨气）
			气格（指人的气度和品格）

（续表）

		气志（指精神，意志）
		气意（气概，意志）
		气概（气概，魄力）
		气派（指人的态度，作风）
		气岸（气概，意气）
		气略（气魄和谋略）
		气魄（气概，魄力）
		气势（气概，勇力）
		气矜（气势）
		气品（指人的气派和品貌）
		气调（气概，风度）
		气度（气魄风度）
		气韵（指人的神采和风度）
		气干（气魄和才干）
		气力（才气，才力）
		气决（谓果敢而有魄力）
		气盛（气势盛大。犹血气方刚）
		气茂（犹气盛）
		气劲（意气傲岸）
		气雄（气魄雄健）
		气侠（义气豪侠）
		气刚（脾气火爆）
		气秀（气质秀美）
		气馁（中气虚弱）
		气昏（气质浑浊）
		气孱（气质虚弱）
		气类（气质同类者）

表六　与文学作品风格有关的义项和词条简表

气字的义项	声气；语气		
	指作品的风格、气势；亦指文风		
	以气为词根的词条	气候（指书画或诗文的气韵、风格）
		气象（指诗文字画的气韵和风格）
		气质（犹风骨。指诗文清峻慷慨的风格）
		气体（文章的气势与风格）
		气息（指诗文的风格）
		气味（比喻意趣或情调）
		气骨（指作品的气势和骨力）
		气格（指诗文的气韵和风格）
		气机（指行文的气势）
		气脉（谓诗文的气势、结构、脉络）
		气势（指诗文的气韵或格调）
		气调（语气声调。气韵，才调）
		气度（指诗文的气韵）
		气韵（指文章、书画的风格）
		气焰（指诗文的气势和力量）
		气习（指诗文风格）
		气劲（语气坚定严厉）

由以上四表得知，在"气"字的33个义项和以"气"为词根的180个词条中，竟有13个义项和78个词条，分别与"自然气候"、"人文气候"、"文学家气质"和"文学作品风格"有关，占了总数的43%，将近一半。这是很值得注意的现象。

更值得注意的是，综观这13个义项和78个词条，我们还发现，"气"、"气象"和"气候"这三个概念，不仅可以互指"自然气候"，也可以互指"人文气候"、"文学家气质"和"文学作品风

格"。请看下面这四组例证:

气,候也……又年有二十四气。
——《玉篇·气部》

五日谓之候,三候谓之气,六气谓之时,四时谓之岁。
——《黄帝内经·素问·六节藏象论》

黄州僻陋多雨,气象昏昏也。
——(宋)苏轼《与章子厚书》

九夏苦炎热,入伏气候恶。况兹大旱时,其酷甚炮烙。
——(宋)苏舜卿《依韵和胜之暑饮》

气候今年晚,浓霜始此回。
——(宋)陆游《园中书触目》

绝塞逢秋已觉凉,此中气候已非常。
——(明)唐顺之《游遵化汤泉》

然譬诸霜雁叫天,秋虫吟野,亦气候所感使然。
——(清)宋荦《〈明遗民诗〉序》

山深异气候,四月流溅水。
——(清)吴瞻泰《过虎村上芙蓉岭》

这八个例子中的"气"、"气象"和"气候",都是指"自然气候"。

俗素朴,无造次辨丽之气。
——(晋)常璩《华阳国志·巴志》

礼乐者，先王所以养人之神，正人气而归正性也。

——（宋）王安石《礼乐论》

其实唐室大有胡气，明则无赖儿郎。

——鲁迅《书信·致曹聚仁》

韩平原作南园于吴山之上，其中有所谓村庄者，竹篱茅舍，宛然田家气象。

——（宋）罗大经《鹤林玉露》卷九

从戊戌算来，也有二十年了，我们学人家的声光化电，多少还有点样子，唯独学到典章政法，却完全不成个气候，这是什么缘故呢？

——茅盾《霜叶红似二月花》之二

这五个例子中的"气"、"气象"和"气候"，都是指"人文气候"，即一个地方的风尚、风气、风俗、习俗、习气。

同声相应，同气相求。水流湿，火就燥，云从龙，风从虎……各从其类也。

——《易·乾》

故同方者以类附，等契者以气集。

——（晋）陆机《辨亡论》

意气骏爽，则文风清焉。

——（南朝梁）刘勰《文心雕龙·风骨》

（王丘）气象清古，行修洁，于词赋尤高。

——（宋）欧阳修《新唐书·王丘传》

> 然长不盈七尺,气候分明,内行修洁,其所文采,唯施军器,余皆质素。
> ——(晋)陈寿《三国志·吴志·朱然传》
> 苗十发气候哑咤,凭恃群亲,索人承事。
> ——《太平广记》卷四九〇引《东阳夜怪录》
> 岁朝贺亲,有棉袍纱套者,不惟气候迥别,即土著人物,同一五官而神情迥异。
> ——(清)沈复《浮生六记·浪游记快》
> 侣笙出落得精神焕发……眉宇间还带几分威严气象。
> ——吴趼人《二十年目睹之怪现状》第一回
> 没有高山不显平地……(闯王)才是打江山的气象。
> ——姚雪垠《李自成》第一卷第十四章

上述九个例子中,"意气骏爽"和"气象清古"中的"气"、"气象"是专指文学家的气质;其余几个中的"气"、"气象"和"气候",则是指一般人的气质。

> 文以气为主,气之清浊有体,不可力强而致。
> ——(三国魏)曹丕《典论·论文》
> 为文以意为主,气为辅,以辞采章句为之兵卫。
> ——(唐)杜牧《答庄充书》
> 仲文始革孙许之风,叔原大变太元之气。
> ——(南朝梁)沈约《宋书·谢灵运传》

杜子美穷高妙之格，极豪逸之气。

——（宋）秦观《韩愈论》

建安能者七，卓荦变风操。逶迤抵晋宋，气象日凋耗。

——（唐）韩愈《荐士》

今汉碑在者皆隶字，而程邈此帖乃是小楷，观其气象，岂敢遂信以为秦人书？

——（宋）秦观《史籀李斯》

文章气象难形容，腾龙矫凤游秋空。

——（元）耶律楚材《和南质张学士敏之见赠》

这诗颇有台阁气象，不似山野人作。

——（明）叶祖宪《鸾口记·劝仕》

间作指头小楷，楮墨玲珑，气象飞动，人多宝而藏之。

——（清）刘大魁《赠大夫闵公传》

气候急刻，不能闲退。

——（宋）刘克庄《江西诗派小序》

风范气候，极妙参神。

——（南朝齐）谢赫《古画品录》

希逸诗气候清雅，不逮于王袁，然兴属闲长，良无鄙促也。

——（南朝梁）钟嵘《诗品》卷下

文咏词调有古时人气候。

——（唐）元稹《唐故万州刺史刘君墓志》

这13个例子中，除了秦观"观其之象"、刘大魁"气象飞动"中的"气象"是指书法的风格，谢赫的"风范气候，极妙参神"

中的"气候"是指绘画的风格,其他10个例子中的"气"、"气象"和"气候",都是指文学作品的风格。

上述例证表明:

第一,"气"、"气象"、"气候"三者之间,具有普遍的关联性。

第二,由于"气"、"气象"、"气候"三者之间具有普遍的关联性,使得"自然气候"、"人文气候"、"文学家气质"和"文学作品风格"四者之间,也具有普遍的关联性。

常识告诉我们,一个概念,如果可以指多个事物,那就表明这多个事物之间一定存有某种内在的联系。"气"、"气候"、"气象"这三个概念,既可以指"自然气候",也可以指"人文气候",既可以指"文学家气质",也可以指"文学作品风格",这就表明,在"自然气候"、"人文气候"、"文学气质"和"文学作品风格"四者之间一定存在某种内在的联系。

这种内在的联系是什么呢?如上所述,"气"这个概念的本义是"云气","云气"属于气象学的范畴;而"气象"、"气候"这两个概念,则属于气象学和气候学的范畴。在古人那里,"气"、"气象"、"气候"这三个概念,都是可以相互替换的,都是可以指"气候"的。因此,我们有理由说:"自然气候"、"人文气候"、"文学家气质"和"文学作品风格"之间的内在联系,或者说"节点",其实就是"自然气候"。

通过语言学方面的上述考察,我们的初步结论是:

第一,"自然气候"影响到"人文气候"。

第二,"自然气候"与"人文气候"的共同作用,影响到"文学家气质"。

第三,"自然气候"与"人文气候"影响之下的"文学家气质",影响到"文学作品风格"。

当然,这些结论只是通过汉语的有关词语之间的关联性推导出来的,这些结论能不能最终成立,还有待于根据中国和外国的有关材料,以及有关研究成果加以论证。

第三节 气候对人的气质之影响

气质这个东西,是生命的精神状态的一种表征。气质这个概念,与日常生活中人们所说的"脾气"、"性格"、"禀性"、"性情"等含义相近。《中国大百科全书·心理学》(2000年版)对"气质"这个概念的解释是:

> 人的心理活动的动力特征。它主要表现在心理过程的强度、速度、稳定性、灵活性及指向性上。人们情绪体验的强弱,意志努力的大小,知觉或思维的快慢,注意集中时间的长短,注意转移的难易,以及心理活动是倾向于外部事物还是倾向于自身内部等等,都是气质的表现。
>
> 人的气质有四种最基本的类型,其心理特征可表述如下:1.多血质——活泼好动,容易适应新的环境;注意易于转移,接受新事物快,但印象不很深刻;情绪和情感易于产生也易于改变,并直接表露于外。2.胆汁质——直率热情,精力旺盛;性情急躁,反应迅速;情绪明显外露,但持续时间不长;

行为上表现出不平衡性,工作特点带有明显的周期性。3. 黏液质——安静平稳,反应缓慢;善于克制自己,情绪不易外露;注意稳定但难于转移。4. 抑郁质——行为孤僻,反应迟缓,体验深刻,情绪不易外露,善于察觉到别人不易察觉的细小事物。

气质使人的心理活动染上某些独特的色彩,也影响性格形成和发展的速度与状态。但它并不决定一个人性格的倾向性和能力的发展水平。气质类型没有优劣之分,任何一种气质类型既有积极的一面,也有消极的一面。

这个解释反映了当代学术界的认识水平,因而大体上能够为人们所接受。作为生命个体心理活动的动力特征,气质是如何形成的?这是一个有待于进一步研究的问题。《中国大百科全书·心理学》的表述是:"它是在人的社会生活与教育条件的影响下形成、发展和改造的。"应该说,这个表述过于简单。无数的事实证明,气质的形成,离不开遗传和环境的共同作用。而《中国大百科全书·心理学》的表述,则明显地存在两个缺陷。第一,它完全忽略了遗传的作用。事实上,所谓"多血质"、"胆汁质"、"黏液质"、"抑郁质"等心理特征的形成,怎么能够排除遗传的作用呢?第二,它讲环境的作用,只讲了"人的社会生活与教育条件",就是说,只讲了人文环境,而完全忽略了自然环境,这也是不全面的。事实上,气质的形成,正是先天的遗传,以及后天的自然环境和人文环境共同作用的结果。只要我们承认气质的形成与遗传有关,就不能忽略自然环境这一要素。

笔者认为,研究气质的形成问题,必须认真地梳理和借鉴前人的相关成果。事实上，在我国，自先秦以来，人们就开始了关于气质问题的探讨，有些认识还是比较到位的。如元好问《送刘子东游》诗云：

> 刘郎世旧出雄边，生长幽并气质全。
> 阵马风樯见豪举，雪车冰柱得真传。[1]

诗中的刘郎是中唐诗人刘叉的后人。辛文房《唐才子传》云："叉，河朔间人，一节士也。少尚义行侠，傍观切齿，因被酒杀人亡命，会赦乃出。更改志从学，能博览，工为歌诗，酷好卢仝、孟郊之体，造语幽蹇，议论多出于正。《冰柱》、《雪车》二篇，含蓄讽刺，出二公之右矣。"[2] 元好问的意思是说，作为刘叉的后人，刘郎生长在幽州、并州一带（今之河北北部和山西北部），自幼受到当地自然环境（包括相对寒冷的北温带气候）的影响，又见过许多"阵马风樯"的场面，受到当地人文环境（尚武之风）的影响，有豪迈奔放之举；又得先人刘叉《雪车》、《冰柱》之"真传"，具有文学方面的天赋。能文能武，刚柔并济，所以称之为"气质全"。元好问的这首诗，实际上已经涉及了影响气质形成的几个重要因素：自然环境（包括气候）、人文环境和家族遗传。

事实上，古人讲环境对气质的影响时，从来不忽视自然环境（包括气候）这一方面。在许多时候，自然环境甚至摆在了第一

---

[1] 施国祁注，麦朝枢校：《元遗山诗集笺注》，人民文学出版社1985年版，第489页。
[2] 傅璇琮主编：《唐才子传校笺》第2册，中华书局1989年版，第278—279页。

位。例如《礼记·王制》中就有这样一段话:

> 凡居民材,必因天地寒暖燥湿,广谷大川异制,民生其间者异俗,刚柔轻重迟速异齐,五味异和,器械异制,衣服异宜。修其教不易其俗,齐其政不易其宜。中国戎夷五方之民,皆有性也,不可推移。[1]

这里所谓"性",就是本性,也就是我们今天所讲的气质;所谓"天地寒暖燥湿,广谷大川异制",是讲不同的自然环境,包括气候(寒暖燥湿)、地貌和水文(广谷大川);所谓"异俗",是指不同的人文环境(风俗、习俗)。古人认为,无论是中原(中国)之民,还是周边(戎夷)之民,都有其本性或气质,这是不同的自然环境和人文环境共同作用的结果,统治者只能"齐其政",但不能"易其宜",即不可能改变他们的本性或者气质。很显然,在讲到人的"性"(气质)的形成条件时,古人特别注意到了自然环境,包括气候(寒暖燥湿)的作用。

如果说,《礼记·王制》中的这一段话还略嫌简单的话,那么清代学者李淦在《燕翼篇·气性》中讲的这一段话就可以说是比较详细了:

> 地气风土异宜,人性亦因而迥异。以大概论之,天下分三道焉:北直、山东、山西、河南、陕西为一道,通谓之北人;江南、浙江、江西、福建、湖广为一道,谓之东南人;

---
[1]《礼记·王制》,阮元校刻:《十三经注疏》,中华书局2009年版,第2896页。

四川、广东、广西、云南、贵州为一道，谓之西南人。北地多陆少水，人性质直，气强壮，习于骑射，惮于乘舟，其俗俭朴而近于好义，其失也鄙，或愚蠢而暴悍。东南多水少陆，人性敏，气弱，工于为文，狎波涛，苦鞍马，其俗繁华而近于好礼，其失也浮，抑轻薄而侈靡。西南多水多陆，人性精巧，气柔脆，与瑶侗苗蛮黎蜒等类杂处，其俗尚鬼，好斗而近于智，其失也狡，或诡谲而善变。[1]

李淦所谓"地气风土"，就是指地理环境；所谓"人性"，就是指人的气质；所谓"北直"，即今之北京、天津、河北；所谓"江南"，即今之江苏、安徽；所谓"湖广"，即今之湖北、湖南。李淦认为，正是"多陆少水"、"多水少陆"、"多水多陆"的地理环境，形成了"北人"、"东南人"和"西南人"的或"强壮"，或"弱"，或"柔脆"的气质。李淦的描述归纳了前人的许多类似说法，大体上还是可信的。

李淦所讲的"地气"，就是指气候。张九龄《感遇》："江南有丹橘，经冬犹绿林。岂伊地气暖？自有岁寒心。"李淦所讲的"地气"，与张九龄诗中的"地气"是同一个意思，都是指气候。李淦讲人的气质形成的原因，实际上已经包含了气候（地气）、水文（多水、少水）和地貌（多陆、少陆）等三个自然地理要素。这一点是非常值得注意的。

地理环境包括地貌、水文、生物、气候等多个要素，哪一个要素对人类的影响最为直接、最为有力呢？无数的事实证明，是

---

[1] 李淦：《燕翼篇·气性》，张潮辑：《檀几丛书》二集，康熙刊本。

气候。法国著名启蒙思想家孟德斯鸠讲："气候的影响是一切影响中最强有力的影响。"[1]气候不仅直接影响到人的生产与生活，还直接影响到人的气质。

如表五所示，在《汉语大词典》里，有关"气质"的词条多达39个。其中气候、气象、气质、气禀、气分、气习、气性、气血、气宇、气局、气骨、气格、气志、气意、气概、气派、气岸、气略、气魄、气势、气矜、气品、气调、气度、气韵、气干、气力这27个词，涉及气质的"本质"，或者说，它们所概括的是气质的"本体"，而气类、气决、气盛、气茂、气劲、气雄、气侠、气刚、气秀、气馁、气昏、气屦这12个词，涉及气质的"类型"，或者说，它们所概括的是关于气质的"价值判断"。这39个涉及气质的"本体"和"价值判断"的词，每一个都离不开一个"气"字。这个"气"字的本义是什么呢？按《说文解字》的解释，是"云气"。在中国古人那里，作为"云气"的"气"，与"气候"、"气象"这两个词语是相通的，甚至是可以相互替换的，即可以直接用"气"、"气候"、"气象"来指人的气质，仅仅是《汉语大词典》所列举的例子，就多达9处。这就从语言学上证明，影响气质形成的最为直接、最为有力的地理要素，不是地貌，不是水文，也不是生物，而是气候。

中国古代学者关于气质问题的认识，可以说是既比较早，也比较全面。用现在的眼光来看，其不足之处是不够细致，有些笼统。这可能是因为中国古代科学技术不发达，人们对许多问题的认识和判断，由于没有具体的科学实验作支撑，不可能描述得很

---

[1] 〔法〕孟德斯鸠著，张雁深译：《论法的精神》上册，商务印书馆1963年版，第372页。

具体。也可能与中国古代学者的思维方式有关，古代学者对事物的认识，注重其整体性的把握，而不作具体的分析。因此，关于气质形成的原因，我们还得同时看看外国学者的意见。

外国学者对于气质问题的研究，大致上可以归纳为三种意见：一是古希腊学者希波克拉底和亚里士多德的"体液说"，一是俄国巴甫洛夫学派的"神经说"，一是法国学者孟德斯鸠的"气候说"。希波克拉底和亚里士多德认为，气质取决于人体内的四种液体，即血液、黏液、黄胆汁和黑胆汁的混合比例，他们因此以何种体液占优势而把人的气质分为多血质、黏液质、胆汁质和抑郁质这四种类型。这个"体液说"虽然不被一些人所采纳，但四种气质类型的名称却被巴甫洛夫学派及其后继者所沿用。巴甫洛夫学派认为，人有四种典型的高级神经活动类型，即活泼的、安静的、不可抑制的、弱的，分别与希波克拉底的四种气质类型相对应，而四种气质类型就是四种典型的高级神经活动类型的外在表现。

如今一些谈气质问题的人，动辄提到巴甫洛夫学派，包括这个学派的后继者如捷普洛夫、涅贝利岑和默林等，很少有人提到法国18世纪的启蒙思想家孟德斯鸠。其实在笔者看来，孟德斯鸠的观点倒是非常值得注意的。例如大多数人都认为气质与人的神经系统有关，那么，是什么东西对人的神经系统的影响最为直接呢？孟德斯鸠认为，是自然气候。[1] 也就是说，在孟德斯鸠看来，

---

[1] 事实上，古希腊学者希波克拉底和亚里士多德也认为，人的体液是受了天气和气候的影响的。"古希腊人希波克拉底和亚里士多德相信天气和气候影响身体中的液体，体液又会影响个体的气质。"参见〔美〕保罗·贝尔等著，朱建军等译：《环境心理学》（第5版），中国人民大学出版社2009年版，第167页。

人的气质的形成，最终是受了自然气候的影响。他说：

> 寒冷的空气把我们身体外部纤维的末端紧缩起来（自注：这甚至一望就看得出来：气候寒冷，人就显得瘦些）；这会增加纤维末端的弹力，并有利于血液从这些末端回归心脏。寒冷的空气还会减少这些纤维的长度（自注：我们知道寒冷的空气使铁缩短），因而更增加它们的力量。反之，炎热的空气使纤维的末端松弛，使它们伸长，因此减少了它们的力量和弹力。
>
> 所以人们在寒冷气候下，便有较充沛的精力。心脏的动作和纤维末端的反应都较强，分泌比较均衡，血液更有力地走向心房；在交互的影响下，心脏有了更大的力量。心脏力量的加强自然会产生许多效果，例如：有较强的自信，也就是说，有较大的勇气；对自己的优越性有较多的认识，也就是说，有较少复仇的愿望；对自己的安全感有信任，也就是说，较为直爽，较少猜疑、策略与诡计。结果，当然产生很不同的性格。如果把一个人放在闷热的地方，由于上述原因，他便要感到心神非常萎靡。在这种情况下，如果向他提议做一件勇敢的事情，我想他是很难赞同的。……炎热国家的人民，就像老头子一样怯懦；寒冷国家的人民，则像青年人一样勇敢。……
>
> 北方人民身体纤维的力量大，所以从食物吸收较粗劣的液汁，因而有两种结果。一，分泌乳糜液或淋巴液的各器官，因为表面宽大，比较适于纤维，并滋养纤维。二，因为这些器官粗糙，不能把相当精细的液汁给予神经。所以这些人民身体魁伟，但不大活泼。……在炎热的国家，皮肤的组织松

弛，神经的末端展开，最软弱的东西的最微小的动作也都会感受到。在寒冷的国家，皮肤的组织收敛，乳头状的细粒压缩，小粟粒腺多少有些麻痹。除了极强烈的并且由整个神经传递的感觉而外，一般的感觉是达不到脑子的。但是想象、趣味、感受性、活泼性，却都要依靠那无数细小的感觉。……

在南方的国家，人们的体格纤细、脆弱，但是感受性敏锐；他们或者是耽于一种在闺房中不断地产生而又平静下来的爱情，要不然就是耽于另外一种爱情，……在北方国家，人们的体格健康魁伟，但是迟笨，他们对一切可以使精神焕发的东西都感到快乐，例如狩猎、旅行、战争和酒。……你将在北方气候之下看到邪恶少、品德多、极诚恳而坦白的人民。当你走近南方国家的时候，你便将感到自己已完全离开了道德的边界；在那里，最强烈的情欲产生各种犯罪，每个人都企图占别人的一切便宜来放纵这些情欲。在气候温暖的国家，你将看到风尚不定的人民，邪恶和品德也一样的无常，因为气候的性质没有充分的决定性，不能把它们固定下来。[1]

炎热的气候使人的力量和勇气委顿；而在寒冷的气候下，人的身体和精神有一定的力量使人能够从事长久的、艰苦的、宏伟的、勇敢的活动。不仅在国与国之间是如此，即在同一国中地区与地区之间也是如此。中国北方的人民比南方的人民勇敢，朝鲜南方的人则不如北方的人勇敢。[2]

---

[1]〔法〕孟德斯鸠著，张雁深译：《论法的精神》上册，商务印书馆1963年版，第270—274页。
[2] 同上书，第326页。

孟德斯鸠的观点不一定全都正确[1]，但至少可以供我们参考，尤其是当我们把他的这些观点与我国古人的上述观点相对照时，其参考价值更大。

孟德斯鸠所谓"寒冷的国家"，指的是英格兰、德意志和荷兰；所谓"气候温暖的国家"，指的是法国；所谓"炎热的国家"，指的是意大利和西班牙。如果仅仅从纬度上来看，这三种类型的国家基本上只与我国的北方地区相对应，因而缺乏可比性（见表七）。

表七　孟氏所言欧洲三类国家与中国境内同纬度地区之对照表

欧洲三类国家	我国境内同纬度地区	纬度
寒冷的国家（英格兰、德意志、荷兰）	黑龙江省齐齐哈尔市以北地区 新疆维吾尔自治区塔城市以北地区	47°—58°
气候温暖的国家（法国）	辽宁省沈阳市以北地区 新疆维吾尔自治区吐鲁番市以北地区 黑龙江省黑河市以南地区	43°—51°
炎热的国家（意大利、西班牙）	河南省洛阳市以北地区 黑龙江省哈尔滨市以南地区	35°—46°

如果从气候类型，尤其是从月平均气温与年降水量来看，这三种类型的国家与李淦所讲的我国境内的"三道"，还是有一定的可比性的（见表八）。

---

[1] 例如，孟氏认为："亚细亚是没有温带的；和严寒的地区紧接着的就是炎热的地区，如土耳其、波斯、莫卧儿、中国、朝鲜和日本等。"（见该书下册第328页）这一观点就不正确。事实上，中国的气候环境是非常多样而复杂的。根据热量的不同，中国可分为热带、亚热带、暖温带、中温带、寒温带和高原气候区等6个气候带；根据降水量的不同，中国又可分为湿润区、半湿润、半干旱区和干旱区等4种类型。可以说，世界上没有哪一个国家的气候环境像中国的这样具有如此大的地域差异。中国不仅有温带，而且温带的面积还很广大。

表八　孟氏所言欧洲三类国家与李氏所言中国境内三道气候类型之对照表

国家和地区		气候类型	一月平均气温	七月平均气温	年降水量
寒冷国家	英格兰、德意志、荷兰	温带海洋型向温和大陆型过渡气候	−6℃—7℃	13℃—18℃	500毫米—1500毫米
温暖国家	法国	温带海洋型气候	0℃—10℃	15℃—25℃	500毫米—1000毫米
炎热国家	意大利、西班牙	地中海型气候	−12℃—10℃	22℃—40℃	300毫米—1000毫米
北方地区	北直、山东、山西、河南、陕西	中温带、暖温带大陆型季风气候	−21℃—−3℃	18℃—27.5℃	300毫米—1000毫米
东南地区	江南、浙江、江西、福建、湖广	北亚热带、中亚热带大陆型、海洋型季风气候	−1.5℃—13℃	26℃—30℃	800毫米—2200毫米
西南地区	四川、广东、广西、云南、贵州	中亚热带、南亚热带、北热带海洋型、高原型季风气候	5℃—20.8℃	19℃—29℃	1100毫米—2400毫米

注：表中数据均采自《中国大百科全书·气候》（2000年版）

由于受西伯利亚寒潮的影响，冬季的我国是世界上同纬度国家中最冷的国家。以1月平均气温为例，我国东北地区要比纬圈平均偏低15℃—20℃，黄淮地区偏低10℃—15℃，长江以南偏低6℃—10℃，华南沿海偏低5℃上下。又由于受东南季风的影响，我国的年降雨量从东南向西北逐步减少。大致淮河、汉水以南地区年降雨量都在 1000 毫米以上，东南沿海普遍在 2000 毫米左右，而西北内陆的吐鲁番、塔里木和柴达木等盆地多在 20 毫米以下。

大致上讲，孟德斯鸠所讲的"寒冷国家"的气候，相当于李淦所讲的"北方"一道的气候；孟氏所讲的"温暖国家"和"炎热国家"的气候，相当于李氏所讲的"东南"和"西南"二道的气候。

孟氏所描述的"寒冷国家"人民的气质，与李氏所描述的"多陆少水"地区人民的气质，大体上可以得到印证；孟氏所描述的"温暖国家"和"炎热国家"人民的气质，与李氏所描述的"多水少陆"、"多水多陆"地区人民的气质，大体上也可以得到印证（见表九）。

表九　李、孟氏所言地域、气候、人的气质之对照表

地域	气候	人的气质
北方一道（李氏） 英格兰、德意志、荷兰（孟氏）	多陆少水（李氏） 气候寒冷（孟氏）	人性质直，气强壮，习于骑射，惮于乘舟，其俗俭朴而近于好义，其失也鄙，或愚蠢而暴悍。（李氏） 有较充沛的精力、较强的自信、较大的勇气。像青年人一样勇敢。对自己的优越性有较多的认识。较少复仇的愿望。对自己的安全感有信任。较为直爽，较少猜疑、策略与诡计。身体魁伟，但不大活泼。体格健康魁伟，但是迟笨，对一切可以使精神焕发的东西都感到快乐，例如狩猎、旅行、战争和酒。邪恶少，品德多，极诚恳而坦白。一般的感觉是达不到脑子的。想象、趣味、感受性、活泼性较弱。（孟氏） 中国北方人比南方人勇敢。（孟氏）

（续表）

东南、西南二道（李氏）	多水少陆、多水多陆（李氏）	（东南）人性敏，气弱，工于为文，狎波涛，苦鞍马，其俗繁华而近于好礼，其失也浮，抑轻薄而侈靡。（李氏）
		（西南）人性精巧，气柔脆，与瑶侗苗蛮黎蜑等类杂处，其俗尚鬼，好斗而近于智，其失也狡，或诡谲而善变。（李氏）
法国（孟氏）	气候温暖（孟氏）	在气候温暖的国家，你将看到风尚不定的人民，邪恶和品德也一样的无常，因为气候的性质没有充分的决定性，不能把它们固定下来。（孟氏）
意大利、西班牙（孟氏）	气候炎热（孟氏）	炎热国家的人民，就像老头子一样怯懦。最软弱的东西的最微小的动作也都会感受到。体格纤细、脆弱，但是感受性敏锐。（孟氏）

总之，当我们讨论人的气质（包括文学家的气质）的成因时，自然气候无疑是一个相当重要的因素。讲人的气质（包括文学家的气质）的成因，如果排除或者轻视自然气候这一要素，许多问题是讲不清楚的。

第四节 气候作用下的文学家气质对文学作品风格之影响

文学作品的风格问题，也是一个很复杂的问题。《中国大百科全书·中国文学》（2000年版）对"风格"这一概念的解释是：

风格，指文学创作中表现出来的一种带有综合性的总体特征。就一部作品来说，可以有自己的风格；就一个作家来说，可以有个人的风格；就一个流派、一个时代、一个民族的文学来说，又可以有流派风格（或称风格流派）、时代风格和民族风格。风格是识别和把握不同作家作品之间的区别的标志，也是识别和把握不同流派、不同时代、不同民族文学之间的区别的标志。

文学作品风格的形成主要受哪些因素的影响？《中国大百科全书·中国文学》将其归纳为三点：一是主观因素，指"作家的自身条件，包括作家的世界观、艺术修养、个人经历、禀赋、气质、学识等，这些因素本身并不就是风格，但它们却从各自的角度影响风格的形成"；二是客观因素，包括"描写对象（即题材）本身的特点和性质"，"具体的时代条件和历史环境"，以及"各民族不同的生活方式、思维方式和语言方式，不同的风俗习惯、文化传统、心理素质等"。三是形式因素，如体裁、语言、艺术方法、写作技巧等。

作家的气质是影响文学作品风格形成的主观因素之一，《中国大百科全书·中国文学》讲到了这一点，但讲得还不够深入。事实上，中国古代文论家在讲到文学作品风格的时候，是非常重视作家的气质这个因素的。曹丕《典论·论文》：

> 文以气为主，气之清浊有体，不可力强而致。譬诸音乐，曲度虽均，节奏同检，至于引气不齐，巧拙有素，虽在父兄，不能以移子弟。[1]

---

[1] 曹丕：《典论·论文》，严可均辑：《全上古三代秦汉三国六朝文》第3册，河北教育出版社1997年版，第91页。

曹丕所讲的这个"气"是指什么呢?《中国大百科全书·中国文学》"文气"条说:"他(曹丕)所说的'气'就是文气,是文章所体现的作家精神气质。"这个解释是非常到位的。曹丕认为,文章(包括文学作品)风格的形成,主要在一个"气"字,即作家的精神气质。这就把"气质"对文学作品风格的影响提到了一个非常重要的位置。刘勰对这一点是非常赞成的。其《文心雕龙·风骨》讲:"故魏文称'文以气为主,气之清浊有体,不可力强而致'。故其论孔融,则云'体气高妙';论徐干,则云'时有齐气';论刘桢,则云'有逸气'。公干亦云:'孔氏卓卓,信含异气,笔墨之性,殆不可胜。'并重气之旨也。"

刘勰本人也继承了曹丕的上述观点,同样非常重视作家的气质对文学作品风格的影响。其《文心雕龙·体性》讲:

> 才有庸俊,气有刚柔,学有浅深,习有雅郑,并情性所铄,陶染所凝,是以笔区云谲,文苑波诡者矣。故辞理庸俊,莫能翻其才;风趣刚柔,宁或改其气;事义浅深,未闻乖其学;体式雅郑,鲜有反其习。各师成心,其异如面……
>
> 若夫八体屡迁,功以学成,才力居中,肇自血气;气以实志,志以定言,吐纳英华,莫非情性。是以贾生俊发,故文洁而体清;长卿傲诞,故理侈而辞溢;子云沈寂,故志隐而味深;子政简易,故趣昭而事博;孟坚雅懿,故裁密而思靡;平子淹通,故虑周而藻密;仲宣躁锐,故颖出而才果;公干气褊,故言壮而情骇;嗣宗俶傥,故响逸而调远;叔夜俊侠,故兴高而采烈;安仁轻敏,故锋发而韵流;士衡矜重,故情繁而辞隐。

触类以推，表里必符，岂非自然之恒资，才气之大略哉！[1]

刘勰所讲的这个"气"又是指什么呢？《中国大百科全书·中国文学》"文气"条说："刘勰所说的'气'，实指作家的精神气质。"这个解释也是非常到位的。刘勰讲"气有刚柔"，就是讲人的气质有刚有柔；"风趣刚柔"，则是指文学作品的风格有刚有柔。刘勰认为，文学作品风格的形成，与人的气质是有密切关系的，所谓"风趣刚柔，宁或改其气"；所谓"公干气褊，故言壮而情骇"，都是这个道理。在《文心雕龙·风骨》篇里，刘勰再次强调了这个观点：所谓"意气骏爽，则文风清焉"；"是以缀虑裁篇，务盈守气，刚健既实，辉光乃新"；又说"相如赋仙，气号凌云，蔚为辞笔，乃其风力遒也"。

曹丕和刘勰都认为，文学家的气质与文学作品的风格是一致的，有什么样的气质就有什么样的风格。这样持论虽然有些简单化，但也表明，古代的文论家在讲到文学作品风格的时候，是非常重视文学家的气质这个要素的。

有人以为，刘勰的上述意见，"亦约略大概言之，不必皆确。百世之下，何由得其性情？人与文绝不类者，况又不知其几耶？"[2] 这个批评看似有道理，实际上是把"气质"和"人格"这二者搞混了。古往今来，"人与文绝不类者"确实不少。例如吴处厚《青箱杂记》就讲过这样一段话："文章纯古，不害其为邪；文

---

[1] 刘勰：《文心雕龙·体性》，范文澜：《文心雕龙注》，人民文学出版社1958年版，第505—506页。
[2] 纪昀：《评〈文心雕龙〉》，黄霖编著：《文心雕龙汇评》，上海古籍出版社2005年版，第98页。

章艳丽，亦不害其为正。然世或见人文章铺陈仁义道德，便谓之正人君子；若言及花草月露，便谓之邪人，兹亦不尽也。皮日休曰：'余尝慕宋璟之为相，疑其铁肠与石心，不解吐婉媚辞；及睹其文，而有《梅花赋》，清便富艳，得南朝徐庾体。'（见《桃花赋序》）然余观近世所谓正人端士者，亦皆有艳丽之词，如前世宋璟之比。"[1] 不过吴处厚所讲的，其实是人格与风格的关系，并非气质与风格的关系。气质与人格是两个既有联系又有区别的概念。第一，气质是人的心理活动的动力特征，是人格形成的原始材料之一。人格的形成除以气质等先天条件为基础外，社会环境的影响要起决定性的作用。第二，人格具有多重性，文学作品的风格也具有多重性，二者之间有时是统一的，有时则不统一。气质是带有先天性和稳定性的因素，不以活动的目的和内容为转移。气质与人格是不能等量齐观的。刘勰讲的是文学家的气质与文学作品风格的关系，与吴处厚、纪昀所言实际上是两回事。

中国人讲"文如其人"，法国人讲"风格就是人"（布封《论风格》），这个"人"，应该是指人格，不是指人的气质。人们对刘勰的上述观点之所以有异议，是因为把人格与气质这两个概念搞混了。钱锺书先生讲：

> "心画心声"，本为成事之说，实鲜先见之明。然所言之物，可以饰伪：巨奸为忧国语，热中人作冰雪文，是也。其言之格调，则往往流露本相；狷急人之作风，不能尽变为澄淡；豪迈人之秉性，不能尽变为谨严。文如其人，在此不在彼也。[2]

---

[1] 吴处厚：《青箱杂记》，中华书局 1985 年版，第 81 页。
[2] 钱锺书：《谈艺录》，中华书局 1984 年版，第 162—163 页。

这一段话，可以理解为把人格与气质做了一个区别，虽然没有使用"人格"和"气质"这两个概念。所谓"巨奸为忧国语，热中人作冰雪文"，即是讲人格和风格的关系，"巨奸"、"热中人"云云，是两个讲人格的词语。人格具有多重性，文学作品的风格亦具有多重性。所谓"狷急人之作风，不能尽变为澄淡；豪迈人之秉性，不能尽变为谨严"，则是讲气质与风格的关系。"狷急"、"豪迈"云云，是两个讲气质的词语。人格可以掩饰，可以戴上"人格面具"，而气质却是掩饰不了的。钱先生讲"文如其人，在此不在彼也"，据笔者的理解，就是说，文如其人，不是如其人格，而是如其气质。

从语言学的角度来看，"文学家气质"与"文学作品风格"之间，原是有一种关联性的。如表六所示，在《汉语大词典》里，以"气"为词根、用来表示"文学作品风格"的词条多达 17 个，这 17 个词条中竟有气候、气象、气质、气习、气骨、气格、气势、气调、气度、气韵、气劲等 11 个词条包含在以"气"为词根、用来表示"文学家气质"的 39 个词条当中（见表五）。这就是说，这 11 个词条既可以用来表示"文学家气质"，也可以用来表示"文学作品风格"。由此可见"文学家气质"与"文学作品风格"之间，具有一种重要的关联性。这就表明，影响文学作品风格的因素尽管很多，但气质无疑是最为重要的一个因素。这一点是非常值得注意的。

同时值得注意的是，在以"气"为词根、用来表示"文学作品风格"的 17 个词条中，再次包含了"气候"与"气象"这两个原本表示自然气候的词。这就表明"气候"、"气象"这两个词，既可以用来指自然气候，也可以用来指人文气候；既可以用来指文学家的气质，也可以用来指文学作品的风格。在"气候"、"气象"与"文艺作品风格"之间，同样有一种重要的关联性。

第三章 气候对文学家气质与作品风格之影响

　　气候影响到文学家气质,文学家气质影响到文学作品风格,虽然这两个层面的影响都不是单一的(影响文学家气质的因素,除了气候,还有其他;影响文学作品风格的因素,除了气质,也还有其他),但是,我们不能因此而轻看这种影响。

　　事实上,在我国,自唐代开始,就有人循着气候→气质→风格这一思路来考察文学的地域性,只是没有使用气候、气质、风格这几个概念,所论也不免简略而已。如李延寿《北史·文苑传序》云:

> 夫人有六情,禀五常之秀;情感六气,顺四时之序。盖文之所起,情发于中。而自汉魏以来,迄乎晋宋,其体屡变,前哲论之详矣。暨永明、天监之际,太和、天保之间,洛阳、江左,文雅尤盛,彼此好尚,互有异同。江左宫商发越,贵于清绮;河朔词义贞刚,重乎气质。气质则理胜其词,清绮则文过其意。理深者便于时用,文华者宜于咏歌。此其南北词人得失之大较也。若能掇彼清音,简丝累句,各去所短,合其两长,则文质彬彬,尽善尽美矣。[1]

　　所谓"六情",即喜、怒、哀、乐、爱、恶,这是人的几种最基本的情绪体验。这几种情绪体验的强弱,便是气质的表现。所谓"六气",即阴、阳、风、雨、晦、明,就是现代气象学所讲的"气象"。所谓"四时",即春、夏、秋、冬。"气象"随"四时"而变

---

[1] 李延寿:《北史·文苑传序》,中华书局1974年版。有人讲,李延寿的这一段话源自魏徵《隋书·文学传序》中的那一段话;不过笔者认为,李延寿比魏徵讲的更全面,所谓"后出转精"是也。

化，体现出它的周期性，便是"气候"。李延寿讲"情感六气，顺四时之序"，实际上涉及了"气候影响文学家气质"这一命题。所谓"江左"，即长江流域；所谓"河朔"，即黄河流域。所谓"清绮"，是指文风清丽秀美；所谓"气质"，是指文风清峻慷慨。他讲"江左宫商发越，贵于清绮；河朔词义贞刚，重乎气质。气质则理胜其词，清绮则文过其意。理深者便于时用，文华者宜于咏歌"，实际上涉及了"文学家气质影响文学作品风格"这一命题。

李淦《燕翼篇·气性》讲地气风土、人性和文风（引文如上），也是循着气候→气质→风格这一思路进行的。

又刘师培《南北文学不同论》云：

> 大抵北方之地，土厚水深，民生其间，多尚实际；南方之地，水势浩洋，民生其间，多尚虚无。民尚实际，故所著之文不外记事、析理二端；民尚虚无，故所作之文或为言志、抒情二体。
>
> 大抵北人之文，猥琐铺叙以为平通，故朴而不文；南人之文，诘屈雕琢以为奇丽，故华而不实。[1]

刘师培所云"土厚水深"的"北方之地"，即李淦所云"多陆少水"的"北方"一道，亦即李延寿所云"河朔"一带。这一带的一月平均气温在 -21℃— -3℃之间，七月平均气温在 18—27.5℃之间，年降水量在 300 毫米—1000 毫米之间，属于寒冷干旱

---

[1] 刘师培：《南北文学不同论》，《刘师培学术论著》，浙江人民出版社 1998 年版，第 162、167 页。

的中温带、暖温带大陆型季风气候,大体上相当于孟德斯鸠所云"寒冷国家"的气候。刘师培所云"水势浩洋"的"南方之地",即李淦所云"多水少陆"和"多水多陆"的"东南"、"西南"二道,亦即李延寿所云"江左"一带。这一带的一月平均气温在 −1.5℃—20.8℃之间,七月平均气温在 19℃—30℃之间,年降水量在 800 毫米—2400 毫米之间,属于北亚热带、中亚热带、南亚热带、北热带大陆型、海洋型、高原型季风气候,大体上相当于孟德斯鸠所云"温暖国家"和"炎热国家"的气候。在上述气候环境之下生活的人民,在气质上,在文学作品的风格上,有哪些显著的特点呢?请看表十。

表十 地域、气候、气质与文学作品风格之对照表

地域	气候环境	人的气质	文学作品风格
北方之地（刘师培）北方一道（李淦）河朔一带（李延寿）	土厚水深（刘师培）多陆少水（李淦）	民尚实际（刘师培）人性质直,气强壮,习于骑射,惮于乘舟。其俗俭朴而近于好义,其失也鄙,或愚蠢而暴悍。（李淦）	所著之文不外记事、析理二端。大抵北人之文,猥琐铺叙以为平通,故朴而不文。（刘师培）词义贞刚,重乎气质。理胜其词。便于时用。（李延寿）
南方之地（刘师培）东南、西南二道（李淦）江左一带（李延寿）	水势浩洋（刘师培）多水少陆、多水多陆（李淦）	民尚虚无（刘师培）（东南）人性敏,气弱,工于为文,狎波涛,苦鞍马,其俗繁华而近于好礼,其失也浮,抑轻薄而侈靡。（西南）人性精巧,气柔脆,与瑶侗苗蛮黎蜒等类杂处,其俗尚鬼,好斗而近于智,其失也狡,或诡谲而善变。（李淦）	所作之文或为言志、抒情二体。南人之文,诘屈雕琢以为奇丽,故华而不实。（刘师培）工于为文。（李淦）宫商发越,贵于清绮。文过其意。宜于咏歌。（李延寿）

如果我们考虑到气候这个概念的另一种表述，即"精神上的气候"、"人文气候"或者"风俗"，那么，在古代学者那里，由气候影响到文学家气质，再由文学家气质影响到文学作品风格，这一类的言论就太多了，班固的《汉书·地理志》就是最早的、也是最典型的例子，本书第一章已有引述，这里就不再讲了。本章只讲自然气候。

需要说明的是，文学家气质的形成，是由多种因素综合作用的结果，气候这个因素虽然很重要，但也只是其中的一个；文学作品风格的形成，也是由多种因素综合作用的结果，气候作用下的文学家气质这个因素虽然很重要，同样也只是其中的一个。强调气候对文学家气质的影响，强调气候作用下的文学家气质对文学作品风格的影响，并不意味着忽视其他因素的相关影响。由于长期以来，人们在探讨文学家气质的成因时，往往忽略了气候这个因素；在探讨文学作品风格的成因时，虽然没有完全忽略文学家气质这个因素，但是往往忽略了"气候作用下的文学家气质"这个因素。前一个忽略导致了后一个忽略。由于有这两个忽略，所以人们对于文学家气质的认识就不够到位，对于文学作品风格的认识也不够到位。笔者关于这两个问题的认识也许仍然不够到位，但是希望能够通过这种讨论，把对这两个问题的认识向前推进一步。

第五节 气质、风格与文学家的生命意识之关系

以上讨论了气候对文学家气质的影响，以及气候作用下的文

学家气质对文学作品风格的影响。最后，我们要回到本书的中心议题上，即文学家气质与文学作品风格，同文学家的生命意识是个什么关系？

笔者在本章开头讲过，气候对文学作品风格的影响，主要通过两个途径来实现：一是通过描写对象（题材）本身的特点来实现。气候和物候因不同的地域和不同的时序而具有不同的特点，文学家写到不同地域、不同时序的气候、物候，就会给文学作品带来不同的风格。一是通过文学家气质来实现。气候影响到文学家气质，文学家气质再影响到文学作品风格。不同气质的文学家，会给自己的文学作品带来不同的个性。通常情况下，两个不同的途径会产生两种不同的效果。要是两个不同的途径产生了同一种效果，那又何必分为两个不同的途径呢？

事实正是如此。"文学家写到不同地域、不同时序的气候和物候，就会给文学作品带来不同的风格。"这"不同的风格"又是什么风格呢？这"不同的风格"，实际上就是不同时序的地域风格，例如二月的江南柳和九月的江南柳；或者不同地域的时序风格，例如江南的二月柳与中原的二月柳。这不同地域、不同时序的柳树，在文学作品中确实可以呈现不同的风格。问题是，如果两个或两个以上的文学家，都去写同一地域、同一时序的柳树，会是什么样的风格呢？会不会出现雷同？会不会千篇一律？如果是这样，那就很糟糕了。

也许有人会说，气候、物候的地域性和时序性虽然是客观的，但是文学家的生命意识却具有主观色彩。确实是这样。不同的文学家对同一地域、同一时序的气候、物候，确实会有不同的感受。这不同的感受，会导致同一地域、同一时序的气候（物候）在不同的文学家笔下呈现出不同的风格，这样就避免了雷同或千篇一律。

问题是，不同的文学家对同一地域、同一时序的气候（物候），有时候也会有相同的感受。如杜甫《咏怀古迹五首》（其二）："摇落深知宋玉悲，风流儒雅亦吾师。怅望千秋一洒泪，萧条异代不同时。"这是杜甫在唐代宗大历元年（766）流落夔州（今重庆奉节）、三峡一带时写下的作品。夔州、三峡一带，是战国后期楚国著名诗人宋玉曾经到过的地方，他在这一带写下了《高唐赋》、《神女赋》、《九辩》等一系列作品。《九辩》是文学史上最有名的悲秋之作。这个作品开首即云："悲哉！秋之为气也。萧瑟兮，草木摇落而变衰。"杜诗中的"摇落"二字即从《九辩》而来。"草木摇落"作为夔州、三峡一带的秋天物候，同样被两位不同时代的文学家所注意，同样触发了他们的悲秋之感（生命意识），可见不同的文学家对同一地域、同一时序的气候（物候）也会有相同的感受。这样一来有没有导致作品在风格上的雷同之感呢？实事上没有。因为两位文学家的气质不一样。

宋玉属于"气馁"（中气虚弱）、"气孱"（气质孱弱）一类人。《史记·屈原贾生列传》载："屈原既死之后，楚有宋玉、唐勒、景差之徒者，皆好辞而以赋见称，然皆祖屈原之从容辞令，终莫敢直谏。"[1]"莫敢直谏"就是"气馁"、"气孱"的表现。杜甫不一样，他属于"气劲"（意气傲岸）、"气雄"（气魄雄健）一类人。他是敢于直谏的。《旧唐书·杜甫传》载：唐肃宗至德二年（757），杜

---

[1] 司马迁：《史记·屈原贾生列传》，浙江古籍出版社2000年版，第755—756页。

甫谒肃宗于彭原郡,拜左拾遗。"时(房)琯为宰相,请自帅师讨贼,帝许之。其年十月,琯兵败于陈涛斜。明年春,琯罢相,甫上疏言琯有才,不宜罢免。肃宗怒,贬琯为刺史,出甫为华州司功参军。"[1]由于气质不一样,使得这两位不同时代的作家面对同一地域、同一时序的气候和物候,虽然同样产生悲秋之感,但是作品的风格最终不一样。宋玉接着写道:"憭栗兮,若在远行。登山临水兮,送将归。沆寥兮,天高而气清;寂寥兮,收潦而水清。憯凄增欷兮,薄寒之中人。怆怳懭悢兮,去故而就新。坎廪兮,贫士失职而志不平。廓落兮,羁旅而无友生。惆怅兮,而私自怜。"远行之苦,离别之恨,羁旅之愁,"贫士失职"之不平,纷至沓来,悲不自胜,其风格可以说是悲而近于衰飒、颓丧、绝望。杜甫就不一样。他接着写道:"江山故宅空文藻,云雨荒台岂梦思。最是楚宫俱泯灭,舟人指点到今疑。"意思是说,在荆楚故地还保留着宋玉的故宅,可见人们并没有忘记他;而当年的楚宫早就泯灭了,舟人指指点点,一直说不出个准确的位置。杜甫虽然为宋玉生前的萧条不遇而悲伤,也为自己的萧条不遇而悲伤,但是这悲伤并没有到衰飒、颓丧、绝望的地步。相反,他觉得宋玉生前虽然萧条不遇,死后却千古不朽,正所谓"古人不可复作,而文采终能传也"。而当年那个打压、排斥、放逐宋玉的楚襄王,连同他的楚宫,连同他的云雨荒台之梦,早就烟消云散了。正所谓"屈平词赋悬日月,楚王台榭空山丘"(李白《江上吟》)。于是这悲伤之中,便有了几分刚强和达观的意味。

---

[1] 刘昫等:《旧唐书·杜甫传》,中华书局1975年版,第5054页。

同样的地域，同样的时序，同样的气候和物候触发同样的悲秋之感（生命意识），而作品风格最终不尽相同。是什么东西导致了作品风格的最终不尽相同呢？是文学家的不同气质。"宋玉者，楚之鄢（今湖北宜城）人也。故宜城有宋玉冢。始事屈原，原既放逐，求事楚王于友景差。景差惧其胜己，言之于王，王以为小臣。……玉识音而善文，襄王好乐而爱赋，既美其才，而憎之似屈原也。"[1] 宋玉作为一个南方人，受江汉一带的自然环境和人文环境的影响，气质本来就柔弱，加之出身寒微，老师又被放逐，走投无路之际求诸朋友，朋友因为妒忌他的才华，又把他和屈原的师生关系告诉了楚王。楚王虽然欣赏他的文才，但是因为憎恨他的老师，所以就憎恨他，只给他一个"小臣"的位置，最后竟然连这个"小臣"的位置也给剥夺了，和自己的老师一样，他也落得一个"失职"的命运。这就使得他那原本柔弱的气质更加柔弱，柔弱到"孱弱"的地步。这种气质"孱弱"的人，一旦遭遇被放逐的命运，见到诸如"草木摇落而变衰"、"燕翩翩其辞归"、"蝉寂寞而无声"、"雁廱廱而南游"、"鹍鸡啁哳而悲鸣"、"蟋蟀之宵征"等等一系列秋天的物候，怎么能够不想起自己的远行之苦、离别之恨、羁旅之愁与"贫士失职"之"不平"？怎么能够不唤起浓重的生命意识？"悲忧穷戚兮独处廓，有美一人兮心不绎。去乡离家兮徕远客，超逍遥兮今焉薄？专思君兮不可化，君不知兮可奈何？蓄怨兮积思，心烦憺兮忘食事。愿一见兮道余意，君之心兮与余异。车既驾兮朅而归，不得见兮心伤悲。倚结軨兮长

---

[1] 习凿齿:《襄阳耆旧记》卷一，舒焚、张林川《襄阳耆旧记校注》，荆楚书社1986年版，第15页。

太息,涕潺湲兮下沾轼。忼慨绝兮不得,中瞀乱兮迷惑。私自怜兮何极,心怦怦兮谅直。"[1]他想到自己被楚王抛弃的命运,想到生命的价值遭到贬损,处境艰难,前途茫然,心神迷乱,茶饭不思,一再地叹息,一再地流泪。在这样的现实情境之下,他那本来就"孱弱"的气质,还能写得出悲壮的作品吗?也就只能是悲哀了。

杜甫不一样。他是今河南巩义市人。作为一个北方人,受中原一带自然环境和人文环境的影响,其气质本来就有刚强的一面。加之又出身名门,所与交往者多为名门子弟和王公贵族。尽管遭遇一些坎坷,但内心里一直保留着一份倔强,一份桀骜不驯之气。辛文房《唐才子传》载:由于"安史之乱",杜甫"流落剑南,营草堂成都西郭浣花溪。召补京兆功曹参军,不至。会严武节度剑南西川,往依焉。武再帅剑南,表为参谋、检校工部员外郎。武以世旧,待甫甚善,亲诣其家。甫见之,或时不巾,而性褊躁傲诞,常醉登武床,瞪视曰:'严挺之乃有是儿!'武中衔之。一日,欲杀甫,集吏于门。武将出,冠钩于帘者三,左右走报其母,力救得止。"[2]杜甫早年因疏救房琯而得罪皇帝,即可见其刚强;后来贬为华州司功参军,不到一年竟"弃官"而去,再见其刚强;抵达成都后,皇帝召他为京兆功曹参军,他竟不去,益见其刚强;因严武之荐而为节度参谋和检校工部员外郎,居然对严武大不敬,更见其刚强。许多人论杜诗,都欣赏其浓厚的生命意识和悲壮的风格,殊不

---

[1] 宋玉:《九辩》,严可均辑:《全上古三代秦汉三国六朝文》第1册,河北教育出版社1997年版,第133页。

[2] 傅璇琮主编:《唐才子传校笺》第1册,中华书局1987年版,第396页。按:辛文房的这一段记载出自《新唐书》卷二百一《文艺传》之《杜审言传》后,文字略有异同。

知从浓厚的生命意识到悲壮的风格，原是以他那种刚强、倔强、桀骜不驯的气质为中介的。换句话说，如果没有这种刚强、倔强、桀骜不驯的气质的介入，他那浓厚的生命意识，就有可能像宋玉那样衍化、沉淀为悲哀的风格，而不可能是悲壮的风格了。

由此我们就明白了气质在文学创作中所充任的角色，明白了它的重要作用。这就是：气候通过物候触发文学家的生命意识，再通过气质的介入，最后形成文学作品的风格（见图四）。

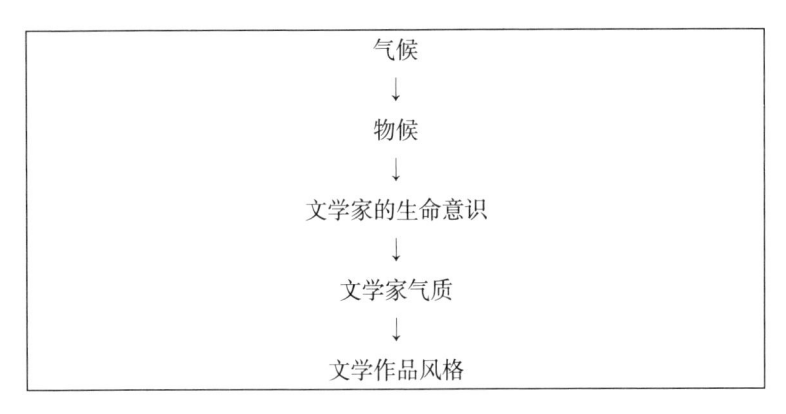

气候
↓
物候
↓
文学家的生命意识
↓
文学家气质
↓
文学作品风格

图四　气候、物候、气质、文学家生命意识与文学作品风格之关系示意图

这就是气质、风格与文学家的生命意识之间的关系。如果说气候、物候对文学家的影响是以文学家的生命意识为中介；那么，文学家的生命意识对文学作品风格的影响则是以文学家气质为中介。

文学家的所见与所感难免有相同或相似之处，如果没有个人气质的介入，文学作品的风格就会雷同，缺乏个性，这是文学家本人和广大读者都不愿意看到的。

第四章 "应物斯感":气候、物候与文学家的灵感触发机制

第一节 灵感的触发、捕捉和表现是生命的一种高峰体验

文学创作需要许多条件,但是最关键的是文学灵感。文学作品的生成过程,其实就是一个文学灵感的触发、捕捉和表现的过程。在这个过程中,文学家体验了种种的期待、焦虑和欢愉,可以说是生命的一种高峰体验。古往今来,许多文学家都描述过自己的这种高峰体验,而近代著名词人况周颐的描述可以说是最为具体和生动。他在《蕙风词话》一书中写道:

> 人静帘垂,灯昏香直。窗外芙蓉残叶飒飒作秋声,与砌虫相和答。据梧冥坐,湛怀息机。每一念起,辄设理想排遣之。乃至万缘俱寂,吾心忽莹然开朗如满月,肌骨清凉,不知斯世何世也。斯时若有无端哀怨怅触于万不得已,即而察之,一切境象全失,唯有小窗虚幌、笔床砚匣,一一在吾目

前。此词境也。三十年前，或月一至焉。今不可复得矣。[1]

况周颐这里所描述的"词境"，是指现实的写作境界（不是作品所呈现的境界），它是客观环境与个人心境的统一。就客观环境而言，又有室外环境与室内环境。"窗外芙蓉残叶飒飒作秋声，与砌虫相和答"，这是室外环境，是江南秋天的典型物候；"人静帘垂，灯昏香直"；"小窗虚幌、笔床砚匣"，这是室内环境，是传统书写的典型氛围。正是这种既萧瑟又静谧的室内外环境，酝酿、培育了他那忘却世事、摒弃杂念的"虚静"心境："据梧冥坐，湛怀息机。每一念起，辄设理想排遣之。乃至万缘俱寂，吾心忽莹然开朗如满月，肌骨清凉，不知斯世何世也。"正是在这种室内外环境与心境的共同作用之下，一种独特的情绪体验出现了："斯时若有无端哀怨枨触于万不得已，即而察之，一切境象全失。"这种"万不得已"的"无端哀怨枨触"，用况周颐的术语来讲，就是"词心"；用刘勰《文心雕龙》的术语来讲，就是"神思"；用现代文艺心理学的术语来讲，就是灵感。而况氏所谓"即而察之，一切境象全失"，就是指灵感的那种倏忽而来、倏忽而去的特点。

况周颐强调：灵感是不太好捕捉的，往往不期而至，从天而降，稍作停留又迅即溜走，且不知其所往，颇有些"匪夷所思"的味道：

吾苍茫独立于寂寞无人之区，忽有匪夷所思之一念，自

---

[1] 况周颐、王国维：《蕙风词话·人间词话》，人民文学出版社1960年版，第9页。

沈冥杳霭中来。吾于是乎有词。洎吾词成，则于顷者之一念若相属若不相属也。而此一念，方绵邈引演于吾词之外，而吾词不能殚陈，斯为不尽之妙。非有意为是不尽，如书家所云无垂不缩，无往不复也。[1]

所谓"匪夷所思之一念"，就是灵感。灵感一来，词就成了。词成之后，才发现自己所写的作品，与"顷者之一念"，即与动笔之前的那个"匪夷所思之一念"有些出入，在似与不似之间，"若相属若不相属"。说白了，就是"不能殚陈"，未能尽意。想完善它，但是"此一念"已非自己所有，"方绵邈引演于吾词之外"，再也找不回来了。"吾词不能殚陈"，未能尽意，看似有些遗憾，实则更好，可以把想象的空间留给读者，让读者通过自己的灵感去联想，去发挥，去再创造，"斯为不尽之妙"。[2]

况周颐的描述是很真实的。我们可以从陆机的《文赋》和刘勰的《文心雕龙》等经典著作里找到印证。如上所述，文学作品的创作过程乃是一个触发灵感、捕捉灵感、表现灵感的过程，是文学家生命的一种高峰体验，而灵感的某些特点，也就决定了这种高峰体验的某些特点：

第一，它不是人人都有的，它只属于那些具有灵心锐感的人，只属于那些具有文学天赋的人。黄宗羲云："诗人萃天地之清气，以月、露、风、云、花、鸟为其性情，其景与意不可分也。月、露、风、云、花、鸟之在天地间，俄顷灭没，而诗人能结之

---

[1] 况周颐、王国维：《蕙风词话·人间词话》，人民文学出版社1960年版，第10页。
[2] 参见曾大兴：《20世纪词学名家研究》，中华书局2011年版，第218页。

不散。常人未尝不有月、露、风、云、花、鸟之咏，非其性情，极雕绘而不能亲也。"[1] 黄宗羲讲的"月、露、风、云、花、鸟"等等，就是物候学所讲的物候。物候是客观存在的，人人都可以见到听到，但是见到听到不等于可以"吟咏"，可以"吟咏"也不等于可以成为优秀的文学作品，因为这其间需要有灵心锐感，需要那种属于文学家的独特的天赋。

第二，它是特定"生命期"的产物。为了说明这个道理，我们不妨借鉴一下人才学的相关理论。人才学根据人才的创造力的强弱，把人才的"生命期"分为三个时期。第一个时期是25岁左右以前，这是人才的"学习期"；25岁左右至45岁左右，这是人才的"创造期"；45岁左右以后，这是人才的"总结期"。这种划分虽然多少有些简单、机械之嫌，但是可以作为我们研究文学家的创造力的一个参考。例如，"学习期"的文学人才有没有灵感？当然有。但是由于这个时期的他们尚处于学习的阶段，多数人的人文积累还不够厚实，所以即便有了灵感，也难以准确地捕捉和成功地表现。所以在中外文学史上，25岁以前成名的文学家总是少数。25岁左右至45岁左右，是文学人才的"创造期"，人才学称为"创造性来潮"，[2] 也就是灵感的旺盛期，或者说是生命的高峰期。中外文学史上多数文学家的代表作就是在这个时期产生的。45岁左右以后，直到去世，是文学人才的"总结期"。这个时期的灵

---

[1] 黄宗羲：《景州诗集序》，《南雷文案》卷一，耕余楼本。
[2] 雷祯孝：《人才学概论·创造性来潮与自己设计自己》，载《人才学文集》编辑组编：《人才学文集》，江苏科学技术出版社1981年版，第25—26页。

感显然没有"创造期"那么旺盛。在中外文学史上，45 岁以后还有代表作问世的文学家毕竟是少数，多数人都处于总结阶段，领奖，写回忆录，做报告，去大学教书，从事社会活动，担任各种机构的顾问、委员、主席等等，是他们这一时期的主业。许多人对他们的这一时期表示羡慕，其实就他们本身来讲，已经是创造生命的秋冬之季了，因为文艺女神（灵感）已经很少光顾了，生命的高峰体验越来越少了。况周颐说他的"词心"（灵感）"三十年前，或月一至焉。今不可复得矣"，就是这种情形。他生于 1859 年，卒于 1926 年。在他讲这番话的时候，也就是写作和改定《蕙风词话》这本书的时候，已经是 60 岁开外的老人了。年岁大了，生命的高峰体验自然就少了，灵感也就不怎么光顾了。也正是由于这个原因，他把自己的主要工作由词的创作转入到词的研究，总结自己一生的创作经验，完成了《蕙风词话》这本词学研究著作。[1]

第三，它需要人文环境的前期培育，更需要"目前之境界"的适时触发。况周颐讲：

> 吾听风雨，吾览江山，常觉风雨江山外有万不得已者在。此万不得已者，即词心也。而能以吾言写吾心，即吾词也。此万不得已者，由吾心酝酿而出，即吾词之真也，非可强为，亦毋庸强求。视吾心之酝酿何如耳。吾心为主，而书卷其辅也。书卷多，吾言尤易出耳。[2]

---

[1] 参见曾大兴：《词学的星空》，河北人民出版社 2009 年版，第 260—281 页。
[2] 况周颐、王国维：《蕙风词话·人间词话》，人民文学出版社 1960 年版，第 10 页。

> 填词要天资，要学力。平日之阅历，目前之境界，亦与有关系。无词境，即无词心。矫揉而强为之，非合作也。[1]

可见"词心"（灵感）的产生，是需要前期培育的。除了"天资"（文学天赋）之外，还要有"学力"（书本知识），还要有"平日之阅历"（生活积累）。"学力"与"平日之阅历"，正是构成"词心"（灵感）所赖以形成的人文环境的两个要素。正是这种人文环境的前期培育，使得灵感的到来成为可能。人们通常讲，灵感只钟情于那些有准备的人，灵感的百分之九十是汗水，就是这个道理。但是，仅仅有人文环境的前期培育还是不够的，要想让灵感的到来由可能变为现实，还需要"目前之境界"的触发。这个"目前之境界"，按照况周颐的描述，就是"风雨江山"这样的自然环境，包括"窗外芙蓉残叶飒飒作秋声，与砌虫相和答"这样的物候。

况周颐的这个认识是有代表性的，是对前人有关认识的一个延续或者概括。例如早在 1600 年前，晋代文学家陆机在《文赋》里就有过类似的描述：

> 伫中区以玄览，颐情志于典坟。遵四时以叹逝，瞻万物而思纷；悲落叶于劲秋，喜柔条于芳春。心懔懔以怀霜，志眇眇而临云。咏世德之骏烈，诵先人之清芬。游文章之林府，

---

[1] 况周颐、王国维：《蕙风词话·人间词话》，人民文学出版社 1960 年版，第 4—5 页。

嘉丽藻之彬彬。慨投篇而援笔，聊宣之乎斯文。[1]

所谓"颐情志于典坟"，"游文章之林府，嘉丽藻之彬彬"，就是讲前人经典著作的熏陶；所谓"咏世德之骏烈，诵先人之清芬"，就是讲良好家风的影响。这两点正是灵感所赖以形成的人文环境的两个要素。所谓"伫中区以玄览"，"心懔懔以怀霜，志眇眇而临云"，就是讲对灵感的期待。期待中的灵感之所以最终能够到来，就是因为除了人文环境的前期培育，还有"目前之境界"的适时触发。所谓"遵四时以叹逝，瞻万物而思纷；悲落叶于劲秋，喜柔条于芳春"，就是讲自然气候（物候）对灵感的触发作用。

可见况周颐的认识与陆机的认识是相通的，也可见灵感的培育和触发是有共同点的，是有规律可循的。

第四，它是因人而异、因时而异的。刘勰《文心雕龙·神思》云：

人之禀才，迟速异分，文之制体，大小殊功：相如含笔而腐毫，扬雄辍翰而惊梦，桓谭疾感于苦思，王充气竭于思虑，张衡研京以十年，左思练都以一纪，虽有巨文，亦思之缓也。淮南崇朝而赋骚，枚皋应诏而成赋，子建援牍如口诵，仲宣举笔似宿构；阮瑀据案而制书，祢衡当食而草奏，虽有短篇，亦思之速也。[2]

---

[1] 郭绍虞主编：《中国历代文论选》第1册，上海古籍出版社1979年版，第170页。
[2] 刘勰：《文心雕龙·神思》，范文澜：《文心雕龙注》，人民文学出版社1958年版，第494页。

这是讲灵感的迟速利钝因人而异。有的人下笔千言，倚马可待；有的人则含笔腐毫，十年难成。还有一种情况，就是同一个人，灵感也有迟速利钝之别。有人讲，"陆士龙思劣，而其《登遐颂》须臾便成，视之复谓可行，是思有利钝之证。"[1] 陆士龙即陆云，是陆机的弟弟，与陆机齐名，时号"二陆"。陆机对其弟的这个特点应该是最了解的，所以他在《文赋》里就写到了灵感的或迟或速这两种情形：

> 若夫应感之会，通塞之纪，来不可遏，去不可止。藏若景灭，行犹响起。方天机之骏利，夫何纷而不理。思风发于胸臆，言泉流于唇齿。纷葳蕤以馺遝，唯毫素之所拟。文徽徽以溢目，音泠泠而盈耳。及其六情底滞，志往神留，兀若枯木，豁若涸流，览营魄以探赜，顿精爽而自求。理翳翳而愈伏，思轧轧而若抽。是故或竭情而多悔，或率意而寡尤。虽兹物之在我，非余力之所勠。故时抚空怀而自惋，吾未识夫开塞之所由也。[2]

或利或钝，甘苦尽知，讲得非常真切，就像说他自己一样。至于灵感为什么会有迟速利钝之别，他也弄不明白，所谓"时抚空怀而自惋，吾未识夫开塞之所由也"。

---

[1] 刘勰：《文心雕龙·神思》，范文澜：《文心雕龙注》，人民文学出版社 1958 年版，第 497—498 页。
[2] 陆机：《文赋》，郭绍虞主编：《中国历代文论选》第 1 册，上海古籍出版社 1979 年版，第 174—175 页。

总之，文学作品的创作过程，就是文学灵感的触发、捕捉和表现的过程；这个过程凝聚了文学家太多的期待、太多的焦虑和太多的欢愉，是文学家生命的一种高峰体验。而文学灵感的因人而异，又决定了这种高峰体验的因人而异，这其间的丰富性与多样性，以及那种"妙处难与君说"的独特性与刺激性，实在不是三言两语所能概括的。

第二节　文学家的灵感触发机制

如上所述，文学作品的生成过程，其实就是一个文学灵感的触发、捕捉和表现的过程，就灵感的触发机制来讲，则可以分为两种类型，一种可以名之为"缘事而发"，一种可以名之为"应物斯感"。正是"应物斯感"这一机制，与气候、物候有着不可忽视的关系。为了证明这一点，我们还得从"缘事而发"这一机制说起。

1."缘事而发"

"缘事而发"这句话，源自班固《汉书·艺文志》：

> 自孝武立乐府而采歌谣，于是有代赵之讴，秦楚之风，皆感于哀乐，缘事而发，亦可以观风俗，知厚薄云。[1]

---

[1]　班固：《汉书》，浙江古籍出版社2000年版，第596页。

"缘事而发"这种类型,是指在灵感的生成过程中,情感(哀乐)是主体,"事"是触媒,"缘事而发"是灵感触发机制,"歌谣"(代、赵之讴,秦、楚之风)是作品生成结果。

白居易重申了"缘事而发"这个观点,并且把范围由汉乐府歌谣的创作扩大到《诗经》以及《诗经》以外的其他作品的创作:

> 大凡人之感于事,则必动于情,然后兴于嗟叹,发于吟咏,而形于歌诗矣。故闻《蓼萧》之诗,则闻泽及四海也;闻《华黍》之咏,则知时和岁丰也;闻《北风》之言,则知威虐及人也;闻《硕鼠》之刺,则知重敛于下也;闻"广袖高髻"之谣,则知风俗之奢荡也;闻"谁其获者妇与姑"之言,则知征役之废业也。
>
> ——(唐)白居易《策林》六十九[1]

所谓"感于事",也就是"缘事而发"。"大凡人之感于事,则必动于情,然后兴于嗟叹,发于吟咏,而形于歌诗矣。"这几句话,可以说是概括了部分文学作品生成的全过程。先是"感于事",继而"动于情",接着"兴于嗟叹",然后"发于吟咏",最后"形于歌诗"。在这个生成过程中,"事"是触媒,"感于事"是灵感触发机制,"形于歌诗"是作品生成结果。

正因为这样,所以白居特别强调"事"的触发作用。他又说:

> 自登朝来,年齿渐长,阅事渐多,每与人言,多询时务;

---

[1] 白居易:《策林》,《白氏长庆集》卷四十八,文学古籍刊行社 1955 年影印本,第 1609 页。

每读书史，多求理道；始知文章合为时而著，歌诗合为事而作。[1]

"歌诗合为事而作"这句话，如果换一种说法，就是"歌诗每因事而作"。"事"的作用是非常重要的。没有"事"，不仅作品没有实际内容，甚至连灵感产生的机缘都没有。

"事"这个字，《说文解字》释为"职也"。段注："职记微也。"又释"职"字："记微也。"段注："记犹识也。纤微必识，是曰职。"也就是说，"事"字的本义是指"记事"，属于人力所为。《辞源》释"事"字："凡人所作所为所遭遇都叫事。"又谓"在甲骨文和金文中，'事'、'吏'与'使'为一字，有从事某种事情和从事某种事情的人的意思"。而"从事某种事情"与"从事某种事情的人"这个意思，都与"人力所为"有关。《辞源》分别解释了由"事"这个字与其他字连缀而成的诸多词语，例如"事力"、"事主"、"事功"、"事本"、"事目"、"事由"、"事件"、"事宜"、"事官"、"事例"、"事故"、"事迹"、"事情"、"事理"、"事务"、"事势"、"事业"、"事实"、"事端"、"事变"等等，应该说，这些词语所包含的意思，都与"人力所为"有关。

当然，"事"这个字也可与"物"字连缀，组成"事物"这个词，还可以组成"物事"这个词。按照《辞源》的解释，"事物"是指"客观存在的一切物体和现象"；而"物事"，则既可以指"事情"，又可以指"物品"。通过这两种组合，可见"事"字既包含了人力所为之"事"，也包含了客观存在之"物"。所以《辞源》释"事"又云："社会生活的一切活动和自然界的一切现象也叫事。"

---

[1] 白居易：《与元九书》，《白氏长庆集》卷四十五，文学古籍刊行社1955年影印本，第7册，第1104页。

虽然在汉语里，"事"与"物"有互指现象，但是严格地说起来，"事"与"物"还是有差别的。如《礼记·大学》："物有本末，事有终始。"[1] 如果说，这种表述因互文见义的关系，还比较难以区分二者之差别的话，那么下面的表述就比较好区分了。如李冶《敬斋古今黈》卷六云："农家者流，往往呼粟麦可食之类，以为物事，此甚有理。盖物乃实物，谓非此无以生也；事乃实事，谓非此无以成也。"[2] "物乃实物"，这里指作为农作物的"粟麦"；"事乃实事"，这里指种植"粟麦"的农事，可见"事"和"物"的差别还是比较明显的。

在古代文论用语中，"事"和"物"的差别更其明显。如钟嵘《诗品序》云："因物喻志，比也；直书其事，寓言写物，赋也。"[3] 又如朱熹《诗集传》云："赋者，敷陈其事而直言之者也。"[4] "兴者，先言他物以引起所咏之词也。"[5] "比者，以彼物比此物也。"[6] "事"和"物"，是抒情言志的两种媒介，由于媒介的不同，使得文学作品的审美效果也不一样，前者直白而后者婉曲。

总之，虽然"事"字与"物"字有互指现象，但二者之间还是有差别的，不然古人何以分而言之？总体来讲，"事"字一般指"人力所为"之"事"，"物"字一般指"客观存在"之"物"。关于后者，我们在下文还会详加探讨。

---

[1] 朱熹：《大学章句》，《四书章句集注》，中华书局1983年版，第3页。
[2] 李冶：《敬斋古今黈》，台湾商务印书馆影印文渊阁《四库全书》本，第866册，第383页。
[3] 钟嵘：《诗品·序》，曹旭：《诗品笺注》，人民文学出版社2009年版，第1页。
[4] 朱熹：《诗集传》，上海古籍出版社1980年版，第3页。
[5] 同上书，第1页。
[6] 同上书，第4页。

2. "应物斯感"

"应物斯感"这句话,来自刘勰的《文心雕龙·明诗》。其原话云:

> 人禀七情,应物斯感。感物吟志,莫非自然。[1]

范注引《礼记·礼运》:"何为人情?喜怒哀惧爱恶欲,七者弗学而能。"又引《礼记·乐记》:"凡音之起,由人心生也。人心之动,物使之然也。感于物而动,故形于声。"又云:"夫民有血气心知之性,而无哀乐喜怒之常,应感起物而动,然后心术形焉。"这个注解,可以说是找到了刘勰这几句话的最早的来源。

所谓"民有血气心知之性",是说人都是有血气、有感觉、有知觉的,这是人的本性,是先天的,由造物主所赋予的。"而无哀乐喜怒之常",是说哀乐喜怒并非人的常态,人的常态是不哀也不乐,不喜也不怒。人之所以会有"哀乐喜怒",是因为受了"物"的刺激或触发,所谓"应感起物而动"。音乐就是这样生成的。正常的人都会发出声音,但声音并不是音乐。只有当人的内心受到某种"物"的刺激或触发,有所感动,也就是来了灵感,才会发出带有"哀乐喜怒"的声音;人们把这种带有"哀乐喜怒"的声音配上节奏和旋律,于是音乐就生成了。在这个生成过程中,"人心"是主体,"物"是触媒,"感于物"是灵感触发机制,"音

---

[1] 刘勰:《文心雕龙·明诗》范文澜:《文心雕龙注》,人民文学出版社1958年版,第65页。

乐"是生成结果。《礼记·乐记》又云:"乐者,音之所由生也。其本在人心之感于物也。"这句话可以说是对音乐的生成过程及其触发机制的一个概括。

按照刘勰的观点,文学也是这样生成的。人的"七情"是主体,"物"是触媒,"应物斯感"是灵感触发机制,"感物吟志"是作品生成结果。

刘勰在《文心雕龙》一书里不止一次地讲到或者重申这个观点。如《诠赋》云:"赋者,铺也,铺采摛文,体物写志也。……原夫登高之旨,盖睹物兴情。情以物兴,故义必明雅;物以情观,词必巧丽。"[1] 又《神思》云:"故思理为妙,神与物游。神居胸臆,而志气统其关键;物沿耳目,而辞令管其枢机。"[2] 又《物色》云:"春秋代序,阴阳惨舒,物色之动,心亦摇焉。……岁有其物,物有其容;情以物迁,辞以情发。……是以诗人感物,联类不穷,流连万象之际,沉吟视听之区。写气图貌,既随物以宛转;属采附声,亦与心而徘徊。"[3] 无论是"睹物兴情"、"情以物兴",还是"神与物游",抑或"物色之动,心亦摇焉"等等,都在反复说明这样一个道理:没有"物"的触发,"情"不可能被启动;"情"如果不被启动,文学创作就无从谈起。而"应物斯感"或"睹物兴情",正是灵感的另一种触发机制。

---

[1] 刘勰:《文心雕龙·诠赋》,范文澜:《文心雕龙注》,人民文学出版社1958年版,第134页。
[2] 刘勰:《文心雕龙·神思》,范文澜:《文心雕龙注》,人民文学出版社1958年版,第493页。
[3] 刘勰:《文心雕龙·物色》,范文澜:《文心雕龙注》,人民文学出版社1958年版,第693页。

刘勰之后，历朝历代都有人讲到或者重申这个观点。如朱熹云："或有问于予曰：诗何谓而作也？余应之曰：人生而静，天之性也。感于物而动，性之欲也。夫既有欲矣，则不能无思。既有思矣，则不能无言。既有言矣，则言之所不能尽而发于咨嗟咏叹之余者，必有自然之音响节奏而不能已也。此诗之所以作也。"[1] 朱熹的观点与刘勰的观点是一致的。所不同的是，他把刘勰所讲的那个"物"，具体化为"自然之音响节奏"。也就是说，刘勰所讲的那个"物"，在朱熹看来，就是自然之物，或者自然景物。

那么，刘勰所讲的这个"物"，究竟是不是自然景物呢？

"物"这个字，《说文解字》的解释是："物，万物也。牛为大物。"段注："牛为物之大者，故物从牛。"可见"物"字的本义，是指"客观存在"之"物"，不是指"人力所为"之"事"。《辞源》关于"物"字的义项有9个，其一即谓"存在于天地间的万物"；其二则谓"与'我'相对的他物"。这两个义项足以说明："物"，首先是指"客观存在"之物，不是指"人力所为"之"事"。

诚然，在由"物"字与其他字连缀而成的词语中，还有"物理"一词。《辞源》释"物理"为"事物的常理"，这是正确的。如《晋书·明帝纪》："帝聪明有机断，犹精物理。"又如杜甫《曲江》二首之一："细推物理须行乐，何用浮名绊此身？"都是这个意思。需要指出的是，"物理"之意并不等同于"物"之意。范文澜在解释刘勰《文心雕龙·神思》中的"物沿耳目"之"物"时，竟

---

[1] 朱熹：《诗集传序》，《诗集传》，上海古籍出版社1980年版，第1页。

然把它解释为"事也,理也",[1] 这显然是不恰当的。王元化指出:"《文心雕龙》一书,用物字凡四十八处(物字与他字连缀成词者,如:文物、神物、庶物、怪物、细物、齐物、物类、物色等除外),……这些物字,除极少数外,都具有同一含义。以创作论各篇(按:即《物色》、《神思》、《体性》、《比兴》、《情采》、《熔裁》、《附会》、《养气》等篇)来说,如:《神思篇》物字三见,皆同本篇'神与物游'中物字之训。《比兴篇》物字六见,皆同本篇'写物以附意'中物字之训。《物色篇》物字八见,皆同本篇'诗人感物,连类不穷'中物字之训。不仅这些物字含义相同,而且它们与上篇《明诗篇》中诸物字('感物吟志'、'应物斯感'、'宛转附物'、'情必极貌以写物')或《诠赋篇》中诸物字('体物写志'、'品物毕图'、'象其物宜'、'睹物兴情'、'情以物兴'、'物以情观'、'写物图貌')同训。这些物字亦即《原道篇》所谓郁然有彩的'无识之物',作为代表外境或自然景物的称谓。"[2]

王元化的考察结果表明,朱熹把刘勰所讲的那个"物"具体化为"自然之音响节奏"也就是自然景物,是完全有道理的。笔者大体赞同朱熹和王元化的意见,即刘勰所讲的这个"物",是指"自然景物",而不是指"事"或"理"。

需要指出和强调的是,"自然景物"也不可笼统言之。按照生物气候学或物候学的观点,自然景物有随四时气候的变化而变化

---

[1] 范文澜释《神思》"物沿耳目,而辞令管其枢机":"物,谓事也,理也。事理接于心,心出言辞以明之。"参见范文澜:《文心雕龙注》,人民文学出版社 1958 年版,第 497 页。
[2] 王元化:《文心雕龙创作论》,上海古籍出版社 1984 年版,第 106 页。

者，也有不随四时气候的变化而变化者。前者为物候，后者为一般的自然景物。例如《文心雕龙·物色》中所讲的"物"，就不是一般的自然景物，而是指物候。要理解这一点，必须搞清楚"物色"的含义。王元化考察了《文心雕龙》一书中的48处"物"字的含义，但没有考察"物色"这个词的含义（虽然他还专门写有《释〈物色篇〉心物交融说》一章）。他把"物色"等同于一般的"物"，即一般的"自然景物"。可见他对于"物"的认识虽然比范文澜高明，但也是有局限的。

"物色"这个词，最早出于《淮南子》、《礼记》等书。《淮南子·时则训》云："仲秋之月，……察物色，课比类。"《礼记·月令》云："仲秋之月，……察物色，必比类。"可见"物色"这个词，是与季节联系在一起使用的。又萧统《文选》"赋"的"物色类"中，收有《风赋》、《秋兴赋》、《雪赋》、《月赋》四篇，李善注云："四时所观之物色之赋。""物色"的定语为"四时所观"，可见"物色"是随四时的变化而变化的自然景色，不是一般的自然景物。

大凡随四时的变化而变化的自然景色，即属于生物气候学或物候学所讲的"物候"。所谓"物候"，用著名物候学家竺可桢先生的话来讲，"就是谈一年中月、露、风、云、花、鸟推移变迁的过程。"[1] 它是"各年的天气气候条件的反映"。[2] 刘勰《文心雕龙·物色》讲：

---

[1] 竺可桢、宛敏渭：《物候学》，湖南教育出版社1999年版，第14页。
[2] 同上书，第45页。

春秋代序，阴阳惨舒，物色之动，心亦摇焉。盖阳气萌而玄驹步，阴律凝而丹鸟羞，微虫犹或入感，四时之动物深矣。若夫珪璋挺其惠心，英华秀其清气，物色相召，人谁获安？是以献岁发春，悦豫之情畅；滔滔孟夏，郁陶之心凝；天高气清，阴沉之志远；霰雪无垠，矜肃之虑深。岁有其物，物有其容；情以物迁，辞以情发。一叶且或迎意，虫声有足引心。况清风与明月同夜，白日与春林共朝哉！

是以诗人感物，联类不穷，流连万象之际，沉吟视听之区；写气图貌，既随物以宛转；属采附声，亦与心而徘徊。故灼灼状桃花之鲜，依依尽杨柳之貌，杲杲为出日之容，瀌瀌拟雨雪之状，喈喈逐黄鸟之声，喓喓学草虫之韵。[1]

这两段话是在讲"物色"，其实也就是在讲物候。讲物候随气候的变化而变化，讲物候对人的影响，讲物候的周期性，讲物候的季相，讲物候的具体表现，等等。例如："春秋代序，阴阳惨舒，物色之动，心亦摇焉……微虫犹或入感，四时之动物深矣"，是讲物候随四时气候的变化而变化，讲物候对人的影响；"岁有其物"，是讲物候的周期性（以一年为周期）；"物有其容"，是讲不同的物候具有不同的季相（也就是不同的色彩和形态）；所谓"阳气萌而玄驹步，阴律凝而丹鸟羞，微虫犹或入感，四时之动物深矣"，也是讲物候随四时气候的变化而变化（或者变迁）；而"阳气萌而玄驹步，阴律凝而丹鸟羞"，则是讲特定气候环境下的物候

---

[1] 刘勰：《文心雕龙·物色》，范文澜：《文心雕龙注》，人民文学出版社 1958 年版，第 693—694 页。

现象，[1]不是讲一般性的自然景物。至如"灼灼状桃花之鲜，依依尽杨柳之貌，杲杲为出日之容，瀌瀌拟雨雪之状，喈喈逐黄鸟之声，喓喓学草虫之韵"等等，也都是在讲特定气候条件下的物候现象，而不是讲一般性的自然景物。例如："灼灼"讲桃花的鲜艳之貌（《桃夭》），"依依"讲杨柳的柔弱之形（《采薇》），"喈喈"讲黄莺之和鸣（《葛覃》），三者都是讲春天的物候；"杲杲"讲太阳之明亮，这是夏天的物候；"喓喓"讲蝗虫之声音（《采蘩》），这是秋天的物候。"瀌瀌"讲雨雪之交加，这是冬天的物候。

综上所述，无论是"缘事而发"还是"应物斯感"，其主体都是"情"；区别只在触媒，以及由不同的触媒所形成的不同的灵感触发机制。如果触媒是"事"，就是"缘事而发"；如果触媒是"物"，就是"应物斯感"。"缘事而发"的"事"，一般是指"人力所为"之"事"；"应物斯感"的"物"，有时候是指一般的自然景物，有时候则是指物候。

"缘事而发"与"应物斯感"，是文学灵感的两种最基本的触发机制。白居易讲："事物牵于外，情理动于内，随感遇而形于咏叹。"[2]梅尧臣讲："圣人于言诗，曾不专其中。因事有所激，因物兴以通。"[3]可见文学灵感的触发机制，既有"缘事而发"者，也

---

[1] 《大戴礼记·夏小正》："十有二月玄驹贲。玄驹也者，蚁也。贲者何也？走于地中也。八月，丹鸟羞白鸟。丹鸟也者，谓丹良也。白鸟也者，谓蚊蚋也。羞也者，进也，不尽食也。"这一段话可以说是"阳气萌而玄驹步，阴律凝而丹鸟羞"这两句的来源。

[2] 白居易：《与元九书》，《白氏长庆集》第四十五卷，文学古籍刊行社1955年影印本，第7册，第1104页。

[3] 梅尧臣：《答韩三子华韩五持国韩六玉汝见赠述诗》，《宛陵先生文集》第二十七卷，《四部丛刊》本。

有"应物斯感"者,前人对此已有言说,只是未加界定和区分而已。一般来讲,"缘事而发"的作品,更多的属于戏剧、小说等叙事文学。郭英德指出:"'借事抒情,事为情用,以情为体,以事为用。'这是中国古代叙事文学的主要艺术特征,体现出一种'寓意于事'或'借事明义'的叙述价值观。"[1] 而"应物斯感"的作品,则更多的属于诗、词等抒情文学。关于这一点,我们在上文已经谈得比较多了。

第三节 "应物斯感"中的"物"与气候之关系

上文讲到"应物斯感"的"物",有时候是指一般的自然景物,有时候则是指物候。那么,究竟什么时候是指一般的自然景物,什么时候才是指物候呢?

我们可以参照古人对这个字的使用情况,给定一个简易的标准,即大凡与季节、时令、气候一类的词语处于同一语境中的"物"字,就可当作物候来看。例如:

> 遵四时以叹逝,瞻万物而思纷;悲落叶于劲秋,喜柔条于芳春。
>
> ——(晋)陆机《文赋》[2]

---

[1] 郭英德:《明清文人传奇戏曲文体研究》,商务印书馆2004年版,第39—40页。
[2] 陆机:《文赋》,郭绍虞主编:《中国历代文论选》,上海古籍出版社1979年版,第170页。

> 春秋代序，阴阳惨舒，物色之动，心亦摇焉。盖阳气萌而玄驹步，阴律凝而丹鸟羞，微虫犹或入感，四时之动物深矣。
>
> ——（南朝梁）刘勰《文心雕龙·物色》[1]
>
> 气之动物，物之感人，故摇荡性情，形诸舞咏。……若乃春风春鸟，秋月秋蝉，夏云暑雨，冬月祁寒，斯四候之感诸诗者也。
>
> ——（南朝梁）钟嵘《诗品序》[2]

这三段话中的"万物"、"物色"和"物"，无一不是指物候。其标志，就是它们与表示季节（劲秋、芳春、春秋、春、夏、秋、冬）、时令（四时、四候）和气候（阳气、阴律、气）的词语出现在同一语境中。至于这三段话所列举的具体物候，则有落叶、柔条、玄驹（蚂蚁）、丹鸟（螳螂）、春鸟、秋蝉、暑雨、祁寒等等，它们的表现与春、夏、秋、冬四时的气候（四候）变化是有密切关系的。

我们讲"劲秋"、"芳春"、"春秋"、"春"、"秋"、"夏"、"冬"是表示季节的词语，讲"四时"、"四候"是表示时令的词语，相信不会引起争议。而我们讲"阳气"、"阴律"和"气"是表示气候的词语，如果不作具体的解释，则有可能引起争议。

我们知道，"气"这个字在汉语中的意思是非常丰富的。据笔者统计，在《汉语大字典》里，"气"字的义项多达23个；在《汉

---

[1] 刘勰：《文心雕龙·物色》，范文澜：《文心雕龙注》，人民文学出版社1958年版，第693页。
[2] 钟嵘《诗品·序》，曹旭：《诗品笺注》，人民文学出版社2009年版，第1页。

语大词典》里,"气"字的义项多达31个,以"气"为词根(构词语素)的词(不含成语)则多达180个。那么,刘勰《文心雕龙·物色》所云"阳气萌而玄驹步"中的这个"阳气",究竟是指什么呢?

这需要联系同一语境中的相关词语来理解。先看"阴律"这个词。刘勰讲:"阳气萌而玄驹步,阴律凝而丹鸟羞。""玄驹"就是蚂蚁,"丹鸟"就是螳螂;而"阴律"就是指"阴气"。詹瑛《文心雕龙义证》:"阴律,阴气,古代用音律辨别气候,所以也可以用'阴律'代替'阴气'。"[1] 这两句翻译成现代汉语就是:"(春天)阳气萌发而蚂蚁行走,(秋天)阴气凝聚而螳螂潜伏。"[2]

古代汉语中,当"阳气"(阳)和"阴气"(阴)对举的时候,有可能是一对生理学概念,也有可能是一对气候学概念。如《黄帝内经·灵枢·大惑论》云:"阳气尽则卧,阴气尽则寤。"即是讲生理问题,是一对生理学概念;而《左传·昭公元年》:"天有六气……六气曰阴、阳、风、雨、晦、明也。"则是讲气候问题,是一对气候学概念。刘勰的"阳气萌而玄驹步,阴律凝而丹鸟羞"这两句,是讲生理问题还是讲气候问题?笔者认为是后者。理由是:

第一,刘勰这两句话,从意思和句式两方面来看,均源于汉代崔骃《四巡颂》:"臣闻阳气发而鸧鹒鸣,秋风厉而蟋蟀吟,气之动也。"[3] 阳气萌发而鸧鹒(黄莺)鸣叫,秋风凌厉而蟋蟀呻吟,

---

[1] 詹瑛:《文心雕龙义证》,上海古籍出版社1989年版,第1730页。
[2] 曾大兴:《中外学者谈气候与文学之关系》,《广州大学学报》2010年第12期。
[3] 崔骃:《四巡颂》,严可均辑:《全上古三代秦汉三国六朝文》第2册,河北教育出版社1997年版,第420页。

这是讲春秋两季的两种物候。这两种物候的出现，正是由于气候的变化，所谓"气之动也"。宋荦《〈明遗民诗〉序》云："譬诸霜雁叫天，秋虫吟野，亦气候所使然。"[1] 可以看作是对崔骃这几句话的一个最恰当的解释。刘勰的"阳气萌而玄驹步，阴律凝而丹鸟羞"这两句是由崔骃的这两句而来，崔骃是在讲气候问题，刘勰也是。

第二，苏浚《气候论》："晁错曰：扬粤之地，少阴多阳。李待制曰：南方地卑而土薄。土薄，故阳气常泄；地卑，故阴气常盛。阳气泄，故四时常花，三冬不雪，一岁之暑热过中……阴气盛，故晨昏多露，春夏雨淫，一岁之间，蒸湿过半。"[2] 这一段话是讲岭南地区的气候特点。这里的"阳气"与"阴气"对举，与刘勰的"阳气"与"阴律"（阴气）对举一样，都是讲气候问题。

再联系"四时"这个词来看。刘勰讲："阳气萌而玄驹步，阴律凝而丹鸟羞。微虫犹或入感，四时之动物深矣。"何谓"四时"？《黄帝内经·素问·六节藏象论》云："五日谓之候，三候谓之气，六气谓之时，四时谓之岁。"这是古代文献中关于"气"、"候"二字的最早的解释，而"四时"就是360天，就是一岁，也就是春、夏、秋、冬四季。当"气"字与"四时"处于同一语境的时候，这个"气"字便是指气候。所谓"微虫犹或入感，四时之动物深矣"，意即小小的虫子（蚂蚁和螳螂）尚且受到气候的感召，可见四时气候对于生物的影响原是很深刻的。

---

[1] 卓尔堪辑：《明遗民诗》，中华书局1961年版，第2页。
[2] 苏浚：《气候论》，汪森辑：《粤西文载》（四），广西人民出版社1990年版，第229页。

总之，当"阳气"与"阴律"（阴气）对举，又与"四时"这个表示时令的词出现在同一语境的时候，这个"气"字就只能是指"气候"了。

既然"阳气"与"阴律"这两个词是指气候，那么"春秋代序，阴阳惨舒"中的"阴"与"阳"这两个词，也是指气候，因为它们和"阳气"、"阴律"一样，也是与"春秋"这个表示时令的词组出现在同一语境里。

再看钟嵘《诗品序》所云"气之动物"中的这个"气"，究竟是指什么？笔者认为，这个"气"也是指"气候"。我们可以联系同一语境中的"四候"这个词语来理解。钟嵘讲："若乃春风春鸟，秋月秋蝉，夏云暑雨，冬月祁寒，斯四候之感诸诗者也。"这个"四候"，就是指春、夏、秋、冬四季。如上所述，当"气"字与"四时"处于同一语境时，这个"气"字便是指气候；而当"气"字与"四候"处于同一语境时，这个"气"字更是指气候。笔者注意到，郭绍虞先生主编的《中国历代文论选》一书在讲到钟嵘的这四句话时，就是这样解释的："气，气候。这四句说：气候使景物发生变化，景物又感动着人，所以被激动的感情，便表现在舞咏之中。这是讲诗歌产生的原因。"[1] 这个解释正确无疑的。

总之，"阳气萌而玄驹步，阴律凝而丹鸟羞"中的"阳气"、"阴律"是指气候，"春秋代序，阴阳惨舒"中的"阴"、"阳"是指气候，"气之动物"中的"气"也是指气候。

气候的特点之一，是随季节、时令的变化而变化，它是具有周期性的。当气候发生变化的时候，物候也会发生相应的变化或

---

[1] 郭绍虞主编：《中国历代文论选》第1册，上海古籍出版社1979年版，第312页。

者变迁；当气候（物候）发生变化或者变迁的时候，人的情绪、心理等等也会发生相应的变化或者波动。刘勰所云"春秋代序，阴阳惨舒，物色之动，心亦摇焉"，钟嵘所云"气之动物，物之感人"，正好反映了季节（时令）与气候之间，气候与物候之间，物候与人心之间的三重关系。

当"应物斯感"中的"物"，是作为物候而不是作为一般自然景物出现的时候，它与气候的关系就是一种因果关系，一种反映和被反映的关系。当气候发生变化的时候，物候就会发生相应的变化或者变迁。气候有周期性，也有地域性，物候也相应地具有周期性和地域性。

第四节 "应物斯感"中的"感"与物候之关系

如果说"应物斯感"中的"物"在许多时候就是指物候，它与气候之间的关系是一种因果关系，一种反映和被反映的关系；那么"应物斯感"中的"感"，又是指什么呢？它与物候之间又是个什么关系呢？

不言而喻，"应物斯感"中的"感"是指文学家的主观感受，也就是刘勰所讲的"七情"，亦即喜怒哀惧爱恶欲。这个不难理解。问题是文学家的主观感受是有具体指向的，也就是说，喜怒哀惧爱恶欲这"七情"是有具体内涵的，所喜者何，所怒者何，所哀者何，所惧者何等等，是不可以笼统言之的。应该说，这是一个必须探讨的问题。

为了探讨这个问题，让我们再次回到陆机的《文赋》："遵四时以叹逝，瞻万物而思纷；悲落叶于劲秋，喜柔条于芳春。"所谓"叹逝"，就是感叹时光的流逝。时序周而复始，今年花开花落，明年还会花开花落，但人的生命却不能周而复始，今年见到花开花落，明年不一定还能见到花开花落。"今年花落颜色改，明年花开复谁在？""年年岁岁花相似，岁岁年年人不同。"[1] 所以"叹逝"，具体来讲就是感叹个体生命在一天一天地流逝。这就是人的生命意识。人的生命意识是人的一种人文积淀，其中既有人类集体的记忆，也有个人的体验和思考，它是长期形成的，久存于心的，并不是此刻才孕育的。通常情况下，人不可能每时每处都想到生命问题，人的生命意识沉潜在人的意识深处，它需要某种感召，某种触发，才能被启动起来。所谓"喜柔条于芳春"，是说看见早春刚刚抽芽的柳条这一物候，感到新的一年又开始了，新的一年预示着新的希望，预示着生命的新的起色，所以为之欣喜。所谓"悲落叶于劲秋"，是说看见深秋纷纷坠地的落叶这一物候，感到一年的时光又将过去，自己的生命又老了一岁，离死亡的大限又近了一步，所以为之悲伤。这就是"应物斯感"，就是"瞻万物而思纷"。所谓"物"，在这里就是指"柔条"和"落叶"这两种物候；所谓"感"和"思"，就是指与这两种物候相对应的关于生命的欣喜和悲伤，就是"叹逝"，就是生命意识。所以我们说，"应物斯感"中的"物"和"感"是相对应的，"七情"（喜怒哀惧爱恶欲）是有具体指向或具体内涵的，不是笼统言之的。

---

[1] 刘希夷：《代悲白头吟》，《全唐诗》卷八十一，中华书局1960年版，第885页。

一般来讲，当"应物斯感"中的"物"是指物候的时候，与之相对应的"感"，就是文学家的生命意识。如刘勰《文心雕龙·物色》讲："物色相召，人谁获安？是以献岁发春，悦豫之情畅；滔滔孟夏，郁陶之心凝；天高气清，阴沉之志远；霰雪无垠，矜肃之虑深。"在这里，"献岁发春"、"滔滔孟夏"、"天高气清"和"霰雪无垠"是四时物候，而"悦豫之情"、"郁陶之心"、"阴沉之志"和"矜肃之虑"，则是与四时物候相对应的关于生命的体验和思考，也就是文学家的生命意识。又如钟嵘《诗品·序》讲："气之动物，物之感人，故摇荡性情，形诸舞咏。……若乃春风春鸟，秋月秋蝉，夏云暑雨，冬月祁寒，斯四候之感诸诗者也。嘉会寄诗以亲，离群托诗以怨。至于楚臣去境，汉妾辞宫。或骨横朔野，魂逐飞蓬。或负戈外戍，杀气雄边。塞客衣单，孀闺泪尽。或士有解佩出朝，一去忘返。女有扬娥入宠，再盼倾国。凡斯种种，感荡心灵，非陈诗何以展其义？非长歌何以骋其情？"[1] 在这里，"春风春鸟，秋月秋蝉，夏云暑雨，冬月祁寒"是四时物候，而"嘉会寄诗以亲，离群托诗以怨"等等，则是与四时物候相对应的关于生命的种种体验和思考，包括逐臣去国的悲哀，弃妇离宫的伤痛，将士久戍不归的惆怅，思妇独守空房的幽怨，以及得宠之人的惬意与失意之人的迷茫等等，而这种种的体验和思考，其实就是文学家的生命意识在作品中的体现。

也许有人会认为，我们讲来讲去，都是以批评家的说法为依据，究竟文学家本身是不是这样感物的，或者说，他们所感之

---

[1] 钟嵘：《诗品·序》，曹旭：《诗品笺注》，人民文学出版社 2009 年版，第 1 页。

"物",与他们应"物"之所"感",是不是这种对应关系,恐怕还很难说。因此,我们下面将以具体作品为例,来证明这个问题。陆机《感时赋》:

> 悲夫冬之为气,亦何憯凛以萧索。天悠悠其弥高,雾郁郁而四幕。夜绵邈其难终,日晼晚而易落。敷曾云之葳蕤,坠零雪之挥霍。寒冽冽而寝兴,风谡谡而屡作。鸣枯条之泠泠,飞落叶之漠漠。山崆峒以含瘁,川逶迤而抱涸。望八极以瞳涑,普宇宙而寥廓。伊天时之方惨,曷万物之能欢。鱼微微以求偶,兽岳岳而相攒。猿长啸于林杪,鸟高鸣于云端。矧余情之含瘁,恒睹物而增酸。历四时以迭感,悲此岁之已寒。抚伤怀以呜咽,望永路而泛澜。[1]

陆机既是晋代最为著名的文学批评家,又是当时最为著名的文学家。他在自己的文学批评著作《文赋》里讲"遵四时以叹逝,瞻万物而思纷。悲落叶于劲秋,喜柔条于芳春",可以说是在文学批评史上最早揭示了四时物候与文学家的生命意识之间的对应关系,而他的这篇《感时赋》,则是一篇历来脍炙人口的抒情小赋,他在这篇赋里讲自己对于冬季物候的种种体验和思考,所谓"矧余情之含瘁,恒睹物而增酸。历四时以迭感,悲此岁之已寒。抚伤怀以呜咽,望永路而泛澜",可以说是体现了非常浓厚的生命意识。而他的这些"瘁"、"酸"、"感"、"悲"、"伤怀"、"呜咽"

---

[1] 陆机:《感时赋》,严可均辑:《全上古三代秦汉三国六朝文》第5册,河北教育出版社1997年版,第983页。

等等，也就是他之所"感"，又无一不是与冬季的特定物候相对应的。

又如昭明太子萧统的《答湘东王求〈文集〉及〈诗苑英华〉书》：

> 吾少好斯文，迄兹无倦，谭经之暇，断务之余，陟龙楼而静拱，掩鹤关而高卧，与其饱食终日，宁游思于文林。或日因春阳，其物韶丽，树花发，莺鸣和，春泉生，暄风至，陶嘉月而嬉游，藉芳草而眺瞩。或朱炎受谢，白藏纪时，玉露夕流，金风多扇，悟秋山之心，登高而托远。或夏条可结，倦于邑而属词；冬云千里，睹纷霏而兴咏。[1]

萧统既是一位享有千古盛誉的选家，也是一位具有卓识的批评家，同时还是一位优秀的文学家。在他《文选》"赋"中专辟"物色类"，收有《风赋》、《秋兴赋》、《雪赋》、《月赋》等四篇作品。李善称之为"四时所观之物色之赋"。可见萧统对物候（物色）现象是很留意的，对文学作品描写物候（物色）现象是很重视的。他的这篇散文，就描写了"树花发，莺鸣和，春泉生，暄风至"以及"夏条可结"，"玉露夕流，金风多扇"，"冬云千里"等多种物候（物色），同时表达了自己因这些物候（物色）的触发而产生的或陶醉或抑郁（于邑）的生命体验。也就是说，他之所"感"，与他所感之"物"是相对应的。

类似的例子还有很多，这里就不再一一列举了。

---

[1] 萧统：《答湘东王求〈文集〉及〈诗苑英华〉书》，严可均辑：《全上古三代秦汉三国六朝文》第7册，河北教育出版社1997年版，第211页。

需要说明的是，我们讲"应物斯感"中"物"与"感"的对应关系，也就是物候与文学家的生命意识的对应关系，并不意味着把这种对应关系简单化。如果说"应物斯感"中的"物"（物候）与气候的关系是一种相对单纯的因果关系，那么，"应物斯感"中的"感"（文学家的生命意识）与"物"（物候）的关系就是一种相对复杂的双向互动关系。一方面，这种"感"反映了"物"（物候）的变化；另一方面，这种"物"（物候）又被赋予了文学家的主观色彩，被赋予了文学家关于生命的种种情绪体验和理性思考：所谓"写气图貌，既随物以宛转；属采附声，亦与心而徘徊"。如果文学家只是被动地、单向地反映"物"（物候）的变化，其作品与气候（物候）工作者的日常记录何异？而它之所以不是气候（物候）工作者的日常记录，而是文学作品，就在于文学家由"物"（物候）的变化，联想到了个体和群体生命的种种状态，联想到了人的当下处境和未来命运，然后再把这些联想，赋予了作品中所写的"物"（物候）等等。所以这种关系，又可以称为"心物交融"的关系。

第五节 "应物斯感"这个重要命题被忽视的原因

"应物斯感"这个理论，揭示了文学灵感的一种触发机制，可以说是中国古代文论的一个重要命题，但是这个命题在刘勰、钟嵘之后就很少有人提及了，可以说是被忽视了。原因有三：

第一，"应物斯感"这个理论命题，以及相关的理论表述，是魏晋南北朝文论的一个突出贡献。至唐代，魏晋南北朝的文学，尤其是东晋南朝的以"感物"为特征的文学，受到以陈子昂、白居易为代表的功利主义文学家的批评，他们认为这个时期的文学多是"吟风月，弄花草"之作，有违教化，他们主张"缘事而发"，主张寄托，提倡"文章合为时而著，歌诗合为事而作"，于是魏晋南北朝时期的文学和文论，尤其是东晋南朝的文学和文论，自唐以后，没有得到应有的重视和承传。

第二，历来治魏晋南北朝文论的学者在讲到刘勰《文心雕龙·物色》和钟嵘《诗品·序》所说的这个"气"时，多把它解释为"天地之元气"[1]，只有郭绍虞先生主编的《中国历代文论选》，在讲到钟嵘《诗品·序》中的这个"气"时，把它解释为气候。[2] 人们既把《文心雕龙·物色》和钟嵘《诗品·序》所说的这个"气"解释为"天地之元气"，又把他们所说的"物"一律解释为一般的"自然景物"。也就是说，刘勰《文心雕龙·物色》和钟嵘《诗品·序》中的"气"和"物"这两个字的真正含义被忽视，或者说被遮蔽了。

第三，刘勰《文心雕龙·物色》和钟嵘《诗品·序》中的"气"和"物"这两个字的真正含义之所以被忽视，或者说被遮蔽，与人们对气候学或物候学的陌生有关，也与人们辨识"气"和"物"这两个字的方法有关。"气"和"物"这两个字，在古代汉语中有多重含义，如何正确地辨识它们的具体含义，必须联系它们所处的语境。这个道理说起来简单，真正要落实起来却不那么容易。

---

[1] 曹旭：《诗品笺注》，人民文学出版社2009年版，第3页。
[2] 郭绍虞主编：《中国历代文论选》第1册，上海古籍出版社1979年版，第312页。

本章的写作，自然是受了陆机《文赋》、刘勰《文心雕龙·物色》和钟嵘《诗品·序》的启发，但是之所以能够得到这种启发，还是因为受了气候学和物候学的启发。笔者把刘勰《文心雕龙·物色》和钟嵘《诗品·序》所讲的"气"解释为气候，把他们所讲的"物"和"物色"解释为物候，进而揭示"应物斯感"中的"物"有时是指物候，而当这个"物"是指物候时，其所"感"者，则为文学家的生命意识。这些观点的提出，一方面是依据"气"、"物"这两个字所处的语境，一方面是根据文学作品和文学批评的事实，还有一点，就是气候学和物候学所给予的启示。

利用气候学和物候学的知识，解释前人经典著作中的"气"和"物"，并由此而揭示气候（物候）在文学灵感触发机制中的作用，在笔者来讲，只是一个尝试。这个尝试或许还有不当之处，敬请有关专家和广大读者批评指正。

下篇 气候、物候对文学作品之影响

第五章　气候、物候对文学作品主题之影响

第一节　中国文学的基本主题

中国文学的基本主题，可以从不同的角度来划分。如果从特定主题人物的角度来划分，则有所谓"尧舜"、"牛郎织女"、"八仙"、"目连"、"白蛇"、"诸葛亮"、"薛仁贵"、"刘知远"、"包公"、"岳飞"一类主题；如果从特定情节单元的角度来划分，则有所谓"夫妻离散——团圆"、"不相识的父子之战"、"打斗成亲"、"人与异类婚恋"、"发迹变泰"、"难题求婚"、"猿猴抢婚"、"负心婚变"、"黄粱梦"、"女扮男装"、"动物报恩"一类主题；如果从特定意象的角度来划分，则有所谓"落花"、"流水"、"夕阳"、"梧桐"、"云"、"雨"、"月"、"梅"、"柳"、"竹"、"雁"、"石"、"马"、"蝉"一类主题；如果从纯粹母题的角度来划分，则有所谓"伤春"、"悲秋"、"相思"、"怀乡"、"别离"一类主题。此外，还可以从其他一些角度来划分文学作品的基本主题。

20 世纪 90 年代初，从事文学主题学研究的学者王立出版了

《中国古代文学十大主题——原型与流变》一书，他按照"中国古代文人与自然、社会、他人、自我四者之间的关系"，将中国古代文学分为惜时、相思、出处、怀古、悲秋、伤春、游仙、思乡、黍离、生死等十大主题。[1] 他的这种划分，也就是从纯粹母题的角度所做的划分。所谓"纯粹母题，通常指的是文学作品中反复出现的人类的基本行为、精神现象以及人类关于周围世界的概念，诸如生、离、死、别、喜、怒、哀、乐，时间，空间，季节等。"[2] "纯粹母题"的这种性质，使得王立在他的这本书里，也涉及文学作品的生命意识问题，但是讲得比较简略。

第二节 中国文学十大主题中的生命意识与物候元素

20世纪90年代以来，文学作品的生命意识问题成为我国文学研究中的一个热点，学术界甚至还有所谓"生命主题"一说。[3] 笔者对此不表认同。因为既然有所谓"生命主题"，就有所谓"非生命主题"，而"非生命主题"实际上是不存在的。事实上，文学作品所描写的对象，无论是人，还是动、植物，都是生命；文学作品所描写的事件，都是以生命个体为中心的事件；文学作品所描

---

[1] 参见王立：《中国古代文学十大主题——原型与流变》，辽宁教育出版社1990年版。
[2] 参见李琳：《近二十年来古典文学主题学研究法述要》，《学术交流》2004年第9期。
[3] 参见钱志熙：《唐前生命观与文学生命主题》，东方出版社1997年版。

写的社会，都是以生命个体为基础的社会。这些对象、事件、社会等等，无不反映了生命的种种状态，无不体现了文学家对于生命状态的种种感受、体验、观察、思考和评价。古往今来，没有哪一部文学作品是与生命无关的。文学家的生命意识，就包含在他们对所有生命状态的种种感受、体验、观察、思考和评价之中。区别只在于，有些作品的生命意识要强烈一些，明确一些；有些作品的生命意识则要平和一些，或者含蓄一些。即以王立所划分的十大主题为例，笔者发现，这十大主题，实际上每一个都与文学家的生命意识有关；而且每一个主题类型的代表作品所流露的生命意识，又大多与当时当地的物候现象的触发有关。

为了简明地说明这一问题，笔者把这十大主题所表现的生命意识与相关物候的对应关系做成下表（见表十一）。需要说明的是：笔者只是借用王立的"十大主题"之说，至于每个主题类型的代表作品，则由笔者从各种文学典籍中采撷而来，并不依据王立所择之例。

表十一　中国古代文学十大主题的生命意识与物候之关系简表

主题	代表作品	物候	生命意识
惜时	日月忽其不淹兮，春与秋其代序。惟草木之零落兮，恐美人之迟暮。——屈原《离骚》	楚国中部（江汉流域一带）季秋的物候：叶落。	时不我待。积极应对时间的限制。渴望实现生命的社会价值。
	秋风起兮白云飞，草木黄落兮雁南归。兰有秀兮菊有芳，怀佳人兮不能忘。泛楼船兮济汾河，横中流兮扬素波。箫鼓鸣兮发棹歌，欢乐极兮哀情多。少壮几时兮奈老何！——汉武帝刘彻《秋风辞》	长安（今西安）季秋的物候：草黄、叶落、雁南飞、菊开花、秋兰开花。	人生易老。消极应对时间的限制。及时行乐。

（续表）

伤春	闺中少妇不知愁，春日凝妆上翠楼。忽见陌头杨柳色，悔教夫婿觅封侯。 ——王昌龄《闺怨》	长安季春的物候：小叶杨、垂柳抽青。	因寻求生命的社会价值的实现，忽略了生命个体的幸福。
	一曲新词酒一杯，去年天气旧亭台，夕阳西下几时回？　无可奈何花落去，似曾相识燕归来，小园香径独徘徊。 ——晏殊《浣溪沙》	开封季春的物候：花落，燕始来。	流年似水。个体生命无法超越时间的限制。
悲秋	风急天高猿啸哀，渚清沙白鸟飞回。无边落木萧萧下，不尽长江滚滚来。万里悲秋常作客，百年多病独登台。艰难苦恨繁霜鬓，潦倒新停浊酒杯。 ——杜甫《登高》	夔州（今重庆奉节一带）季秋的物候：候鸟迁徙，叶落。	漂泊流离，既老且病。 降低了生命存在的质量，浪费了生命的有效时间。
	对潇潇暮雨洒江天，一番洗清秋。渐霜风凄紧，关河冷落，残照当楼。是处红衰翠减，苒苒物华休。唯有长江水，无语东流。　不忍登高临远，望故乡渺邈，归思难收。叹年来踪迹，何事苦淹留？想佳人妆楼颙望，误几回、天际识归舟？争知我、倚阑干处，正恁凝愁。 ——柳永《八声甘州》	长江流域季秋的物候：霜风起，叶落，草枯黄，严寒开始。	漂泊羁旅，事业无成，夫妇分离。既不能实现生命的社会价值，又牺牲了生命个体的幸福。时间被浪费，生命的价值被贬损。
相思	蒹葭苍苍，白露为霜。所谓伊人，在水一方！溯洄从之，道阻且长。溯游从之，宛在水中央。 ——《诗经·秦风·蒹葭》	秦地（关中平原及其周边地区）季秋的物候：芦苇扬花，见霜。	地理空间与心理空间的双重阻隔，浪费了生命的有效时间，个体的价值无由实现。
	思君令人老，轩车来何迟。伤彼蕙兰花，含英扬光辉。含时而不采，将随秋草萎。 ——《古诗十九首·冉冉孤生竹》	秦岭以南春夏间物候：蕙兰花开。	青春易老，时不我待。 地理空间的阻隔，浪费了生命的有效时间。

（续表）

思乡	独有宦游人，偏惊物候新。云霞出海曙，梅柳渡江春。淑气催黄鸟，晴光转绿蘋。忽闻歌古调，归思欲沾巾。 ——杜审言《和晋陵陆丞早春游望》	江阴早春的物候：垂柳发青、黄莺始鸣。	空间阻隔，个体生命寻求归属感。
	塞下秋来风景异，衡阳雁去无留意。四面边声连角起。千嶂里，长烟落日孤城闭。 浊酒一杯家万里，燕然未勒归无计。羌管悠悠霜满地。人不寐，将军白发征夫泪。 ——范仲淹《渔家傲》	西北地区仲秋物候：雁南飞，初霜。	英雄情结与故土情结的矛盾，社会价值与个体价值的冲突。
出处	回车驾言迈，悠悠涉长道。四顾何茫茫，东风摇百草。所遇无故物，焉得不速老？盛衰各有时，立身苦不早。人生非金石，岂能长寿考？奄忽随物化，荣名以为宝。 ——《古诗十九首·回车驾言迈》	季秋物候：草黄枯。	人寿有限，时不我待。在"出"与"处"的权衡之中，选择"出"。
	一片花飞减却春，风飘万点正愁人。且看欲尽花经眼，莫厌伤多酒入唇。江上小堂巢翡翠，苑边高冢卧麒麟。细推物理须行乐，何用浮名绊此身？ ——杜甫《曲江二首》之一	长安季春的物候：花落	人寿有限，富贵烟云。在"出"与"处"的权衡之中，选择"处"。
怀古	朱雀桥边野草花，乌衣巷口夕阳斜。旧时王谢堂前燕，飞入寻常百姓家。 ——刘禹锡《乌衣巷》	金陵（南京）仲春物候：草发青、花开、燕来。	盛衰无常。人世沧桑。
	江雨霏霏江草齐，六朝如梦鸟空啼。无情最是台城柳，依旧烟笼十里堤。 ——韦庄《台城》	金陵季春物候：柳树展叶。	盛衰无常。物是人非。

(续表)

黍离	彼黍离离，彼稷之苗。 行迈靡靡，中心摇摇。 知我者，谓我心忧， 不知我者，谓我何求。 悠悠苍天，此何人哉！ ——《诗经·王风·黍离》	镐京（今西安）仲夏的物候：黍（黄米）拔节、稷（高粱）出苗。	旧都荒芜。人世变迁。个体生命缺乏归属感。
	少陵野老吞声哭，春日潜行曲江曲。江头宫殿锁千门，细柳新蒲为谁绿？忆昔霓旌下南苑，苑中万物生颜色。 ——杜甫《哀江头》	长安季春的物候：蒲柳（水杨）展叶。	国都沦陷。个体生命失去庇护。
游仙	恐天时之代序兮，耀灵晔而西征。 微霜降而下沦兮，悼芳草之先零。 聊仿佯而逍遥兮，永历年而无成！ 谁可与玩斯遗芳兮？长向风而舒情。 高阳邈以远兮，余将焉所程？重曰： 春秋忽其不淹兮，奚久留此故居？轩辕不可攀援兮，吾将从王乔而娱戏！ ——屈原《远游》	楚国季秋的物候：初霜、草黄枯。	生命的社会价值无由实现。企图改变对尘世的执着，摆脱时间的限制，追求生命的快乐和永恒。
	开秋兆凉气，蟋蟀鸣床帷。 感物怀殷忧，悄悄令心悲。 多言焉所告？繁辞将诉谁？ 微风吹罗袂，明月耀清晖。 晨鸡鸣高树，命驾起旋归。 ——阮籍《咏怀诗八十二首》之十四	洛阳初秋的物候：蟋蟀始鸣。	企图摆脱尘世的忧伤，摆脱时间的限制，追求生命的另一种存在方式，追求生命的永恒。
生死	佳节清明桃李笑，野田荒冢只生愁。雷惊天地龙蛇蛰，雨足郊原草木柔。人乞祭余骄妾妇，士甘焚死不公侯。贤愚千载知谁是，满眼蓬蒿共一丘。 ——黄庭坚《清明》	江南季春的物候：桃李始花，雷始鸣，蛇始出洞，草木抽青。	时间无情。无论贤、愚，终归一死。死亡的手掌抹平了人生的一切差别。

(续表)

去年春雨开百花,与君相会欢无涯。 高歌长吟插花饮,醉倒不去眠君家。 今年恸哭来致奠,忍欲出送攀魂车。 春晖照眼一如昨,花已破蕾兰生芽。 唯君颜色不复见,精魂飘忽随朝霞。 归来悲痛不能食,壁上遗墨如栖鸦。 呜呼死生遂相隔,使我双泪风中斜。 ——欧阳修《哭石曼卿》	仲春物候:花始开。兰始发芽。	物是人非。草木可以再生,人死不能复活。

由上表可以看出,十个主题类型都与生命意识有关,也都与时间意识有关。因为意识到生命的有限,所以"惜时"(或者趁时而起,或者及时行乐,或者二者兼顾);因为"惜时",所以"伤春"和"悲秋"(由花开花谢、落叶飘零等物候现象反观自身,体悟生老病死的节奏,感叹逝水流年,为生命的价值不得实现而伤悲);因为"惜时",所以"相思"(因地理空间或心理空间的阻隔,浪费了生命的有效时间,个体的幸福无由实现);因为"惜时",所以"思乡"(超越空间的限制,寻求生命的精神归属);因为"惜时",所以有"出处"的权衡(或"出"或"处",均是为了实现个体生命的最大值);因为"惜时",所以"怀古"(穿越时间的隧道,链接过去和现在;透过既往的生命事实,参悟生命的意义);因为"惜时",所以有"黍离"之悲(故国荒芜,江山易主,个体生命缺乏归属感);因为"惜时",所以有"游仙"之想(摆脱尘世的羁绊,拓展生命的空间,增加生命的长度,追求生命的快乐和永恒);因为"惜时",所以有"生死"之念(时间毕竟无情,死亡迟早到来,一切的

努力都不能突破时间的限制,死神的手掌抹平了人生的一切差别)。十个主题,以"惜时"起,以"生死"结,无一不是生命意识的流露或表达。所以笔者认为,中国古代文学中的十大主题,本质上是由"惜时"来统摄的。它们从既往的生命事实,到当下的生命状态,再到未来的生命走向,比较完整地记录了生命的流程,比较完整地表达了古代文学家关于生命的体验和思考。

值得注意的是,这些生命意识是如何被触发、被唤醒、被启动的?这里面固然有社会的、人事的因素,但也有自然的因素,而气候(物候)无疑是自然的因素之一,甚至是主要的自然因素之一。为了证明这个问题,我们在下面两节将重点考察"伤春"和"悲秋"这两个主题类型。

第三节　悲秋主题所体现的生命意识

"悲秋"之作,早在《诗经》里就有了。如《唐风·蟋蟀》:

> 蟋蟀在堂,岁聿其莫。
> 今我不乐,日月其除。
> 无已大康,职思其居。
> 好乐无荒,良士瞿瞿。
>
> 蟋蟀在堂,岁聿其逝。

> 今我不乐，日月其迈。
> 无已大康，职思其外。
> 好乐无荒，良士蹶蹶。
>
> 蟋蟀在堂，役车其休。
> 今我不乐，日月其慆。
> 无已大康，职思其忧。
> 好乐无荒，良士休休。[1]

"蟋蟀在堂"，这是唐地（今山西南部的翼城、曲沃、绛县一带）秋冬之际的物候。"蟋蟀在堂"是农历九月，而"周朝建子"，以十月为岁暮，故云"岁聿其莫"。"蟋蟀"既已"在堂"，一年的时光就所剩无几了。[2] 由此便想到时光易逝，主张及时行乐，丰富生命的内容，提高生命的质量，延长生命的有效时间。但是，传统的生命意识又在提醒他：行乐可以，但不能过分（无已大康），还要顾及自己的职责（好乐无荒）。朱熹讲："唐俗勤俭，故其民间终岁劳苦，不敢少休。及其岁晚务闲之时，乃敢相与燕饮为乐。而言今蟋蟀在堂，而岁忽已晚矣，当此之时而不为乐，则日月将舍我而去矣。然其忧深而思远也，故方燕乐而又遽相戒曰：今虽不可以不为乐，然不已过于乐乎。盍亦顾念其职之所居者，使其虽好乐而无荒，若彼良士之长虑却顾焉，则可以不至于危亡也。

---

[1] 朱熹：《诗集传》，上海古籍出版社1980年版，第68页。
[2] 《诗经·豳风·七月》："七月在野，八月在宇，九月在户，十月蟋蟀入我床下。"豳地即今陕西西部的旬邑、彬县和长武一带，与唐地均属于暖温带气候。

盖其民俗之厚，而其前圣遗风之远如此。"[1] 一方面认为时光无几，主张及时行乐；一方面又觉得职责在身，不可行乐无度。这就是由"蟋蟀在堂"这一物候所引发的关于生命的情绪体验和理性思考，也就是生命意识。这种生命意识在中国尤其是在中国的农民当中是很有代表性的。例如笔者家乡（湖北赤壁）的农民，在秋冬之际忙完秋收和打场之后，大约有三个月左右的农闲时间。在这一段时间里，他们聚众打牌，打麻将，请客喝酒，看戏，举行一些传统的体育赛事，例如玩龙灯、玩彩船、玩狮子、踩高跷等，直到来年过了正月十五，他们才开始新一年的农业生产。所谓"吃了月半粑，各人种庄稼。"也就是说，在承平年代的农闲时节，他们是有很多娱乐活动的。他们看不起好吃懒做的人，也看不起不会玩的人。他们认为只会干活不会玩的人是脑子笨的人。他们平时说的最多的一句话，就是"人生一世，草木一秋"，这是物候给他们的启示。所以他们多会玩，连许多一字不识的老太太都会打纸牌。不过他们玩的时候并没有忘记自己的本职工作，这不仅表现在即便是农闲时节，他们也还要从事一些农业劳动，例如施肥，修路，修水利，修理农具，喂养牲口，盖房子等等，更表现在农闲时节一过，他们一律开始了新一年的耕作，男女老少，毫不懈怠。所以笔者认为，《唐风·蟋蟀》作为一首民歌，对中国农民的生命意识的描写是很真实的，很有代表性的。

《诗经·唐风·蟋蟀》之后，中国文学史上最有影响的悲秋之作，就应该是战国后期楚国文士宋玉所作的《九辩》了：

---

[1] 朱熹：《诗集传》，上海古籍出版社1980年版，第68页。

悲哉！秋之为气也。萧瑟兮，草木摇落而变衰。憭慄兮，若在远行。登山临水兮，送将归。泬寥兮，天高而气清。寂寥兮，收潦而水清。憯凄增欷兮，薄寒之中人。怆怳懭悢兮，去故而就新。坎廪兮，贫士失职而志不平。廓落兮，羁旅而无友生。惆怅兮，而私自怜。燕翩翩其辞归兮，蝉寂寞而无声。雁廱廱而南游兮，鹍鸡啁哳而悲鸣。独申旦而不寐兮，哀蟋蟀之宵征。时亹亹而过中兮，蹇淹留而无成。[1]

《九辩》是宋玉晚期的作品。宋玉曾是楚襄王身边的一个"小臣"，"识音而善文，襄王好乐而爱赋，既美其才，而憎之似屈原也。"[2] 楚襄王既欣赏他的才华，又像憎他的老师屈原一样地憎他。这就是他的悲剧。至楚考烈王时，宋玉竟遭到斥逐而流落异乡。"君弃远而不察兮，虽愿忠其焉得？"政治上的失意（贫士失职、淹留无成）与旅途上的孤独（去故就新、羁旅无友），使他倍感生命的贬值、人世的冷漠和时间的严酷无情，他在"惆怅"、"不平"、"寂寞"、"自怜"之中惶惶不可终日，一再地预感到死神的逼近。他这种深入骨髓的个体生命的漂泊、孤独之感与坎坷、失意之怀，在中国古代文士当中是非常具有代表性的，他的遭遇、心态和创作在无数的文士那里引起了强烈的共鸣。值得注意的是，他这种深入骨髓的个体生命的漂泊、孤独之感与坎坷、失意之怀，是因

---

[1] 宋玉：《九辩》，严可均辑：《全上古三代秦汉三国六朝文》第1册，河北教育出版社1997年版，第133页。

[2] 习凿齿：《襄阳耆旧记》卷一，舒焚、张林川：《襄阳耆旧记校注》，荆楚书社1986年版，第15页。

为什么而引起的呢？显然，是秋天的物候，是"草木摇落而变衰"、"蝉寂寞而无声"、"雁廱廱而南游"、"鹍鸡啁哳而悲鸣"以及"蟋蟀之宵征"等一系列具有长江、汉水流域之特点的物候。宋玉由此被奉为"千古悲秋之祖"，《九辩》的抒情模式也成了历代悲秋之作的一个范本。所谓"摇落深知宋玉悲，风流儒雅亦吾师。怅望千秋一洒泪，萧条异代不同时"（杜甫《咏怀古迹五首》之二）。

宋玉之后，几乎所有的悲秋之作都会写到抒情主体对于个体生命的种种慨叹，诸如漂泊之感、家国之思、老病之怀、迁谪之恨等等，而所有这些关于个体生命的慨叹又都是由秋天的物候引起的，例如草木之零落，候鸟之迁徙，秋虫之鸣叫，霜雪之降临，等等。

在中国古代文学中，悲秋的主人公多为文士。这是由于文士为了功名事业，往往漂泊、羁留异地他乡，而异地他乡的秋天物候，最容易引发他们的羁旅之感与失意之怀，最容易引发他们对于当下处境的嗟叹与未来前程的忧虑。不过有一点值得注意，悲秋是一种普遍现象，只要是一个生命意识比较强烈的人都会有悲秋之感。农夫有悲秋之感（《唐风·蟋蟀》），文士有悲秋之感（《九辩》），对所有的农夫和文士具有生杀予夺之权的皇帝同样也有悲秋之感。汉武帝刘彻的《秋风辞》，魏文帝曹丕的《燕歌行》不也是文学史上的悲秋名篇吗？皇帝所忧何来？当然不是什么羁旅之感与失意之怀，而是无上的荣华与有限的人生之间的矛盾与纠结：

秋风起兮白云飞，草木黄落兮雁南归。
兰有秀兮菊有芳，怀佳人兮不能忘。

> 泛楼船兮济汾河，横中流兮扬素波。
> 箫鼓鸣兮发棹歌，欢乐极兮哀情多。
> 少壮几时兮奈老何？
>
> ——（汉）汉武帝《秋风辞》[1]

据史书记载，这首诗是公元前 113 年，44 岁的汉武帝巡行河东郡（治所在今山西夏县），于汾阳（今山西万荣县荣河镇北汾水南岸）祭祀后土之后，在汾河舟中与群臣欢宴时写下的。楼船齐发而扬波中流，吹箫击鼓而君臣放歌，人生何其乐也！岂普通人所可比拟哉！然而转眼之间何以哀从中来？是因为他想到了一个常理：人寿有限，生命无常，欢乐不能长久。即使贵为九五之尊，也最终难免一死。这就是一个帝王对于生命问题的情绪体验与理性思考。而引发这种体验和思考的触媒，正是"秋风起"、"白云飞"、"草木黄落"与"雁南归"等一系列暖温带地区的秋天物候。

有人讲："秋士易感，春女善怀"[2]，似乎悲秋只是男人的事，女人则只善伤春而不善悲秋。实则不然。中国是一个以农耕为主的国家，几千年的农耕传统培养了国人对于季节、时序与物候的敏感，这种敏感虽然因人而异，但是并无男女之别。在古代文学中，以女性为主人公的悲秋之作也是不胜枚举的。例如沈佺期的这首《古意呈补阙乔知之》：

---

[1] 汉武帝：《秋风辞》，逯钦立辑校：《先秦汉魏晋南北朝诗》上册，中华书局 1983 年版，第 94 页。
[2] 源出《淮南子·缪称训》："春女思，秋士悲，而知物化矣。"注："春女感阳则思，秋士见阴而悲。"《诗经·豳风·七月》："女心伤悲。"郑玄笺："春女感阳气而思男，秋士感阴气而思女，是其物化，所以悲也。"

> 卢家少妇郁金堂，海燕双栖玳瑁梁。
> 九月寒砧催木叶，十年征戍忆辽阳。
> 白狼河北音书断，丹凤城南秋夜长。
> 谁谓含愁独不见，更教明月照流黄。[1]

作品的主人公就是一位家庭妇女。作为一位封建社会的家庭妇女，本身应该是没有什么功名之念的，但是男人的功名之念影响了她的生命质量。当她的丈夫为了功名而久戍辽阳（今辽宁省），十年不归，音讯全无时，长期独守空房的她，就只能眼看海燕双栖，耳听砧声四起，辗转反侧，彻夜无眠了。这是对自己当下生活的一种情绪体验。这种体验因何而起？它有一个诱发因素，这就是寒砧之下的萧萧木叶，也就是秋天的落叶这一物候。古人云："一叶落而知天下秋。"女主人公看到萧萧木叶，顿时感到秋天到了，也就是说，给征夫寄寒衣的日子到了。由于这个诱发因素，她想起了戍守辽阳十年未归、十年未有音讯的丈夫。于是才有了秋夜难眠之境。

这是男人写女人的悲秋，或许属于代言体，即借作品主人公的悲秋来写自己的悲秋，这种形式在中国古代诗词中并不少见，至于那些以女性作家的身份写女性自身的悲秋之作，那就更多了。例如李清照的《一剪梅》："红藕香残玉簟秋，轻解罗裳，独上兰舟。云中谁寄锦书来？雁字回时，月满西楼。 花自

---

[1] 沈佺期：《古意呈补阙乔知之》，《全唐诗》卷九十六，中华书局1960年版，第1043页。

飘零水自流，一种相思，两处闲愁。此情无计可消除，才下眉头，却上心头。"[1] 还有《声声慢》："雁过也，正伤心，却是旧时相识。""满地黄花堆积，憔悴损，如今有谁难摘？守着窗儿，独自怎生得黑？梧桐更兼细雨，到黄昏，点点滴滴。这次第，怎一个愁字了得。"[2] 都是脍炙人口的悲秋之作，抒发了作者对于爱情和婚姻的珍惜，以及缺失爱情和婚姻的痛苦，表达了浓厚的生命意识。而引发这种生命意识的，则是凋零的荷花、南飞的大雁、憔悴的菊花和飘落的梧桐树叶等秋天的物候。

总之，无论是文士的悲秋还是皇帝的悲秋，无论是男人的悲秋还是女子的悲秋，其实质都是个体生命与时间的矛盾；其诱因都是秋天的种种物候。

秋天的物候为什么会触发文学家的生命意识？二者之间的联系是什么？或者说，悲秋作品的生成机制是什么？这是我们要进一步探讨的问题。

要明白这一问题，必须了解秋天的性质。《说文解字》："秋，从禾肖声，禾谷熟也。"段注："其时万物皆老，而莫贵于禾谷。故从禾。言禾复言谷者，该百谷也。《礼记》曰：'西方者秋，秋之为言愁也。'"[3] 在《辞源》里，秋这个字的义项有六，基本义项有二：一是禾谷成熟。如《尚书·盘庚上》："若农服田力穑，乃亦有秋。"又如

---

[1] 李清照：《一剪梅》，唐圭璋编：《全宋词》第2册，中华书局1965年版，第928页。
[2] 李清照：《声声慢》，唐圭璋编：《全宋词》第2册，中华书局1965年版，第932页。
[3] 许慎撰，段玉裁注：《说文解字注》，上海古籍出版社1988年版，第327页。

《荀子·王制》:"春耕夏耘,秋收冬藏。"二是指季节、时令。如《诗经·王风·采葛》:"一日不见,如三秋兮。"疏:"三秋,谓九月也。设言三春、三夏,其义亦同。"后来人们把这两个义项加以合并引申,指时机、日子。如《史记·李斯传》:"今秦王欲吞天下,称帝而治,此布衣驰骛之时而游说者之秋也。"正义:"言秋时万物成熟,今争疆时,亦说士成熟时。"[1]

秋天是一个萧条、肃杀的季节,[2] 西风起,秋花谢,草木零落,大雁南飞。昆虫完成了一冬的储蓄,准备蛰眠。大地开始收敛它的生机。秋天又是一个收获的季节。农民收获了自己的粮食,读书人也开始收获自己的功名。科举时代,有一个使用频率很高的专用名词,叫"秋试",又叫"秋闱",即每年八月举行的乡试。乡试是州府一级举行的考试,考试成绩优异者,即可进入由礼部举行的会试;会试成绩优异者,最后进入殿试,考试成绩优异者,即称进士;进士中的头三名,则称状元、榜眼和探花。所以秋天对于一个士人来讲,是一个不平静的季节。对于没有科举功名的人来讲,这是一个令他们向往的季节;对于一个有科举功名的人来讲,这是一个令他们回忆的季节。

秋天萧条、衰飒的物候,提醒人们一年好景又将成过去,自己的生命又老了一岁;秋天的收获与考试,又让那些士人想到自己的功名、仕途和前程。尤其是那些尚在蒙冤、遭谴、征戍、行旅、冻馁、老病之中的士人,看到落叶飘零、大雁南飞等物候,

---

[1] 《辞源》,商务印书馆 1986 年版,第 2298—2299 页。
[2] 董仲舒《春秋繁露》十一:"木居东方而主春气,火居南方而主夏气,金居西方而主秋气,水居北方而主冬气。"又云:"春气爱,秋气严,夏气乐,冬气哀。"

自然会想到自己当下的处境与未知的命运，觉得生命在浪费，在贬值，甚至在遭受践踏。于是种种失落感、挫败感和屈辱感便涌上心头，感叹嘘唏，悲不自胜，乃至诉诸吟咏，化为歌诗。由于这种悲情是因秋天的物候而起的，于是其作品就以"悲秋"名之。这就是"悲秋"之作的生成机制。

当然，秋天的功名之想乃是一种人文附加。秋天的自然本性，则是萧条和肃杀。那些无需功名的人，例如皇帝和普通的农民，普通的思妇，之所以也会有悲秋之思，完全是因为秋天的物候引发了他们对于有限生命的感叹。

第四节　伤春主题所体现的生命意识

"伤春"之作，也是早在《诗经》里就有了。《豳风·七月》有句云：

> 春日载阳，有鸣仓庚。
> 女执懿筐，遵彼微行。爰求柔桑。
> 春日迟迟，采蘩祁祁。
> 女心伤悲，殆及公子同归。[1]

这几句，可以说是最早的"伤春"之作。诗中的女子因"求

---

[1] 《诗经·豳风·七月》，朱熹：《诗集传》，上海古籍出版社1980年版，第90—91页。

柔桑"、因"采蘩"而想到公之女的嫁衣，因公之女的嫁衣而想到自己将要成为公之女的陪嫁，远其父母，嫁非所爱，所以"伤悲"。"柔桑"与"蘩"（白蒿），既是两种养蚕之物，也是春天里的两种物候。女子的"伤悲"，实际上是因这两种物候而起。郑玄解释"女心伤悲"这一句："春女感阳气而思男，秋士感阴气而思女，是其物化，所以悲也。""阳气"、"阴气"可以解释为两种不同的气候，"物化"，可以理解为相应的物候现象对人的生命意识的触发和影响。

《诗经》中的"伤春"之作还有不少，《诗经》之后的"伤春"之作更是不胜枚举。请看唐人刘希夷的《代悲白头吟》：

洛阳城东桃李花，飞来飞去落谁家？
幽闺女儿好颜色，坐见落花长叹息。
今年花落颜色改，明年花开复谁在？
已见松柏摧为薪，更闻桑田变成海。
古人无复洛城东，今人还对落花风。
年年岁岁花相似，岁岁年年人不同。
……[1]

这种红颜易老、青春不再的感叹和无奈，就是一种深重的生命意识。这种生命意识因何而起？显然，是"洛阳城东"那"飞来飞去"的"桃李花"，是暮春三月的物候。抒情主人公由这暮春

---

[1] 刘希夷:《代悲白头翁》,《全唐诗》卷八十一，中华书局1960年版，第885页。

三月的物候,想到了时间的无情、个体生命的短暂与历史的沧桑。《红楼梦》里那首脍炙人口的《葬花词》,可以说是这首诗的一个演绎。曹雪芹借小说人物林黛玉之口,用长达52句的七言歌行,淋漓尽致地表达了一种深入骨髓的生命意识之后,还嫌意犹未尽,还要借贾宝玉的感慨,再作一番推求(引文见第六章,此处从略)。这个让林黛玉"一面低吟,一面哽咽",让贾宝玉"心碎肠断","不觉恸倒山坡上"的对于生命的悲伤,究竟因何而起?其实也就是春天的物候,所谓"花谢花飞飞满天"是也。而贾宝玉的那种"一而二,二而三"的,由个体生命到群体生命,由人的生命到花木的生命的"反复推求",可以说是把"伤春"之人对于一切生命现象的惶惑、迷茫与虚无之感,表达得既具体入微,又入木三分。(详见本书第六章)

如上所述,有人讲"秋士易感,春女善怀"。似乎伤春只是女人的事,男人则只易悲秋而不易伤春。其实也不然。例如五代词人冯延巳的《鹊踏枝》:

谁道闲情抛掷久?每到春来,惆怅还依旧。日日花前常病酒,不辞镜里朱颜瘦。

河畔青芜堤上柳。为问新愁,何事年年有?独立小桥风满袖,平林新月人归后。[1]

"为问新愁,何事年年有"这两句,说明作为南唐宰相的冯延

---

[1] 冯延巳:《鹊踏枝》,曾昭岷等编撰:《全唐五代词》上册,中华书局1999年版,第650页。

已不仅有春愁,而且年年都有。所谓"每到春来,惆怅还依旧",像条件反射似的。这是什么原因呢?他没有说,反倒用了一个设问句,问自己,也是问读者,似乎是想让读者来替他说。有人把他的这种春愁,也就是他本人所说的"闲情"、"惆怅"、"新愁"等等,解释成"爱情"。笔者以为,恐怕没有这么简单。中国古代的伤春之作,往往是有些政治寓意的,所谓"为芳草以怨王孙,借美人以喻君子",这是屈原《离骚》以来的传统。文士们在政治上遭受打击,有失意之感,但是又不便明说,怕招来更大的打击,于是就借失意女子的身份和口吻来表达,因为女子失意于丈夫,与文士失意于皇帝,二者之间具有某种可比性。这种写作手法又称为"比兴"。这首词中的"闲情"、"惆怅"、"新愁"等,也就是春愁,可能就是作者在政治上的失意之感。也就是说,作者在这里使用了"比兴"手法。冯延巳长期遭受政敌们的攻击,又多次遭到降职处分,而南唐的国势,在他主政期间可以说是风雨飘摇。他希望有所振作,但总是不能如愿。他的内心深处恐怕有许多"忧生念乱"的成分。作为一名高官,不至于为了一份男女之情,把自己搞得那样憔悴不堪。但是这种"忧生念乱"的成分,如何能够明说?他只能采用"比兴"方法,借世间男女之情,写自家政治失意之感。冯煦《阳春集序》云:"翁俯仰身世,所怀万端,缪悠其词,若显若晦。揆之六义,比兴为多。若《三台令》、《归国谣》、《蝶恋花》(即《鹊踏枝》)诸作,其旨隐,其词微,类劳人思妇、羁臣屏子郁伊怆悦之所为。翁何致而然耶?周师南侵,国势岌岌,中主既昧本图,汶闇不自强,强邻又鹰瞵而鹗睨之,而务高拱,溺浮采,芒乎芴乎,不知其将及也。翁负其才略，不能有所匡救。危苦烦乱之中郁不自达者，一于词发之。其忧生念乱，意内而言外，迹之唐五季之交，韩致尧之于诗，翁之于词，其义一也。世专以靡曼目之，诬已。善乎！刘融斋先生曰：'流连光景，惆怅自怜，盖亦飘飏于风雨者。'知翁哉！知翁哉！"[1]这段话，可以说是把冯延巳这首词中的"忧生念乱"之感及其因由，讲得很清楚了。[2]

这种"忧生念乱"，就是一种深重的生命意识，它不似普通的男女之情只涉及生命个体的幸福，更包含了一群人、一个政权、一个国家的前途之忧，命运之忧。也就是说，它的生命意识包含了更多的政治内容和忧患色彩。问题是，这种"忧生念乱"之感是如何被触发的呢？这就要回到作品的过片了，即"河畔青芜堤上柳"。是小草返青、柳枝发芽这种江南春天的物候，引发了他的"忧生念乱"之感。词人讲："每到春来，惆怅还依旧。"又讲"为问新愁，何事年年有"？其实就是这"河畔青芜堤上柳"在刺激着他，触发着他。小草返青、柳枝发芽这种物候，一年一度，年年都有，对于他的刺激和触发已成条件反射。如果我们不了解"物候对文学家的生命意识的触发作用"这一原理，我们怎么能够替他回答"为问新愁，何事年年有"这个问题呢？这个事实也说明，男士不仅有伤春之感，而且只要有相关物候的刺激和触发，往往比女人的伤感更深沉，更宽广，更能让文士们联想到自己的当下

---

[1] 冯煦：《四印斋本阳春集序》，曾昭岷校订：《温韦冯词新校》，上海古籍出版社1988年版，第405页。
[2] 曾大兴、刘庆华编著：《中国古代词曲经典导读》，高等教育出版社2009年版，第39页。

处境与未知命运。

春天的物候为什么会触发文学家的生命意识？二者之间的联系是什么？或者说，伤春作品的生成机制是什么？这也是我们要进一步探讨的问题。

要明白这个问题，也必须了解春天的性质。《说文解字》："春，推也。从日草屯。"段注："此于双声求之。《乡饮酒义》曰：'东方者春。春之为言蠢也。'《尚书大传》曰：'春，出也。万物之出也。'日草屯者，得时草生也。屯字象草木之初生。"[1]在《辞源》里，春这个字有5个义项，其基本义项为"四季之首，即农历正、二、三月。如《公羊传》：'春者何，岁之始也。'"还有一个义项值得注意："春情，情欲。如《诗·召南·野有死麕》：'有女怀春，吉士诱之。'"

春天是一个万物复苏的季节，也是一个播种的季节。花开了，杨柳返青了，燕子飞回来了，蛰伏了一个冬天的昆虫开始活跃起来，它们忙着传递生命的讯息，忙着求偶、抚慰、交配和繁殖。农民也开始了春耕和播种，人的情欲也旺盛起来，交流爱情，繁殖生命。可是有许多女子，由于这样那样的原因，求偶的愿望得不到传达，爱情的种子无由孕育，生命的花朵无由绽放，而时间却在一天一天地流走，青春在一天一天地虚耗。于是在心理上就显得很焦虑，很失落，甚至很伤感，由于这种伤感是因春天的物候而起的，所以就名之为"伤春"。《诗经·豳风·七月》有句云："女心伤悲。"郑笺："春女感阳气而思男，秋士感阴气而思女，是

---

[1] 许慎撰，段玉裁注：《说文解字注》，上海古籍出版社1988年版，第47页。

其物化，所以悲也。"[1] 此处所谓"阳气"、"阴气"，实际上就是春、秋两季的气候环境；所谓"物化"，实际上就是两季的物候对女人和男人的生命意识的触发和影响。某些男士的"伤春"之作，往往借女子在爱情上的失意来写男士在政治上的失意，实际上也还是缘于女士"伤春"与春天的物候之间的这种关系。这就是"伤春"之作的生成机制。

总之，物候作为"大自然的语言"，在"伤春"和"悲秋"之作的生成过程中扮演了一个非常重要的角色。物候既表现了大自然的生命节律，又引起了文学家关于人的生命节律的种种体验和思考，在大自然的生命节律与人的生命节律之间，物候起了一种媒介的作用。这就使得古代文学家关于生命的体验和思考，既没有游离于大自然之外，更没有凌驾于大自然之上，而是作为大自然的一分子，在体验和思考人的生命状态、质量、价值和意义。

---

[1]《毛诗正义》，阮元校刻:《十三经注疏》，中华书局 2009 年版，第 831 页。

第六章　气候、物候变化与文学人物心情、性格及命运之变化

第一节　文学人物是文学家生命意识的代言人

1. 文学人物的类别

　　文学人物，就是文学家在文学作品中所塑造的人物。文学人物根据文体来划分，大约有两种类型：一种是抒情作品中的人物，一种是叙事作品中的人物。

　　抒情作品主要包括诗、词、散曲、抒情小赋和抒情散文（又称"散文诗"），抒情作品中的人物，通常叫作"抒情主人公"。"抒情主人公"又可以分为两种类型：一种就是文学家本身，一种则是文学家在作品中的代言人。

　　叙事作品主要包括戏剧、小说、叙事散文和叙事诗。在叙事作品中，文学家的身份往往是隐而不彰的，他的思想情感往往是通过自己所塑造的人物体现出来的，所以在一般情况下，叙事作品中的人物就只有一种类型，即文学家所塑造的人物。

2. 文学人物是文学家生命意识的代言人

在抒情作品中，抒情主人公（包括文学家本身以及他的各色代言人）的思想情感，往往是通过"物"（又称"景"或"景物"）来表达的。前人总结诗、词等抒情作品的书写方式时，习惯于将其归纳为"赋"、"比"、"兴"三种。他们对"赋"、"比"、"兴"的解释，尤其是对"比"和"兴"的解释，都离不开一个"物"字。如朱熹云："赋者，敷陈其事而直言之者也。""比者，以彼物比此物也。""兴者，先言他物以引起所咏之词也。"[1] 他认为除了"赋"可以不假于"物"而直陈其事、直言其情之外，"比"和"兴"都离不开"物"。而李仲蒙则云："叙物以言情，谓之赋，情物尽者也；索物以托情，谓之比，情附物者也；触物以起情，谓之兴，物动情者也。"[2] 他认为，无论是"赋"，还是"比"或"兴"，都离不开"物"，都必须借助"物"来书写或表达。

文学家写诗填词，作抒情小赋和抒情散文，目的在于抒情，但是在一般情况下，他们并不直抒其情，而是触景生情，借景抒情，即物言情。"物"，是他们抒发情感的一个诱发因素，一个媒介，一个载体，或者一个参照。值得注意的是，这个"物"是什么呢？根据本书第四章的研究，这个"物"，许多时候就是自然界的那些随气候的变化而推移变迁的动植物，以及某些天气水文现象，也就是"物候"。"物候"属于自然现象，但不是那种相对

---

[1] 朱熹:《诗集传》，上海古籍出版社1980年版，第3、4、1页。
[2] 转引自胡寅:《斐然集》卷十八，台湾商务印书馆影印文渊阁《四库全书》本，第1137册，第534页。

静止的、对气候的变化不太敏感的自然现象，而是那些以一年为周期的、随气候的变化而推移变迁的自然现象。古代文学家表达自己对生命的某些情绪体验和理性思考的时候，很自然地就把这些随气候的变化而推移变迁的自然现象联系起来了。或者说，正是这些随气候的变化而推移变迁的自然现象，触发了他们对生命的某些情绪体验和理性思考。所以笔者认为，"物候"与古代文学家的生命意识之间是有一种天然的联系的。王引之《经义述闻》讲："诗人之起兴，往往感物之盛而叹人之衰……物自盛而人自衰，诗人所以叹也。"[1]可以说是很准确地道出了这种天然的联系。这种联系是由古代文学家看待自然、看待生命的观念和态度所决定的，并不仅仅是一种技术层面的东西，并不仅仅是一种书写的方法。由于这个原因，所以抒情作品中的"物"，就不再是纯客观的物了，而是浸透了文学家的思想情感，浸透了他的生命意识。

在叙事作品中，文学家的思想情感往往是通过他们所塑造的人物来体现的。叙事作品中的人物，就文学家的情感指向来看，大约有三种：一种是文学家所肯定、所赞美的人物，即所谓"正面人物"；一种是文学家所否定、所贬抑的人物，即所谓"反面人物"；一种是文学家既不肯定（赞美）也不否定（贬抑）的人物，即所谓"中间人物"或"中性人物"。但是无论哪一种人物，都是一个生命个体。这些生命个体无疑都包含了文学家的生命意识，包含了文学家对生命现象的种种情感体验和理性思考。因此可以

---

[1] 王引之：《经义述闻》卷六，江苏古籍出版社 2000 年影印本，第 157 页。

说，这些人物或者生命个体，都是文学家的生命意识的代言人。此是常识，无须多言。

第二节 文学人物与气候、物候之关系

抒情作品中的人物，多是通过"赋"、"比"、"兴"的方式塑造出来的。按照李仲蒙的解释，"赋"、"比"、"兴"三者都与一个"物"字有关。"物"是情感的一个诱发因子，一个媒介，一个载体，或者一个参照。本书第四章第三节指出，在许多时候，这个"物"，就是刘勰《文心雕龙》所讲的"物色"，就是物候学家所讲的随气候的变化而推移变迁的"物候"。可以说，在诗词等抒情文学中，文学作品人物的情感的萌发或者表达，在许多时候是与气候、物候有关系的。这个问题我们在本书第四章已经讨论过了。

同诗词等抒情文学作品相比，戏剧与气候、物候的关系要特殊一些。戏剧是舞台艺术，它的语言必须具有动作性。在戏剧文本中，那种静态的、细腻的写景文字是没有的。戏剧文本中的写景文字有两种：一种是用于舞台置景的提示文字，一种是用于表现人物内心世界的唱词。唱词中的写景文字一般比较简略，但是在抒情色彩或诗化色彩比较浓的戏剧文本，如《西厢记》、《汉宫秋》、《牡丹亭》一类作品里，与气候和物候有密切关系的唱词还是不少的，它们对表现人物的丰富复杂的内心世界，揭示人物的性格和命运，或者说，体现文学家的生命意识方面是有重要作用的。

小说与气候、物候的关系也比较特殊。中国的小说，就其写

景文字来讲，大体上可以分为两种。一种是话本小说以及由话本小说演变而来的长篇历史演义小说、英雄传奇小说和神魔小说，如《三国演义》、《水浒传》和《西游记》等，这种小说的写景文字多具有说书艺人的语言特点，一是具有动作性，二是比较简单，三是比较类型化。在这种小说的写景文字中，直接写到气候环境（如"孙悟空三调芭蕉扇"等）的地方并不多，而且也比较简略。有的地方虽然写到风、云、雨、雪、霜、露、虹、晕、雷、电等等现象，但这些现象往往是天气，不是气候。

说到气候对小说人物的影响，可能会有读者立刻想到《三国演义》里的"七星坛诸葛祭风"、"上方谷司马受困"等故事情节。因为诸葛亮、周瑜之所以能够火烧曹营，取得赤壁之战的胜利，并由此奠定三国鼎立的局面，改变曹操、刘备、孙权等人一生的命运走向，确实是因为冬天里的那一场"东南风"；司马懿父子三人之所以能够死里逃生，诸葛亮一生放的第四把大火之所以会在瞬间熄灭，并由此宣告他的六出祁山的军事行动最终失败，彻底改变他本人和司马懿一生的政治命运，确实是因为上方谷的那一场"骤雨"。但是，我们必须指出，这"东南风"也好，"骤雨"也好，都是"天气"，而不是"气候"。尽管在古代汉语中，"天气"和"气候"这两个词有时是可以相互替换的，但是从客观事实的角度来讲，从现代科学的角度来讲，"天气"和"气候"是有区别的。"天气（weather）指的是相对迅速的变化或实时的情况，如一个冷锋或一个热流。气候（climate）指的是一段时期内平均的或主要的天气状况。""气候对行为的影响与天气对行为的影响是不一样的。例如，气候学预报和长期行为（如耕作）有关，而天气预报主要能预言短期行为（如在暴雨时找避雨的地方等）。"[1]通俗地讲，"天气"具有偶然性，而"气候"则具有周期性。今年的此时此地刮"东南风"，下"骤雨"，明年的此时此地未必就刮"东南风"，下"骤雨"。不然的话，曹操就会有效地防范那场"东南风"，诸葛亮就不会在"骤雨"之前火烧上方谷。

"天气"的突然变化，固然可以改变事件的走向或者人物的命运，但是毕竟这些现象都带有突发性或偶然性，没有什么规律可循；而"气候"则不一样，它是有周期性的，有地域性的，是可以根据经验和常识来判断的。也就是说，它是有规律可循的。我们研究气候与文学人物的关系，就是要探求其中的规律性，而不是搜集或者罗列那些偶然性的事件。正是因为这样，所以像"七星坛诸葛祭风"、"上方谷司马受困"这样的偶发事件，并不是我们所要关注的对象。

还有一种小说，就是以《红楼梦》为代表的言情小说。这种小说是文学家个体创作的小说，它们的抒情色彩或者诗化色彩是很浓郁的。在这种小说里，作者对气候和物候的描写是比较多的，也是比较细致、比较有特点和个性的。这种小说中的气候、物候描写，在表现人物的丰富复杂的内心世界、揭示人物的性格和命运方面，也就是说，在体现文学家的生命意识方面，是有重要作用的。

我们讲戏剧、小说人物与气候、物候之关系，主要是指这种抒情色彩或诗化色彩较浓的戏剧、小说中的人物与气候、物候之关系。

---

[1] 〔美〕保罗·贝尔等著，朱建军等译：《环境心理学》（第5版），中国人民大学出版社2009年版，第169页。

第三节　气候、物候变化与文学人物的心情之变化

抒情文学的篇幅比较短小，一般情况下难以承担对人物的性格和命运的描写和刻画，通常只能描写或透露人物的心情。不过正是通过这种描写和透露，让我们看到了气候和物候环境与文学作品人物的心情之间的关系。例如：

闺中少妇不知愁，春日凝妆上翠楼。
忽见陌头杨柳色，悔教夫婿觅封侯。

——（唐）王昌龄《闺怨》[1]

"春日"的"杨柳色"，这是我国温带地区的一种很典型的物候。由于春天气候回暖，曾经枯黄了一个冬天的杨柳开始返青了。作品的抒情主人公原是一位单纯的少妇，家境也好，本来是没有什么忧愁的（不知愁）。她把自己打扮得那样整齐漂亮（凝妆），登上翠楼，原是为了像常人一样浏览一下楼外的景致。但是忽然之间看到了路边的"杨柳色"，她的心情陡然变了。为什么呢？因为杨柳返青这种物候，无疑在提醒她：又一个春天到了！自己在孤单寂寞当中又过了一年，自己的青春又虚度了一岁。为什么会有这种感觉呢？因为她的夫婿一直不在身边，"夫婿觅封侯"去了！在诗人王昌龄所处的盛唐时代，从军远征，立功边塞，是有志男儿"觅封侯"的一条重要途径。著名边塞诗人岑参诗云："功名只向马上取，

---

[1] 王昌龄：《闺怨》，《全唐诗》卷一百四十三，中华书局1960年版，第1446页。

真是英雄一丈夫。"(《送李副使赴碛西官军》)。她的夫婿就是这样一个"只向马上"取"功名"的理想主义者。当初她的夫婿从军边塞去"觅封侯",她是同意的,甚至是鼓励的。可是侯王这个"功名"毕竟不是囊中之物,毕竟不是那么好取的,夫婿居然很久都没有回来。平时的日子,她也没怎么想这件事,所谓"不知愁"就是这个意思。但是现在看到了"杨柳色",看到了杨柳返青这个物候,她立刻想到了自己当下的处境——一个独守空房的思妇的处境,甚至想到了今后的命运——一个很有可能被忘却、被遗弃甚至做寡妇的命运。想到这里,这位少妇顿生后悔,悔不该叫他去"觅封侯"。在现在的她看来,"功名"算什么?"功名"不就是个身外之物吗?为了这么一个身外之物,把夫妇二人尤其是把她自己的青春、幸福和快乐都搭进去了,值吗?显然是不值的。这就是抒情主人公的生命意识,一种对生命价值的感悟、思考和判断。而这种感悟、思考和判断,完全是由"陌头杨柳色"这种物候引起的。

这首诗的抒情主人公是个"思妇",她的心情的改变,她对于生命现象的感悟和思考是由物候引起的。类似这样的作品在中国文学中真是不胜枚举。例如相传为李白作的《忆秦娥》:"年年柳色,灞陵伤别",不也是因为"柳色"这个物候触发了"思妇"的离别之痛,想到了个体生命的被忽略、被虚掷吗?

"思妇"如此,"游子"又如何呢?请看下面这首诗:

独有宦游人,偏惊物候新。
云霞出海曙,梅柳渡江春。
淑气催黄鸟,晴光转绿蘋。

忽闻歌古调，归思欲沾巾。

——（唐）杜审言《和晋陵陆丞早春游望》[1]

晋陵是唐代常州的一个属县。杜审言是杜甫的祖父，他在武则天永昌元年（公元689）前后曾在常州的另一个属县江阴做官，与晋陵县丞陆某人同游唱和，这首诗当是写在这个时候。杜审言的家乡在巩县（今河南省巩义市），而做官却在江阴（今江苏省江阴市），所以他称自己为"宦游人"，即在外地做官的人，也就是"游子"。"宦游人"远离自己的家乡所在的中原，到了江南来做官，所以对于异地他乡的"物候"就特别敏感。"独有"和"偏惊"这两个词语，可以说是把这种感受强调到了令人难忘的程度。这种感受即是他这个"宦游人"的感受，也是天下所有"宦游人"的共同感受，带有很大的普遍性。中间四句，就是围绕"物候新"三个字具体地写江南（常州一带）的早春物候："云霞"句写新春伊始。古人认为，春神东帝，方位在东，日出于东，春来自东。但是在中原，新春伊始的物候是"东风解冻，蛰虫始振，鱼上冰"（《礼记·月令》），可以说是风渐暖而水犹寒。而江南由于地近东海，春风春水都暖，而且多云，当太阳从东海上升起的时候，满天都是云霞。"梅柳"句写植物物候。由于气候暖和，在中原尚需雪里寻梅，远处望柳，在江南却是梅花缤纷，柳叶翩翩，触目即是。"淑气"句写动物物候。"淑气"二字，即指春天的温暖气候。"黄鸟"即黄莺，又名"仓庚"。《礼记·月令》：仲春二月，"仓庚鸣"。江南江北皆然，而江南尤甚。一个"催"字，表明江南的

---

[1] 杜审言：《和晋陵陆丞早春游望》，《全唐诗》卷六十二，中华书局1960年版，第733页。

黄鸟声此起彼伏。"晴光"句再写植物物候。"绿蘋"即浮萍。据《礼记·月令》：在中原，季春三月，"蘋始生"。而在江南，物候早了一个月，蘋已经一片青绿了。南朝江淹《咏美人春游》："江南二月春，晴光转绿蘋。"杜诗即从江诗化出。最后两句回到自己的心情。"古调"二字，是对陆丞原作的尊重用语，说他的诗具有古诗的风调。陆丞的原唱今天已不可寻，但是这首诗，曾经让已经被物候所"惊心"的杜审言更加伤感。为什么呢？因为杜审言本是一个在仕途上不得志的人。他在唐高宗咸亨元年（公元670）中进士后，一直充任县丞、县尉一类的小小的地方官。到永昌元年，宦游已近20年，虽然诗名甚高，却仍然远离京师，在江阴这个地方继续当这么一个小小的地方官。江南的物候，让他感到又是一个春天到了，年华又老了一岁，而仕途仍然蹭蹬，功名仍然无望，生命的社会价值仍然未能实现，所以为之"心惊"。正在"心惊"之际，又读到了陆丞的诗。这陆丞也不过是一个小小的地方官，想来也是很不得志。本来就为物候而心"惊"，此时又读了陆丞的诗，所以就"归思"顿起。心想这官有什么做头，还不如回家算了。然而毕竟拿了朝廷的俸禄，又要养活一家老小，而由来已久的升迁之念，也不是那么容易放得下，不是思归就可以归得的。无可奈何之际，就只有泪"沾襟"了。

通过这首诗，我们可以看到物候是如何引发一个"宦游人"的内心惊诧，进而引发他的生命意识的。[1]事实上，在中国古典诗

---

[1] 杜审言又有《经行岚州》诗："北地春光晚，边城气候寒。往来花不发，新旧雪仍残。水作琴中听，山疑画里看。自惊牵远役，艰险促征鞍。"（《全唐诗》卷六十二，中华书局1960年版，第736页）此处所谓"自惊"的"惊"，与"偏惊物候新"的"惊"同意。

词中，类似这样的作品也是不胜枚举的。即如他的孙子杜甫后来在长安写的那首《曲江》诗，不也是因异乡的物候而引起的生命之思吗？诗云：

> 一片花飞减却春，风飘万点正愁人。
> 且看欲尽花经眼，莫厌伤多酒入唇。
> 江上小堂巢翡翠，苑边高冢卧麒麟。
> 细推物理须行乐，何用浮名绊此身？[1]

先是"一片花飞"，接着是"风飘万点"，最后是零落"欲尽"。花飞花谢，意味着美好的春天又成过去，自己的生命又虚耗了一年。其实杜甫的忧思，也就是他祖父的忧思，同样是因为功名事业不能成就，生命的社会价值得不到实现。但是杜甫比他的祖父要深刻得多，也旷达得多。他通过"细推物理"，得知所谓荣华，也不过是浮云而已。那"江上"的"小堂"，原本是有钱人的别墅，如今却成了"翡翠"的巢穴；那"苑边"的"高冢"，原本是达官贵人的墓地，竖着高大的麒麟石雕，如今不也倒坍在地，一任牛马的踩踏了吗？可见所谓荣华富贵，都不过是过往云烟。既然如此，还有什么好失落、好伤心的呢？"一片花飞"，可以引起诗人如此丰富、如此深刻的生命之思，可见物候的变化对于敏感的诗人来讲，实在是太重要了；也可见物候的变化与文学人物心情的变化，二者之间实在有一种不容忽视的关系。

---

[1] 杜甫：《曲江》，《全唐诗》卷二百二十五，中华书局1960年版，第2409—2410页。

第四节　气候、物候变化与文学人物的性格及命运之变化

叙事文学与抒情文学不一样，由于它的篇幅相对较长，可以比较细致地描写和刻画人物的性格和命运。正是通过这种描写和刻画，让我们比较充分地看到了气候和物候环境与文学作品人物的性格及命运之间的关系。为了不致花费太多的笔墨，也为了考察得深入、细致一点，我们以《牡丹亭》中的杜丽娘和《红楼梦》中的林黛玉为例。这两个文学人物的性格和命运走向，不是某个偶然的"天气"现象造成的，而是与那些具有"多年特点"的"气候"（物候）环境有着重要的关系。我们研究她们的性格、命运与"气候"（物候）环境的关系，可以收举一反三之效。

杜丽娘是汤显祖所著戏剧《牡丹亭》的女主人公。她是一位因情而死又因情而生的至情之人，是中国戏剧史上一个光彩夺目的典型人物。她的性格和命运在戏中经历过重大的转变，这个转变的关键节点，就在第十出《惊梦》。

在《惊梦》之前，她是一个被管束得很严厉、生活得很单调无聊、性格也比较平面和简单的人物。她是南安知府杜宝的独生女儿，"娇养他掌上明珠，出落的人中美玉"。年过十六，"未议婚配"。她虽然于《四书》早已"成诵"，但是对其中的教义并无兴趣。她平日的生活就是"茶余饭饱"之后做点"女工"，然后就是"白日眠睡"。她父亲有感于"古今贤淑，多晓诗书"，希望女儿也能够"知书知礼"，"他日嫁一书生，不枉了谈吐相称"。于是便延请一个年近六旬的秀才陈最良来家中教授。教授什么呢？她父

亲的意见是:"男、女《四书》,他都成诵了。则看些经旨罢。《易经》以道阴阳,义理深奥;《书》以道政事,与妇女没相干;《春秋》《礼记》,又是孤经;则《诗经》开首便是后妃之德,四个字儿顺口,且是学生家传,习《诗》罢。其余书史尽有,则可惜他是个女儿。[1]"于是她便跟着陈师父学《毛诗》。这陈师父刚好就是一个把《关雎》解成"咏后妃之德"的腐儒。杜丽娘感受到的是:"《诗》三百,一言以蔽之,没多些,只'无邪'两字,付与儿家。"他除了刻意曲解《诗经》,遮蔽爱情文学的真相,不让女弟子产生任何关于爱情的联想,就是监督、拘束女弟子的日常行为,"手不许把秋千索拿,脚不许把花园路踏"。不让她接触大自然,不让她从花鸟世界得到任何人生的启示,所谓"收其放心"是也。这样的教学和管理,当然是违背规律、扼杀人性的。

杜丽娘原是一个有悟性、有自我意识的人。她对师父的迂执虽然不便反对,但是她的思想和情感并不被师父的这一套所束缚。"读到《毛诗》第一章:'窈窕淑女,君子好逑。'悄然废书而叹曰:'圣人之情,尽见于此矣。今古同怀,岂不然乎?'"又说:"关了的雎鸠,尚然有洲渚之兴,何以人而不如鸟乎!"于是在"读书困闷"之时,在丫头春香的"逗引"、建议和安排之下,她决定去"后花园走走"。

正是这一走,让她看到了一个生机盎然的世界:

【皂罗袍】〔旦〕原来姹紫嫣红开遍,似这般都付与断井

---

[1] 汤显祖:《牡丹亭》,人民文学出版社1963年版,第16—17页。按:此为徐朔方校注本。本书所引《牡丹亭》均出自该本,不再一一注明。

颓垣。良辰美景奈何天,赏心乐事谁家院!恁般景致,我老爷和奶奶再不提起。〔合〕朝飞暮卷,云霞翠轩;雨丝风片,烟波画船——锦屏人忒看的这韶光贱!

【好姐姐】〔旦〕遍青山啼红了杜鹃,荼蘼外烟丝醉软。春香啊,牡丹虽好,他春归怎占的先!〔贴〕成对儿莺燕啊。〔合〕闲凝眄,生生燕语明如翦,呖呖莺歌溜的圆。

这么美丽的景致,居然"都付与断井颓垣",无人欣赏,无人怜惜;而父亲和母亲居然从来不在她面前提起,就像没有这个后花园一样。她为之惊诧不已。

需要指出的是:这杜鹃、荼蘼和牡丹的盛开,楼燕和黄莺的鸣叫,就是当时南安府所在地(今江西大余一带)的物候,也就是亚热带地区季春时节的物候。正是这季春时节的物候,表明了大好的春光即将过去。这对杜丽娘这个天生具有悟性和自我意识的人来讲,无疑是一种生命的警示:美丽的春天即将过去,她自己的青春又老去了一岁!于是她在惊诧之余,不禁油然而生伤春之感:

【隔尾】〔旦〕观之不足由他缱,便赏遍了十二亭台是枉然。到不如兴尽回家闲过遣。〔叹介〕"默地游春转,小试宜春面。"春啊,得和你两留连,春去如何遣?咳,恁般天气,好困人也。春香那里?〔作左右瞧介〕〔又低首沉吟介〕天呵,春色恼人,信有之乎!常观诗词乐府,古之女子,因春感情,遇秋成恨,诚不谬矣。吾今年已二八,未逢折桂之夫;忽慕春情,怎得蟾宫之客?昔日韩夫人得遇于郎,张生偶逢崔氏,曾有《题红记》、《崔徽传》二书。此佳人才子，前以密约偷期，后皆得成秦晋。〔长叹介〕吾生于宦族，长在名门。年已及笄，不得早成佳配，诚为虚度青春，光阴如过隙耳。〔泪介〕可惜妾身颜色如花，岂料命如一叶乎！

【山坡羊】〔旦〕没乱里春情难遣，蓦地里怀人幽怨。则为俺生小婵娟，拣名门一例、一例里神仙眷。甚良缘，把青春抛的远！俺的睡情谁见？则索因循腼腆。想幽梦谁边，和春光暗流传？迁延，这衷怀那处言！淹煎，泼残生，除问天！身子困乏了，且自隐几而眠。

正是这季春时节的物候，唤醒了她的生命意识："春啊，得和你两留连，春去如何遣？"人本是大自然的一部分，人和大自然的关系原是一体的，人应该和春天两相"留连"。如今春天就要离她而去了。"春去"之后，她又该怎么办呢？由这即将逝去的春天，她想到了自己"当下的"处境："吾今年已二八，未逢折桂之夫；忽慕春情，怎得蟾宫之客？"并进而想到了生命的价值问题："年已及笄，不得早成佳配，诚为虚度青春，光阴如过隙耳。可惜妾身颜色如花，岂料命如一叶乎！"

她既没法留住春天的脚步，更没法改变自己的处境。她甚至没有一个人可以诉说："这衷怀那处言！淹煎，泼残生，除问天！"像她这样一个极有悟性、极富个体生命意识的人，在那样一个主张"收其放心"的封建社会，一个强调"存天理，灭人欲"的理学时代，一个被父母和老师严加管束的生活环境里，她是非常孤独、非常无助的。除了惊诧、懊恼、嗟叹、伤心，她只有"兴尽回家闲过遣",只有"隐几而眠"。

正是这"隐几而眠",让她梦见了自己意念中的情人——"丰姿俊妍"的书生柳梦梅,并和他在"牡丹亭畔,芍药阑边,共成云雨之欢",自谓"两情和合,真个是千般爱惜,万种温存"。有了这一番梦中经历,她就再也难以释怀,"行坐不宁,自觉如有所失"。"寻思辗转,竟夜无眠"。

《惊梦》之后的杜丽娘整个地变了一个人。季春时节的物候唤起了她的生命意识,唤起了她对爱情的渴望和追求。她不再是一个甘于被管束的大家闺秀。她有了明确的人生目标,开始热烈而执着地寻求自己的幸福。为了"旧梦重来",她竟然"背却春香,悄向花园寻看"。当"寻来寻去,都不见了"之时,她便"长眠短起","似笑如啼",最后竟缠绵卧榻,一病不起。

关于她的死因,她母亲、父亲、丫头,可以说是各有说法。母亲认为:"凡少年女子,最不宜艳妆戏游空冷无人之处。"女儿之所以犯病,是因为在园子里撞见了"花妖木客",所谓"腰身触污了柳精灵,虚嚣侧犯了花神圣"。其责任则在丫头春香,是她不该"逗引"小姐去后花园。父亲认为:"古者男子三十而娶,女子二十而嫁。女儿点点年纪,知道个什么呢?"女儿之所以犯病,是因为"日炙风吹,伤寒流转";"则不过往来潮热,大小伤寒,急慢风惊。"其责任则在母亲,不该"纵他闲游"。丫头春香则认为,小姐"这病便是'君子好逑'上来的";是"烟花惹事,莺燕成招,云月知情"。

母亲的说法未免愚昧无知。父亲和丫头的说法倒是接近于事实真相。所谓"日炙风吹,伤寒流转"等,就是指气温的变化，导致身体的不适，进而患病。所谓"烟花惹事，莺燕成招，云月知情"，则是指气候（物候）的变化导致人的心理、情绪的改变。

"烟花"、"莺燕"、"云月"等，用气候学或物候学的术语来讲，就是物候。是季春的物候触发了她的生命意识，唤起了她对于生命状态、价值和意义的思考。她无法摆脱被拘束、被监督的处境，无法改变那种苦闷无聊的生活，无法找到自己所心仪的男人，无法得到自己所向往的幸福。她的心事无处诉说，且无人可解，于是便忧虑成疾，抱病而亡。

她的故事感动了许多人。就作者和读者来讲，谁都不否认她是"因情而死"。可是又是什么东西触发了她的情感呢？事实上，并不是现实中出现了一个真正的柳梦梅。柳梦梅不过是她心造的幻影。真正触发她的情感的仅仅是季春时节的物候。所谓"烟花惹事，莺燕成招，云月知情"是也。

小说《红楼梦》中的林黛玉与戏剧《牡丹亭》中的杜丽娘一样，也是有着敏感而细腻的生命意识的女性。《红楼梦》第二十三回《西厢记妙词通戏语，牡丹亭艳曲警芳心》中有这样一段文字：

> 这里黛玉见宝玉去了，又听见众姐妹也不在房中，自己闷闷的。正欲回房，刚走到梨香院墙角外，只听见墙内笛韵悠扬，歌声婉转，黛玉便知是那十二个女孩子演习戏文。虽未留心去听，偶然两句吹到耳朵内，明明白白一字不落道："原来是姹紫嫣红开遍，似这般，都付与断井颓垣……"黛玉听了，倒也十分感慨缠绵，便止步侧耳细听，又唱道是："良

辰美景奈何天,赏心乐事谁家院……"听了这两句,不觉点头自叹,心下自思:"原来戏上也有好文章,可惜世人只知看戏,未必能领略其中的趣味。"想毕,又后悔不该胡想,耽误了听曲子。再听时,恰唱到:"只为你如花美眷,似水流年……"黛玉听了这两句,不觉心动神摇。又听道:"你在幽闺自怜……"等句,越发如醉如痴,站立不住,便一蹲身坐在一块山子石上,细嚼"如花美眷,似水流年"八个字的滋味。忽又想起前日见古人诗中,有"水流花谢两无情"之句,再词中又有"流水落花春去也,天上人间"之句;又兼方才所见《西厢记》中"花落水流红,闲愁万种"之句,都一时想起来,凑聚在一处。仔细忖度,不觉心痛神驰,眼中落泪。[1]

林黛玉为之"感慨缠绵","心动神摇",乃至"如醉如痴,站立不住"的这一段戏文,正是当年杜丽娘游园之时,因季春时节的物候而为之惊诧、懊恼、嗟叹、伤心的一段唱词。杜丽娘因物候而伤感,林黛玉则因杜丽娘的伤感而伤感,虽前者为直接,后者为间接,但源头是一样的,都是由于季春时节的物候引发了对于生命的感悟和思考。

同样是官宦人家的独生女儿,但林黛玉的性格比杜丽娘更为敏感,也更为抑郁。这是因为两个人的遭遇和生活环境有所不同。杜丽娘虽然受到父母和老师的拘束,"手不许把秋千索拿,脚不许把花园路踏",没有行动的自由,且年过二八而"未议婚配",

---

[1] 曹雪芹、高鹗:《红楼梦》,山东人民出版社1980年版,第271—272页。按:此为袁世硕校注本。本书所引《红楼梦》均出自该本,不再一一注明。

内心的需求和苦闷无处诉说，但是和林黛玉相比，她毕竟还是生活在自己的家里，毕竟还拥有父母的疼爱（虽然这种疼爱有时候是违背人性的）。林黛玉就不一样了。她自小"父母双亡，无依无靠"，不得已而寄人篱下。生活在那样一个尔虞我诈的大家庭里，她得"步步留心，时时在意，不能多说一句话，不可多行一步路"。自身又体弱多病，"从会吃饭时便吃药"，每天离不开药罐子。虽然心中有一份爱情，但因为"无人做主"，自己又不便明说，所以总是"无事闷坐，不是愁眉，便是长叹"。和杜丽娘相比，她除了缺乏自由感和归宿感，还缺乏安全感。由于这些原因，所以每当遇到气候（物候）的变化，她就从身体到内心感到不适，感到惆怅和伤心。从前的学者们研究这个人物的性格和命运时，往往只注意到她所生活的那个家庭环境（人文环境）对她的影响，而忽视了相关的气候环境对她的影响。实际上，她的性格和命运的形成，与气候环境也是有密切关系的。

在小说第二十七回《滴翠亭杨妃戏彩蝶，埋香冢飞燕泣残红》里，有这样一段精彩文字：

> 至次日乃是四月二十六日，原来这日未时交芒种节。尚古风俗：凡交芒种节的这日，都要设摆各色礼物，祭饯花神，——言芒种一过，便是夏日了。众花皆卸，花神退位，须要饯行。闺中更兴这件风俗，所以大观园中之人，都早起来了；那些女孩子们，或用花瓣柳枝编成轿马的，或用绫锦纱罗迭成干旄旌幢的，都用彩线系了。每一棵树头，每一枝花上，都系了这些物事。满园里绣带飘摇，花枝招展。更兼

第六章　气候、物候变化与文学人物心情、性格及命运之变化

这些人打扮的桃羞杏让,燕妒莺惭,一时也道不尽。

……(宝玉)等他二人去远,把那花儿兜起来,登山渡水,过树穿花,一直奔了那日和黛玉葬桃花的去处。

将已到了花冢,犹未转过山坡,只听那边有呜咽之声,一行数落着,哭的好不伤心。宝玉心下想道:"这不知是那屋里的丫头,受了委曲,跑到这个地方来哭?"一面想,一面煞住脚步,听他哭道是:

花谢花飞飞满天,红消香断有谁怜?游丝软系飘春榭,落絮轻沾扑绣帘。闺中女儿惜春暮,愁绪满怀无着处。手把花锄出绣帘,忍踏落花来复去?柳丝榆荚自芳菲,不管桃飘与李飞。桃李明年能再发,明年闺中知有谁?三月香巢初垒成,梁间燕子太无情!明年花发虽可啄,却不道人去梁空巢已倾。一年三百六十日,风刀霜剑严相逼;明媚鲜妍能几时,一朝飘泊难寻觅。花开易见落难寻,阶前闷杀葬花人。独把花锄偷洒泪,洒上空枝见血痕。杜鹃无语正黄昏,荷锄归去掩重门。青灯照壁人初睡,冷雨敲窗被未温。怪奴底事倍伤神?半为怜春半恼春:怜春忽至恼忽去,至又无言去不闻。昨宵庭外悲歌发,知是花魂与鸟魂?花魂鸟魂总难留,鸟自无言花自羞。愿侬此日生双翼,随花飞到天尽头。天尽头!何处有香丘?未若锦囊收艳骨,一抔净土掩风流。质本洁来还洁去,不教污淖陷渠沟。尔今死去侬收葬,未卜侬身何日丧?侬今葬花人笑痴,他年葬侬知是谁?试看春残花渐落,便是红颜老死时。一朝春尽红颜老,花落人亡两不知!

正是一面低吟,一面哽咽,那边哭的自己伤心,却不道

这边听的早已痴倒了。

作品写的是"四月二十六日"芒种节的物候,也就是清初北京一带季春时节的物候。这个时候,北京一带"燕始见","旱柳始花","榆叶梅始花",而桃花和李花则已凋谢。作品写到"梁间燕子",写到"柳丝榆荚自芳菲,不管桃飘与李飞"等物候现象,应该说是很真实的。正是这"花谢花飞"的季春物候,触发了主人公的关于生命的感悟和思考。所谓"桃李明年能再发,明年闺中知有谁?""试看春残花渐落,便是红颜老死时"等等,即是讲自然物候的变化对人的生命的一种警示。

"闺中女儿"林黛玉的这一番伤感,也深深地感染了她的知音贾宝玉,引起了他的强烈共鸣。紧接着在小说第二十八回《蒋玉函情赠茜香罗,薛宝钗羞笼红麝串》的开头,还有一段精彩的描写:

话说林黛玉只因昨夜晴雯不开门一事,错疑在宝玉身上。次日又可巧遇见饯花之期,正是一腔无明,未曾发泄,又勾起伤春愁思,因把些残花落瓣去掩埋,由不得感花伤己,哭了几声,便随口念了几句。不想宝玉在山坡上听见,先不过点头感叹;次后听到"侬今葬花人笑痴,他年葬侬知是谁?……一朝春尽红颜老,花落人亡两不知"等句,不觉恸倒山坡上,怀里兜的落花撒了一地。试想林黛玉的花颜月貌,将来亦到无可寻觅之时,宁不心碎肠断!既黛玉终归无可寻觅之时,推之于他人,如宝钗、香菱、袭人等,亦可以到无可寻觅之时矣。宝钗等终归无可寻觅之时,则自己又安在呢？且自身尚不知何在何往，将来斯处、斯园、斯花、斯柳，又不知当属谁姓？——因此一而二，二而三，反复推求了去，真不知此时此际，如何解释这段悲伤！正是：花影不离身左右，鸟声只在耳东西。

贾宝玉的这一番解读，可以说是非常细致而深刻地道出了黛玉伤春的真正含义。正是这一番悲吟和解读，加深了他们二人对于生命的感悟和理解，使他们在生命的状态、存在价值和终极意义等重大问题上达成了高度的共识。正因为有了这个思想基础，他们之间的感情和理解又加深了一层：林黛玉完全消除了此前对他的误会，"不觉将昨晚的事都忘在九霄云外了"。

因季春的物候而伤春；因伤春而加深对生命现象的感悟和理解；因加深对生命现象的感悟和理解，消除了日常生活中对宝玉的某些误会，从而更加坚定了对宝玉的爱情。这是物候、气候对林黛玉的性格所构成的一个带有积极意义的影响。

比较而言，物候、气候对林黛玉性格的消极影响似乎更多一些。小说第四十五回《金兰契互剖金兰语，风雨夕闷制风雨词》里有这样一段文字：

黛玉每岁至春分、秋分后，必犯旧疾；今秋又遇着贾母高兴，多游玩了两次，未免过劳伤了神，近日又复嗽起来，觉得比往常又重，所以总不出门，只在自己房中将养。有时闷了，又盼个姐妹来说些闲话排遣；及至宝钗等来望候他，说不得三五句话，又厌烦了。众人都体谅他病中，且素日形体娇弱,禁不得一些委屈,所以他接待不周,礼数粗忽,也都不责他。

……这里黛玉喝了两口稀粥,仍歪在床上。不想日未落时,天就变了,淅淅沥沥下起雨来。秋霖脉脉,阴晴不定,那天渐渐的黄昏时候了,且阴的沉黑,兼着那雨滴竹梢,更觉凄凉。知宝钗不能来了,便在灯下随便拿了一本书,却是《乐府杂稿》,有《秋闺怨》、《别离怨》等词。黛玉不觉心有所感,不禁发于章句,遂成《代别离》一首,拟《春江花月夜》之格,乃名其词曰《秋窗风雨夕》。其词曰:

秋花惨淡秋草黄,耿耿秋灯秋夜长。已觉秋窗秋不尽,那堪风雨助凄凉!助秋风雨来何速?惊破秋窗秋梦续。抱得秋情不忍眠,自向秋屏挑泪烛。泪烛摇摇爇短檠,牵愁照恨动离情。谁家秋院无风入?何处秋窗无雨声?罗衾不奈秋风力,残漏声催秋雨急。连宵脉脉复飕飕,灯前似伴离人泣。寒烟小院转萧条,疏竹虚窗时滴沥。不知风雨几时休,已教泪洒窗纱湿。

……紫鹃收起燕窝,然后移灯下帘,伏侍黛玉睡下。黛玉自在枕上感念宝钗,一时又羡他有母有兄;一回又想宝玉虽素昔和睦,终有嫌疑;又听见窗外竹梢蕉叶之上,雨声淅沥,清寒透幕,不觉又滴下泪来。

秋花惨淡,秋草枯黄,这是清初北京一带季秋时节的物候,即暖温带地区的物候。正是这样的气候环境,引发了林黛玉的"旧疾"——呼吸道疾病,也引发了她的生命意识——深重的悲秋之感。作为"闺中女儿",黛玉悲秋同文士悲秋有着不同的含义,这里既没有"贫士失职"的不平,也没有"羁旅无友"的惆怅,只有对于亲情和爱情的渴望、遗憾和嗟叹。宝钗"有母有兄",自己则"上无亲母教养,下无姊妹扶持";宝玉虽"素昔和睦",终究还是有些"嫌疑",即有些隔膜。无论是在亲情方面,还是在爱情方面,她都缺乏安全感和归宿感。因此面对风雨中的秋花秋草等物候现象,自身生命的秋意不禁黯然而生。这一段文字表明,秋天的物候和由此而生发的悲秋情绪,再次凸显了她的敏感而抑郁的性格,进而加速了其悲剧结局的到来。

总之,气候对于林黛玉的影响包括两个方面。一个是她的身体。所谓"每岁至春分、秋分后,必犯旧疾"。一个是她的心理或者情绪。每到"花谢花飞飞满天",或者"秋花惨淡秋草黄"的时节,她就会因物候的变迁而萌发伤春或者悲秋的情绪,唤起她的生命意识,使她联想到当下的生命现实和未来的生命走向,联想到生命的质量、价值和意义,从而悲从中来,这样不仅会加重她的疾病,也会使她的情绪更不稳定,性情更加烦躁不安,性格更加复杂,个人悲剧的结局更加迫近。所以从这个意义上讲,气候成了影响她的性格和命运的重要因素之一。

《红楼梦》中有名有姓的人物多达四百八十多人,其中也有一些能够写诗的人,但是最具诗人气质的,还是林黛玉。因为她最具诗人的气质,所以对气候和物候就特别敏感。其他人虽然也和林黛玉一样,生活在同样的气候、物候环境里,但是他们却不像林黛玉对气候、物候如此敏感;虽然这些人也有自己的生命意识,但是他们的生命意识,往往要在荣、宁二府死了人之后才能被唤醒。林黛玉不一样。她的生命意识是最强烈的。荣、宁二府死了人,固然会唤起她的生命意识,自然界的花开叶落,也能唤起她的生命意识。这就是诗人(文学家)与普通人的区别之所在。

第七章　气候、物候的差异性与
　　　　　文学内部景观的差异性

第一节　文学景观的定义与类型

文学景观,是笔者尝试提出的一个概念。所谓文学景观,是指那些与文学密切相关的景观,它属于景观的一种,却又比普通的景观多一层文学的色彩,多一份文学的内涵。

19世纪晚期以前,"景观定义的根据就是将其形态看成是'用肉眼能够看得见的土地或领土的一个部分,包括所有可视物体,尤其是其形象化的侧面。'" 20世纪初期以后,"景观被定义为'由包括自然的和文化的显著联系形式而构成的一个地区。'"由于很少有可能重建自然景观的外貌,"实际上,所有的景观都变为文化景观"[1]。可见地理学所讲的景观,至少有这样几个特点:一是土地上的可视性物体,二是形象化,即具有某种观赏性,三是自然属

---

[1] 〔英〕R.J.约翰斯顿主编,柴彦威等译:《人文地理学词典》,商务印书馆2004年版,第367—368页。

性与人文属性的统一。

一个景观之所以能够成为文化景观，在于除了它的自然属性，还有人文属性；同理，一个文化景观之所以能够成为文学景观，在于除了它的自然和人文属性，还有文学属性。

文学景观可以分为两种，一种是虚拟性文学景观，这是文学家在作品中描写的景观，大到一山一水、一亭一阁，小到一草一木、一虫一鸟。孙悟空住过的花果山、水帘洞是文学景观，林黛玉吟咏过的桃花也是文学景观；苏轼登临过的燕子楼是文学景观，刘禹锡笔下的"堂前燕"同样是文学景观。虚拟性文学景观有植物类、动物类、地理类、天文类，也有人文类。大凡能够让文学作品中的人物看得见、摸得着，具有可视性和形象性的景、物和建筑，都可以称为虚拟性文学景观，简称虚拟景观，也可称为内部景观。

一种是实体性文学景观，这是文学家在现实生活中留下的景观，包括他们光临题咏过的山、水、石、泉、亭、台、楼、阁，他们的故居，后人为他们修的墓地、纪念馆等等，例如李白题咏过的庐山瀑布，淮安古城的吴承恩故居，洛阳琵琶峰下的白居易墓，等等。总之，大凡在现实中看得见、摸得着，与文学家的生活、学习、工作、写作、文学活动密切相关的，且具有一定的观赏价值的自然景观和人文景观，都可以称为实体性文学景观，简称实体景观，也可称为外部景观。

虚拟景观（内部景观）和实体景观（外部景观）也是相对而言的，在一定的条件下也是可以互相转换的。虚拟景观（内部景观）可以变成实体景观（外部景观），实体景观（外部景观）也可以变成虚拟景观（内部景观）。例如陶渊明笔下的桃花源，本是一个虚拟景观（内部景观），后人因为喜欢这篇《桃花源记》，向往那种优美、和谐、没有污染与邪恶的生活环境，于是就在东晋时的武陵郡故地（今湖南常德市）修了一处桃花源，由于有许多人都去观光、游览、体验，于是这个虚拟景观（内部景观）就成了一个实体景观（外部景观）。又如庾亮南楼（原址在今湖北鄂州市境内），原是一处实体景观（外部景观）。《世说新语·容止》载："庾太尉（亮）在武昌，秋夜气佳景清，使吏殷浩、王胡之之徒登南楼理咏，音调始遒，闻函道中有屐声甚厉，定是庾公。俄而率左右十许人步来，诸贤欲起避之，公徐云：'诸君少住，老子于此处兴复不浅。'因便据胡床与诸人咏谑，竟坐甚得任乐。"[1] 从此，这南楼就成了一道非常有名的文学景观，唐宋诗人词人多有吟咏。但元代似乎就毁了，宋元之际的诗人黄庚《题东山玩月图》一诗，即有"庾亮南楼今在不"一问。明清诗词中的庾亮南楼，就成了一个虚拟景观（内部景观）。

关于实体景观（外部景观），笔者已有专文讨论。[2] 本书只讨论虚拟景观（内部景观）。这是因为虚拟景观（内部景观）是文学家在作品中描写的景观，这些景观无论是自然的，还是人文的，都包含了文学家对生命的感悟和体认，是文学家生命意识观照下的产物。

---

[1] 徐震堮：《世说新语校笺》，中华书局1984年版，第339页。
[2] 曾大兴：《中国境内著名文学景观之地理分布——兼论文学景观的定义、类型、意义与价值》，曾大兴、夏汉宁主编：《文学地理学》（三），中山大学出版社2014年版，第33—69页。

第二节　文学内部景观是文学家生命感知的结果

　　景观本是纯客观的景或物，但在文学家的笔下呈现出来之后，它就不再是纯客观的景或物了，而是经过文学家的感悟和体认，包含了文学家的生命意识。王国维《人间词话》讲："一切景语皆情语也。"[1] 这个"情"是什么？其实就是文学家的生命意识。例如《西游记》中的花果山（有人认为其原型就是江苏连云港的花果山），本是一处纯自然景观，但是经过小说家吴承恩的描写，它就不再是一处纯自然景观了。吴承恩笔下的花果山，以及山中的水帘洞，乃是一个山奇水秀的自由世界，美猴王孙悟空和他的那一班"小的们"，在那里"行走跳跃，食草木，饮洞泉，采山花，觅树果；与狼虫为伴，虎豹为群，獐鹿为友，猕猿为亲；夜宿石崖之下，朝游峰洞之中。真是'山中无甲子，寒尽不知年'。"[2] 这个花果山，分明浸透着小说家的生命意识，体现了他对自由生命的肯定和向往。再如林黛玉吟咏过的桃花，本是随处可见的一种极普通的花，但是在林黛玉的笔下（亦即小说家曹雪芹的笔下），它就不是那种普通的花了："花谢花飞飞满天，红消香断有谁怜？游丝软系飘春榭，落絮轻沾扑绣帘。……柳丝榆荚自芳菲，不管桃飘与李飞。桃李明年能再发，明年闺中知有谁？……侬今葬花人笑痴，他年葬侬知是谁？试看春残花渐落，便是红颜老死时。一

---

[1] 王国维：《人间词话》："昔人论诗词，有景语、情语之别。不知一切景语，皆情语也。"况周颐、王国维：《蕙风词话·人间词话》，人民文学出版社 1960 年版，第 225 页。

[2] 吴承恩：《西游记》，岳麓书社 1987 年版，第 2 页。

朝春尽红颜老,花落人亡两不知!"[1] 很显然,这里的桃花,已经包含了浓郁的生命意识,体现了小说人物(也是小说家)对于青春易老、红颜不再的深重的惋惜和慨叹!

也许有人会说,王国维虽然讲过"一切景语皆情语也",但同时也讲过"有我之境"和"无我之境",可见文学家笔下的景观("景"或"境"),也有纯客观的,无我的,即没有包含文学家生命意识的文学景观。这个问题需要做一点辨析。王国维的原话是:

> 有有我之境,有无我之境。"泪眼问花花不语,乱红飞过秋千去。""可堪孤馆闭春寒,杜鹃声里斜阳暮。"有我之境也。"采菊东篱下,悠然见南山。""寒波淡淡起,白鸟悠悠下。"无我之境也。有我之境,以我观物,故物皆著我之色彩。无我之境,以物观物,故不知何者为我,何者为物。古人为词,写有我之境者为多,然未始不能写无我之境,此在豪杰之士能自树立耳。[2]

王国维讲"有我之境,以我观物,故物皆著我之色彩",也就是说,这些景观都是文学家生命感知的产物,因而都包含了文学家的生命意识,这个不难理解。至于所谓"无我之境",也并非真的无我,只是"我之色彩"比较淡一点,不那么容易看出而

---

[1] 曹雪芹、高鹗:《红楼梦》(袁世硕校注本),山东人民出版社 1980 年版,第 323—324 页。
[2] 王国维:《人间词话》,况周颐、王国维:《蕙风词话·人间词话》,人民文学出版社 1960 年版,第 191 页。

已。要真正理解王国维所讲的"无我之境",必须联系他在《人间词话》中的另一段话:"自然中之物,互相关系,互相限制,然其写之于文学及美术中也,必遗其关系、限制之处。"[1]"自然中之物"就是自然景观,这些景观本来是"互相关系,互相限制"的,但是文学家"观物"(观察、感知)的时候,要能做到"遗其关系、限制之处",也就是说,要摆脱那些"关系"和"限制",按照自己对自然、对生命的理解来描写和表现它们,既能"入乎其内",又能"出乎其外";既能"与花鸟共忧乐",又"能以奴仆命风月"。[2]只有这样,才能真正做到"以物观物"。可见"无我之境"也还是有"我",只是这个"我"的主观色彩不是那么浓郁罢了。换句话说,"以物观物"的第一个"物"字仍然是指"我",只是"我"这个"物",已经与作为"自然"的"物"融为一体,或者说,已经是"自然"的一部分,没有那么多世俗的功利、是非、得失、荣辱之念罢了。王国维认为,"以物观物"是一种很高级的状态,不是一般人能够达到的,只有"豪杰之士"例如后期的陶渊明,以及某些时候的元好问等人才能做到。[3]

由此可见,文学作品中的一切景观(景、物、境),也就是内部景观,都是文学家的主观感情之映射,都是文学家的生命感知之结果。

---

[1] 王国维:《人间词话》,况周颐、王国维:《蕙风词话·人间词话》,人民文学出版社1960年版,第192页。
[2] 王国维:《人间词话》,况周颐、王国维:《蕙风词话·人间词话》,人民文学出版社1960年版,第220页。
[3] 参见曾大兴:《20世纪词学名家研究》,中华书局2011年版,第6—7页。

第三节　文学内部景观与气候、物候之关系

文学内部景观包括自然景观和人文景观,自然景观也就是人们通常所说的"景",或者"景物"。"景"或"景物"在刘勰的《文心雕龙》里,又叫"物色"。《文心雕龙·物色》云:

> 春秋代序,阴阳惨舒,物色之动,心亦摇焉。盖阳气萌而玄驹步,阴律凝而丹鸟羞;微虫犹或入感,四时之动物深矣。若夫珪璋挺其惠心,英华秀其清气,物色相召,人谁获安?是以献岁发春,悦豫之情畅;滔滔孟夏,郁陶之心凝;天高气清,阴沉之志远;霰雪无垠,矜肃之虑深。岁有其物,物有其容;情以物迁,辞以情发。一叶且或迎意,虫声有足引心。况清风与明月同夜,白日与春林共朝哉!
>
> 是以诗人感物,联类不穷,流连万象之际,沉吟视听之区。写气图貌,既随物以宛转;属采附声,亦与心而徘徊。故"灼灼"状桃花之鲜,"依依"尽杨柳之貌,"杲杲"为日出之容,"瀌瀌"拟雨雪之状,"喈喈"逐黄鸟之声,"喓喓"学草虫之韵。"皎日"、"嘒星",一言穷理;"参差"、"沃若",两字穷形。[1]

这两段话里所讲的"物",其实就是"物色"。"物色"这个词

---

[1] 刘勰:《文心雕龙·物色》,范文澜:《文心雕龙注》,人民文学出版社 1958 年版,第 693—694 页。

在《汉语大辞典》里有一个意项，就是"风物，景色"。这个解释是大体正确的。需要指出的是，"物色"是随着季节和气候的变化而变化的，它和普通的不随季节和气候的变化而变化的景物是不同的。刘勰的上述这两段话，可以说是非常生动地叙述了"物色"的这个特点。所谓"岁有其物，物有其容"，就是讲不同的季节有不同的"物色"；所谓"阳气萌而玄驹步，阴律凝而丹鸟羞；微虫犹或入感，四时之动物深矣"，就是讲春天阳气萌发而蚂蚁行走，秋天阴气凝聚而螳螂潜伏。小小的昆虫都能随不同季节的气候变化而有不同的表现，四季气候对于物色的影响实在是太深刻了。

从现代物候学或者生物气候学的角度来解释，"物色"就是指"物候"。所谓"物候"，就是讲植物、动物以及某些天气现象随着四季气候的变化而变化。著名物候学家竺可桢先生讲，所谓"物候"，"就是谈一年中月、露、风、云、花、鸟推移变迁的过程。"[1] 它是"各年的天气气候条件的反映"。[2] 刘勰引用《诗经》中的部分作品评论说："'灼灼'状桃花之鲜，'依依'尽杨柳之貌，'杲杲'为日出之容，'瀌瀌'拟雨雪之状，'喈喈'逐黄鸟之声，'喓喓'学草虫之韵。"这一段话全是讲"物色"，也全是讲"物候"，因为"桃花之鲜"、"杨柳之貌"、"日出之容"、"雨雪之状"、"黄鸟之声"和"草虫之韵"等等，都是随着四季气候的变化而变化的，例如："灼灼"，讲桃花的华盛之貌；"依依"，讲杨柳的柔弱之貌；"杲杲"，讲太阳之明丽；"瀌瀌"，讲雨雪之

---

[1] 竺可桢、宛敏渭：《物候学》，湖南教育出版社1999年版，第14页。
[2] 同上书，第45页。

霏霏;"喈喈",讲黄莺之和鸣;"喓喓",讲草虫之声韵。这些植物、动物和某些天气现象,无一不是对特定季节的气候条件的反映,与竺可桢先生对于"物候"的描述和归纳是相吻合的。

刘勰列举的这些"物色",例如玄驹、丹鸟、霰雪、春林、桃花、杨柳、雨雪、黄鸟、草虫等等,用物候学的术语来讲,就是"物候";用地理学的术语来讲,就是"自然景观";用文学地理学的术语来讲,就是"自然类的文学内部景观"。上文说过,文学内部景观包括自然景观和人文景观,自然景观中的一部分,就是"物色"或者"物候"。通常所说的文学作品中的景色,其实有许多就是"物候"。文学作品中的许多自然景观,以及部分人文景观,与"物候"是有密切关系的。"物候"随气候的变化而变化,许多的自然景观和部分的人文景观也随气候的变化而变化,这些变化在文学作品中多有反映。

气候的最大特点之一,是它的差异性,在我国尤其如此。我国疆域辽阔,各地所处的纬度和海陆位置不一样,地形也不一样,季风的影响又特别显著,这就使得我国的气候差异是很大的。可以说,世界上没有哪一个国家的气候差异有我国这样大。

气候的差异影响到物候的差异。美国著名森林昆虫学家霍普金斯认为,物候有纬度差异、经度差异和高下差异。具体来讲,就是物候每向北移动纬度1°、向东移动经度5°,或向上升400英尺(121.92米),植物的阶段发育在春天或初夏将各延期4天,在晚夏和秋天则要提早4天。这个发现被称为"霍普金斯定律"。竺可桢先生参照这一定律,结合我国和世界有关国家的情况,总结为物候学的四大定律,即物候的南北差异、东西差异、高下差异和古今差异。[1]说得更准确一点,就是物候的纬度差异、经度差异、海拔差异和时段差异。

值得注意的是,正是气候与物候的南北(纬度)差异、东西(经度)差异、高下(海拔)差异和古今(时段)差异,形成了我国丰富多彩的自然地理景观和人文地理景观,也形成了我国丰富多彩的文学内部景观。

第四节　气候、物候的南北差异与文学内部景观的南北差异

气候的南北差异,主要是由各地所处的纬度差异造成的。我国疆域辽阔,从最南端的曾母暗沙(位于北纬4°附近),到最北端的黑龙江主航道中心线(位于北纬53°多),南北相距约5500多公里,共占纬度49°多。南北距离如此遥远、纬度跨度如此大的国家,在世界上是少有的。就历史时期的疆域来看,虽然各个朝代有所不同,但都可以称得上辽阔。在这个辽阔的疆域内,南北方的气候差异是很大的,例如我国吉林省安图县的年平均气温只有-7.3℃,而西沙群岛的年平均气温却高达26.4℃,南北两地的年平均气温相差33.7℃。历史时期的南北气候差异也大体如此。

气候的南北差异影响到物候的南北差异。当北方的哈尔滨一片冰天雪地的时候,南方的广州仍然是鸟语花香。竺可桢先生讲:

---

[1] 参见竺可桢、宛敏渭:《物候学》,湖南教育出版社1999年版,第23—43页。

"物候是随地而异的现象,南北寒暑不同,同一物候出现的时节可相差很远。"[1] 他指出:"物候南方与北方不同。我国疆域辽阔,在唐、宋时代,南北纬度亦相差30余度,物候的差异自然很分明。往来于黄河、长江流域的诗人已可辨别这种差异,至于被放逐到南岭以南的柳宗元、苏轼,他们的诗中,更反映出岭南物候不但和中原有量的不同,而且有质的不同了。"[2]

我们不妨先看看韩愈、白居易写在同一时间、同一城市的两首诗:

> 漠漠轻阴晚自开,青天白日映楼台。
> 曲江水满花千树,有底忙时不肯来?
> ——(唐)韩愈《同水部张员外籍曲江春游寄白二十二舍人》[3]

> 小园新种红樱树,闲绕花行便当游。
> 何必更随鞍马队,冲泥踏雨曲江头?
> ——(唐)白居易《酬韩侍郎张博士雨后游曲江见寄》[4]

杂花生树,曲江水暖,这是唐代长安仲春时节的物候。唐代属于5000年来的第三个气候温暖期,年平均气温比现在高1℃。

---

[1] 竺可桢、宛敏渭:《物候学》,湖南教育出版社1999年版,第6页。
[2] 同上书,第24页。
[3] 韩愈:《同水部张员外籍曲江春游寄白二十二舍人》,《全唐诗》卷三百四十四,中华书局1960年版,第3864页。
[4] 白居易:《酬韩侍郎张博士雨后游曲江见寄》,《全唐诗》卷四百四十二,中华书局1960年版,第4942页。

从 8 世纪初至 9 世纪中期，也就是韩愈、张籍、白居易、柳宗元所生活的中唐，长安一带甚至可种柑橘，并且能结果实，可见地处暖温带的关中地区，气候是相当温暖湿润的。在韩愈、白居易写作这两首诗的仲春时节，长安的日平均气温在 6℃—11℃左右，正是百花盛开的日子。韩愈被曲江池的千树繁花所陶醉，为白居易不能应约前来而遗憾，而白居易则回答说，他的私家园林的红樱树也开花了，他在园子里同样可以绕花而行。

韩愈、张籍、白居易所处的长安是百花盛开，柳宗元所处的柳州就不是这样了。他的《柳州二月榕叶落尽偶题》写道：

宦情羁思共凄凄，春半如秋意转迷。
山城过雨百花尽，榕叶满庭莺乱啼。[1]

百花凋谢，榕叶飘零，春半如秋，与韩愈、白居易笔下的长安迥然不同。这是因为柳州地处南岭以南，属于热带气候。由于南岭山脉挡住了北方南下的寒冷气流，使得这里的气候非常温暖，冬季只有 30 多天，而夏季则长达 210 多天。又由于地势北高南低，有利于接受从海洋方向吹来的暖湿气流，又使得这里的气候非常湿润。在这个温暖而湿润的地区，通常只有凉季（11 月—次年 2 月）、暖季（3 月—5 月）和暑季（6 月—10 月）之分，没有春、夏、秋、冬四季之别，或者说，干季与雨季的分别比冬季与夏季的分别更为明显。柳州的二月正是凉季，雨过花残，榕叶飘

---

[1] 柳宗元：《柳州二月榕叶落尽偶题》，《全唐诗》卷三百五十二，中华书局 1960 年版，第 3937 页。

零,是这里常见的物候。所谓"四时皆似夏,一雨便成秋"。柳宗元是北方人,他在长安生活了33年。在他以往的经验里,二月是没有叶落花残之物候的,所以当他在柳州初次看到这种物候时便感到迷惑不解,甚至产生悲秋之感,宦情羁思纷至沓来。然而他的描述却是非常真实的。

气候和物候的南北差异,影响到自然地理景观和人文地理景观的差异,进而影响到文学内部景观的南北差异。我们再看唐人的两首诗:

> 一阵风来一阵砂,有人行处没人家。
> 黄河九曲冰先合,紫塞三春不见花。
> ——(唐)周朴《塞上曲》[1]
>
> 越岭向南风景异,人人传说到京城。
> 经冬来往不踏雪,尽在刺桐花下行。
> ——(唐)朱庆余《南岭路》[2]

在中温带的边塞地区,气候寒冷而干燥,黄河冰冻,三春无花,风沙漫天,地理环境十分恶劣,故人烟稀少,来到这里戍边的将士,终日在风沙里艰难地行走。而在亚热带的岭南地区,则气候温暖而湿润,三冬无雪,四季皆春,植物繁茂,地理环境十分优越,人们生活得很自在,可以在刺桐花下轻松地穿行。可见气候的差异影响到物候的差异,影响到地理景观的差异,也影响

---

[1] 周朴:《塞上曲》,《全唐诗》卷六百七十三,中华书局1960年版,第7703页。
[2] 朱庆余:《南岭路》,《全唐诗》卷五百十四,中华书局1960年版,第5866页。

到人们的生活环境与生存状态的差异，最终影响到文学内部景观的地域差异。

在我国文学中，体现南北地域差异的作品是非常多的，评论家们往往言及于此。如况周颐讲："南人得江山之秀，北人以冰霜为清。南或失之绮靡，近于雕文刻镂之技。北或失之荒率，无解深裘大马之讥。"[1]这一段话由魏徵《隋书·文学传序》和李延寿《北史·文苑传序》的相关表述而来，常常被研究文学地理的学者当作经典来引用。这个描述是真实的，但多少有些笼统。事实上，南、北方的疆域是很广大的，南方跨两个气候带，北方跨三个气候带，南、北方各自的气候环境是非常复杂的。即如同属亚热带的江南地区与岭南地区，同属暖温带的齐鲁地区与关中地区，其间的差别就很大。有时甚至是同一座山，山南山北的气候就不一样，因而物候也不一样。宋之问《咏庾岭梅》写道："南枝向暖北枝寒，一种春风有两般。"[2]在同一个季节、同一个日子、同一个海拔高度上，因山南山北的气候不一样，梅花的状态就不一样，南枝上的梅花开得很热闹，北枝上的梅花则有几分冷清。可见对于南北之别，是不可以笼统言之的。

下面再举两个例子。张敬忠的《边词》：

五原春色旧来迟，二月垂杨未挂丝。

---

[1] 况周颐：《蕙风词话》，况周颐、王国维：《蕙风词话·人间词话》，人民文学出版社1960年版，第57页。
[2] 按：此诗又作刘元载妻《早梅》，见《全唐诗》卷八百一，中华书局1960年版，第9018页。

即今河畔冰开日，正是长安花落时。[1]

长安（今陕西西安）和五原（今属内蒙古自治区）都在北方，然长安位于北纬34°13'，属于暖温带；五原约在北纬41°，属于中温带，两地相差约7°，分属两个气候带，它们的气候环境是不一样的，物候也不一样。同是二月，五原的河流刚刚解冻，垂杨尚未展叶，而长安的某些花朵却开始凋谢了，两地的物候竟相差一个月。这说明同在北方，因纬度差异较大，物候的差异也较大，文学内部景观的地域差异也随之较大。

再看陆游的《东阳观荼蘼》：

福州正月把离杯，已见荼蘼压架开。
吴地春寒花渐晚，北归一路摘香来。[2]

东阳在北纬29°24'，福州在北纬26°，虽然同属亚热带，并且同处近海地区，但纬度相差3°多，故东阳（吴地）的荼蘼要比福州（闽地）的荼蘼晚开12天左右，诗人的描述是非常真实的。这说明同在南方，因纬度有差异，气候和物候就有差异，文学内部景观也相应地有差异。无论统言北方，还是统言南方，都难免"失之荒率"。从学术的角度来看，与其讲南北之别，还不如讲纬度之别，因为后者比前者更具体，也更准确。

---

[1] 张敬忠：《边词》，《全唐诗》卷七十五，中华书局1960年版，第819页。
[2] 陆游：《东阳观荼蘼》，《全宋诗》，北京大学出版社1998年版，第24258页。

第五节　气候、物候的东西差异与文学内部景观的东西差异

气候的东西差异，主要是由气候的大陆性强弱不同造成的。凡是大陆性强的地方，冬季严寒而夏季酷热；凡是大陆性弱即海洋性气候地区，则冬春较冷，夏秋较热。我国的地势西高东低，西部为大陆性气候，东部沿海地区则带海洋性气候性质。由于海陆之间受热和散热的快慢不同，夏季有东南季风，冬季有西北季风，这就使得我国东西之间的温差比南北之间还要大。在夏秋之季，东部比西部要热（西冷而东热）；在冬春之季，则东部比西部要冷（西热而东冷）。

气候的东西差异影响到物候的东西差异。关于这一点，前人已经注意到。如刘献廷就讲过："长沙府二月初间已桃李盛开，绿杨如线，较吴下气候约早三四十天。"[1] 长沙府在东经113°，吴下（这里当指作者晚年所居之吴江）在东经120°60'，两地相差7°60'，按照霍普金斯定律来推算，刘献廷的说法有些夸大其词，但大体上还是符合事实的。

在中国文学里，表现东、西物候之差异的作品也是不少的。且看下面一组作品：

> 北风卷地白草折，胡天八月即飞雪。
> 忽如一夜春风来，千树万树梨花开。

---

[1] 刘献廷：《广阳杂记》卷二，中华书局1957年版，第66页。

散入珠帘湿罗幕，狐裘不暖锦衾薄。
将军角弓不得控，都护铁衣冷难著。
瀚海阑干百丈冰，愁云黪淡万里凝。

——（唐）岑参《白雪歌送武判官归京》[1]

忆长安，八月时，阙下天高旧仪。
衣冠共颁金镜，犀象对舞丹墀。
更爱终南灞上，可怜秋草碧滋。

——（唐）吕渭《忆长安·八月》[2]

八月蝴蝶来，双飞西园草。
感此伤妾心，坐愁红颜老。

——（唐）李白《长干行》[3]

三首诗都是写八月的物候。东经84°的轮台（今属新疆）是北风凌厉，白草尽折，飞雪漫天，俨然一幅冬天的景象；东经109°的长安（今西安）是天高气爽，秋草碧绿而滋润，并没有枯黄的景象；东经119°的江宁（今南京）则是暑热未退，蝶飞西园，纯然一幅夏天的景象。虽然三地都处在北纬32°—42°之间，即南北距离相差不到10个纬度，但是东西距离却相差25—35个经度，即东西之差异大过南北之差异。表现在物候上，便一个是冬天，一个是秋天，一个是夏天。

---

[1] 岑参：《白雪歌送武判官归京》，《全唐诗》卷一百九十九，中华书局1960年版，第2050页。
[2] 吕渭：《忆长安·八月》，《全唐诗》卷三百七，中华书局1960年版，第3488页。
[3] 李白：《长干行》，《全唐诗》卷一百六十三，中华书局1960年版，第1695页。

许多研究文学地理的学者往往只注意到文学的南北差异而忽视其东西差异，所以有关评论只涉及南北而不涉及东西，这可能是由于在地理认知上只考虑到了纬度的差异，而没有考虑到经度的差异，没有考虑到地形和季风的差异。其实，东西之间的经度、地形和季风的差异是很惊人的。经度、地形和季风的差异导致气候的差异，气候的差异导致物候的差异，气候和物候的差异导致自然地理景观与人文地理景观的差异，最终导致文学内部景观的差异。

中国文学的东西差异，也不可以笼统言之。中国文学的东西差异，从实质上讲，主要缘于经度等的差异所造成的气候和物候的差异。在许多地方，尽管同是西部、东部或者中部，由于经度的不同，其间的气候和物候的差异也很明显。请看崔颢的《渭城少年行》：

>洛阳二月梨花飞，秦地行人春忆归。
>扬鞭走马城南陌，朝逢驿使秦川客。
>驿使前日发章台，传道长安春早来。
>棠梨宫中燕初至，葡萄馆里花正开。
>……
>长安道上春可怜，摇风荡日曲河边。
>万户楼台临渭水，五陵花柳满秦川。
>秦川寒食盛繁华，游子春来喜见花。[1]

---

[1] 崔颢：《渭城少年行》，《全唐诗》卷一百三十，中华书局1960年版，第1324页。

洛阳在北纬 34°40′，东经 112°25′，海拔为 155 米；长安在北纬 34°13′，东经 108°58′，海拔为 438 米。虽然两地的纬度只相差 27′，但经度却相差 3°67′，海拔也相差 283 米，东西的距离大于南北的距离，长安离海要远一点，海拔也比洛阳要高，所以长安的物候就比洛阳要迟一些，当洛阳的梨花凋谢的时候，长安的梨花正在开放。因为两地的经度、气候、物候有差异，所以让我们看到了中部地区不同的文学内部景观。

第六节　气候、物候的高下差异与文学内部景观的高下差异

气候不仅有南北（纬度）差异，有东西（经度）差异，还有高下（海拔）差异。气温随着海拔高度的上升而逐渐下降，一般每上升 200 米，气温就降低 1℃，有的地区甚至每上升 150 米，即可下降 1℃。

这种差异也会在物候上表现出来。霍普金斯定律表明：在其他因素相同的条件下，气温每向上升 400 英尺（121.92 米），物候就要延迟 4 天。竺可桢先生指出："高度相差愈大，则物候时间相离愈远。在长江、黄河流域的纬度上，海拔超过 4000 米，不但无夏季，而且也无春秋了。"[1]

气候与物候的高下（海拔）差异，在文学作品中也有不少表

---

[1]　竺可桢、宛敏渭：《物候学》，湖南教育出版社 1999 年版，第 35 页。

现。先看李白的两首诗:

> 五月天山雪,无花只有寒。
> 笛中闻折柳,春色未曾看。
> 晓战随金鼓,宵眠抱玉鞍。
> 愿将腰下剑,直为斩楼兰。
>
> ——(唐)李白《塞下曲》[1]
>
> 镜湖三百里,菡萏发荷花。
> 五月西施采,人看隘若耶。
> 回舟不待月,归去越王家。
>
> ——(唐)李白《子夜吴歌·夏歌》[2]

镜湖即鉴湖,在浙江绍兴。五月的镜湖,已是荷花竞放的夏季,而五月的天山,却还在冰雪的覆盖下沉睡,连花的影子都没有。这个描写是很真实的。因为镜湖是平原上的一个湖泊,而天山则高出云表,其主峰博格达峰海拔5445米,终年积雪,根本就不具备花生长的气候环境。

也正是因为不同的气候环境,形成了不同的自然地理景观和人文地理景观,影响了人们的生活,也影响了他们的气质。在五月的镜湖,气候温润宜人,荷花竞相开放,美女下湖采摘,花容人面交相辉映,人们纷纷乘船出来观赏,连通往镜湖的小溪都有

---

[1] 李白:《塞下曲》,《全唐诗》卷一百六十四,中华书局1960年版,第1700页。
[2] 李白:《子夜吴歌·夏歌》,《全唐诗》卷一百六十五,中华书局1960年版,第1711页。

些堵塞了。可见这里的自然环境优美,人文环境优越,人们的生活很悠闲,气质也很优雅。而五月的天山就不一样了。这里气候苦寒,连春天的影子都看不到,人们只能从《折杨柳》的笛声里,想象杨柳依依的风采。也正是这种苦寒的自然环境,造就了人们的坚毅气质、尚武精神和豪迈气概,他们枕戈待旦,侵晓出征,奋勇杀敌,誓斩侵略者的头颅,建功立业,报效祖国。天山的苦寒环境与镜湖的温润环境,天山人的刚健气质与镜湖人的优雅气质,适成鲜明的对照。

再看白居易的《大林寺桃花》:

> 人间四月芳菲尽,山寺桃花始盛开。
> 长恨春归无觅处,不知转入此中来。[1]

据作者《游大林寺序》一文介绍,此诗写于元和十二年四月初九(817年4月28日),白氏时任江州司马,而大林寺就在庐山的香炉峰顶。文章说:"大林穷远,人迹罕到,环寺多清流苍石,短松瘦竹。……山高地深,时节绝晚,于时孟夏月,如正二月天,梨桃始华,涧草犹短,人物风候,与平地聚落不同,初到怳然,若别造一世界者。"[2] 山下是孟夏月,山上则如正二月;山下桃花净尽,山上桃花盛开。山下与山上俨然两个世界。这是因为大林寺

---

[1] 白居易:《大林寺桃花》,《全唐诗》卷四百三十九,中华书局1960年版,第4889页。
[2] 白居易:《游大林寺序》,《白氏长庆集》第四十三卷,文学古籍刊行社1955年影印本,第1079页。

所在的庐山香炉峰顶海拔在1100—1200米左右，平均气温要比山下低5℃，物候也要比山下迟20天左右。[1]可见同一纬度，同一经度，同一时间，如果高度（海拔）不一样，物候就会不一样。这一类的例子还有不少。例如：

> 洛阳城里花如雪，陆浑山中今始发。
> 旦别河桥杨柳风，夕卧伊川桃李月。
> 伊川桃李正芳新，寒食山中酒复春。
> 野老不知尧舜力，酣歌一曲太平人。
> ——（唐）宋之问《寒食还陆浑别业》[2]
>
> 鸟道穿云望峡遥，羸蹄经宿在岩峣。
> 到来山下春将半，上得林端雪未消。
> ——（唐）罗邺《春过白遥岭》[3]
>
> 古松古柏岩壁间，猿攀鹤巢古枝折。
> 五月有霜六月寒，时见山翁来取雪。
> ——（唐）灵澈《简寂观》[4]
>
> 黄华水帘天下绝，我初闻之雪溪翁。
> 丹霞翠壁高欢宫，银河下濯青芙蓉。
> ……

---

[1] 竺可桢先生讲："如照他所说，大林寺开桃花要比九江迟60天，这失之过多，实际相差不过二三十天。"（参见竺可桢、宛敏渭：《物候学》第34页）
[2] 宋之问：《寒食还陆浑别业》，《全唐诗》卷五十一，中华书局1960年版，第626页。
[3] 罗邺：《春过白遥岭》，《全唐诗》卷六百五十四，中华书局1960年版，第7517页。
[4] 灵澈：《简寂观》，《全唐诗》卷八百十，中华书局1960年版，第9133页。

是时节气已三月，山木赤立无春容。
湍声汹汹转绝壑，雪气凛凛随阴风。

——（金）元好问《游黄华山》[1]

以上作品所写之景观，都是在同一纬度，同一经度，同一时令，只是由于所在地势（海拔）的高下差异，才有了气候和物候的差异，进而才有了文学内部景观的差异。我国文学中大凡写山中景色、山中生活的作品，大都具有这个特点。这个特点是如何形成的？过去人们并未深究，许多人只是感到诧异。其实说到它的根本原因，就是气候（物候）的高下（海拔）差异造成的。

第七节　气候的时段差异与文学内部景观的时段差异

物候也有古今（时段）差异。物候学讲，物候是有周期性波动的，其平均周期为12.2年。物候的周期性波动，是由气候的周期性波动所决定的。当气候与物候的周期性波动发生在不同的地域时，便构成了它们的地域性。所以气候与物候的古今（时段）差异，也会导致景观的古今（时段）差异，进而导致地域差异。

气候与物候的古今（时段）差异所导致的景观差异在文学上

---

[1] 元好问：《游黄华山》，施国祁注，麦朝枢校：《元遗山诗集笺注》，人民文学出版社1985年版，第184页。

也有反映。例如在西周时期，黄河流域气候温暖，梅树的种植比较普遍，《诗经》里就有五次写到梅花。如《秦风·终南》："终南何有？有条有梅。"[1] 终南山在长安（今西安）之南。唐代的时候，这里的气候也很温暖，所以在唐人的诗里还写到梅，如元稹的《和乐天秋题曲江》："梅杏春尚小，菱荷秋亦衰。"[2] 但是北宋中期以后，气候变得寒冷，而梅花只能抵御最低 $-14℃$ 的温度，所以关中一带就不再有梅了。苏轼的《杏》诗云："关中幸无梅，汝强充鼎和。"[3] 而宋代杭州的气候要比关中相对暖和一些，所以在林逋、陆游、姜夔等南宋作家的诗词里，就经常写到杭州的梅花。

再如荔枝，乃是一种热带植物，广泛种植于我国的广东、广西、福建南部和四川南部。在唐代，由于气候温暖，成都也能种植，张籍《成都曲》云："锦江近西烟水绿，新雨山头荔枝熟。"[4] 荔枝只能抵御最低 $-4℃$ 的温度，至北宋中期以后，由于气候变冷，成都就不能种荔枝了，只能在成都以南60公里的眉州和眉州更南60公里的嘉州（今乐山）种植了。苏辙《奉同子瞻荔支叹一首》诗云："蜀中荔支止嘉州，余波及眉半有不。"[5] 表明12世纪以后气候更为寒冷，连眉州也难以种荔枝了。

---

[1]《诗经·秦风·终南》，朱熹：《诗集传》，上海古籍出版社1980年版，第77页。
[2] 元稹：《和乐天秋题曲江》，《全唐诗》卷四百一，中华书局1960年版，第4488页。
[3] 苏轼：《次韵子由岐下诗·杏》，《全宋诗》，北京大学出版社1993年版，第9113页。
[4] 张籍：《成都曲》，《全唐诗》卷三百八十二，中华书局1960年版，第4290页。
[5] 苏辙：《奉同子瞻荔支叹一首》，《全宋诗》，北京大学出版社1993年版，第10073页。

唐代关中有梅而宋代关中无梅，唐代成都有荔枝而宋代成都无荔枝，这是气候和物候的周期性波动所致；宋代关中无梅而杭州有梅，宋代成都无荔枝而嘉州有荔枝，这又是气候和物候的周期性波动所造成的地域差异。所以气候与物候的古今（时段）差异，只要是发生在不同的地域，便构成地域的差异。

考察气候（物候）的古今（时段）差异，还有另一层意义。这就是：当我们根据文学作品中的物候来复原和研究有关作品中的自然地理环境和人文地理环境时，一定要考虑到气候（物候）的历史变迁这一因素。事实上，任何地方的自然地理环境和人文地理环境都不是一成不变的。它们既有相对稳定的一面，又有缓慢变化的一面，也正因为如此，才使得我国各地的自然地理景观和人文地理景观显得丰富多彩，也才使得我国文学的内部景观显得多种多样。

结束语

一、本书的结论

(一) 本书总的结论

气候影响文学，是以物候为中介的；物候影响文学，是以文学家的生命意识为中介的。换言之，气候是通过物候影响文学家的生命意识，进而影响文学作品的。

气候通过物候影响文学家的生命意识，文学家的生命意识又影响文学家对生活与写作环境的选择，影响文学家的气质与风格的形成，影响文学家的灵感触发机制，进而影响文学作品的主题、人物、内部景观，等等。

(二) 本书各章之结论

第一章：气候、物候对文学家的生命意识具有触发作用，人文气候对文学家的生命意识具有培育作用。气候和物候的最大特点，在于它的时序性；而文学家的生命意识与普通人的生命意识的最大不同，就是对时序的感觉特别强烈、敏感和细腻。正是"时序"这个节点，把气候、物候与文学家的生命意识联结起来了。

第二章：气候对文学家的分布和迁徙具有重要影响。一个人选择在什么样的环境下生存，是受他的生命意识所支配的。一个文学家选择在哪里生活和写作，往往要考虑多方面的因素，但气候无疑是最重要的因素之一。气候具有地域差异和时段差异。气候的地域差异影响到文学家的分布格局之差异，气候的时段差异影响到文学家的分布格局之变迁。

第三章：气候影响到文学家的气质，气候作用下的文学家气质又影响到文学作品的风格。气候对文学家的影响以物候为中介，物候对文学创作的影响以文学家的生命意识为中介；文学家的生命意识对文学作品风格的影响，则是以文学家气质为中介。

第四章：文学灵感的触发、捕捉和表现，是生命的一种高峰体验。气候、物候与文学家的灵感触发机制有着重要关系。文学家的灵感触发机制有两种类型，一种是"缘事而发"，一种是"应物斯感"。正是"应物斯感"这一机制，与气候、物候有着不可忽视的关系。

第五章：气候和物候对文学作品的主题具有重要影响。研究文学主题学的学者把中国古代文学分为惜时、相思、出处、怀古、悲秋、伤春、游仙、思乡、黍离、生死等十大主题，事实上，这十大主题都与文学家的生命意识有关，而且每一个主题类型的代表作品所流露的生命意识又大多与当时当地的气候、物候现象的触发有关，其中尤以"伤春"和"悲秋"这两大主题最为突出。

第六章：文学人物是文学家生命意识的代言人。气候和物候的变化影响到文学人物的心情、性格及命运的变化。在诗、词等抒情作品中，文学人物的情感的萌发或表达，在许多时候与气候、物候的变化有着重要的关系；在戏剧、小说等叙事作品中，文学人物的性格和命运的变化，有时也与气候、物候的变化有着重要的关系。

第七章：气候、物候的差异性影响到文学内部景观的差异性。文学内部景观是文学家生命感知的结果。文学内部景观包括自然景观和人文景观，文学内部的许多自然景观，以及部分人文景观，与气候、物候是有密切关系的。气候、物候的南北、东西、高下等差异影响到文学内部景观的南北、东西、高下等差异，气候和物候的时段差异则影响到文学内部景观的时段差异。

二、研究中的局限

本项研究的局限，主要在于对外国文学缺乏相应的考察。这主要是由笔者本人的知识结构的欠缺造成的。笔者是学中国文学出身的，平时对外国文学虽颇有涉猎，但毕竟缺乏系统的研究，因此在论述中，为了审慎起见，基本上没有使用外国文学方面的材料。

由于缺乏对外国文学的相应考察，未能做到兼顾中外，所以本项研究的局限是毋庸讳言的。

三、研究展望

文学与气候、物候的关系问题是一个很重要的问题，这个问题的实质就是文学与自然的关系问题。

中国是一个历史悠久的农业大国。中国三千年的文学，至少有二千九百年的文学是在农业社会的土壤中产生的。这种文学与自然的关系原是非常密切的。刘勰《文心雕龙·原道》云："文之为德也大矣，与天地并生者。"[1] 所谓"天地"，就是自然。《文心雕龙·明诗》又云："人禀七情，应物斯感。感物吟志，莫非自然。[2]"文学是与自然并生的，文学家感物吟志，无不是因为受了自然的启发，无不是一种自然的表现。刘勰的观点是很具代表性的。事实上，中国古代其他学者论文学，同样不乏自然的眼光。在中国古代文论中，诸如"神与物游"、"感物吟志"、"体物写志"、"睹物兴情"、"情以物兴"、"物以情观"、"应物斯感"、"写物图貌"、"象其物宜"这一类语词，可以说是屡见不鲜。这个"物"字，在多数情况下就是指自然景物或者物候，少数时候才指社会事物。也就是说，中国古代学者论文学，虽然不乏社会的眼光，但是更多的还是自然的眼光。中国文学的这个特点，就世界范围来讲，可以说是非常突出的。

西方国家进入工业社会的时间比中国要早，所以西方文学与自然的疏离也比中国文学要早。美国环境学家杰里·曼德（1936— ）在《神圣的缺席》一书中指出：在美国，"自然环境

---

[1] 范文澜：《文心雕龙注》，人民文学出版社 1958 年版，第 1 页。
[2] 同上书，第 65 页。

已大多为人工所取代。从视觉、听觉、触觉、味觉、嗅觉等诸多角度来看,我们所体验和理解的世界已经被人类加工处理过了。我们对世界的体验再也称不上是直接或者本源的了,而是间接的。……当我们居住于城市中,人与地球的直接体验就无从谈起了。事实上,所有的体验可以说都是间接的。水泥地覆盖住了一切原本可以从土壤生长出来的生物;建筑遮住了自然美景;我们的饮用水是从水龙头里流出来的,而不是来自溪流或蓝天;所有植被也被人类的思维所局限,被人类按其品味任意改变;野生动物消失殆尽,多石地带不见了踪影,花开花落的反复循环也不复存在,甚至连昼夜也无法区分。……我们生活的环境是人类按照自己的意愿创造和重建的,严格地讲,这是人类大脑的产物。生活在这样的环境中,我们无法确信自己知道什么是真,什么是假。[1]"

在这种被人类加工处理过的环境里产生的文学,肯定是没有多少自然属性可言的。所以,在美国的文学批评界,人们发出了一种对自然的呼唤。例如美国著名的自然写作文学家和生态批评家加里·斯耐德就在《空间里的位置:伦理、美学与分水岭》一书中写道:"普通的好文章就像一座花园。在那里,经过锄草和精细的栽培,其生长的正是你所想要的。你收获的即是你种植的,所谓种瓜得瓜,种豆得豆。然而真正的好文章却不受花园篱笆的约束。它也许是一排豆角,但也可能是几株罂粟花、野豌豆、大百合、美洲茶,以及一些飞进来的小鸟儿和黄蜂。这儿更具多样性,更有趣味,更不可预测,也包含了更深广得多的智力活动。

---

[1] 〔美〕杰里·曼德著,张春美译:《神圣的缺席》,转引自鲁枢元主编:《自然与人文》,学林出版社 2006 年版,第 757—758 页。

它与关于语言和想象的荒野的连接，给了它力量。……好文章是一种'野生'的语言。"[1]像这种具有自然属性的语言和文学，在中国农业社会的文学中，可以说是比比皆是。

遗憾的是，20世纪50年代以后，由于深受苏联传播过来的庸俗社会学的影响，以及一茬又一茬的国内政治斗争的影响，中国文学的由来已久的自然属性开始遭到扼杀。那个时候的文学，就是追求社会性、阶级性、斗争性。整个文学界都在高扬所谓的社会主义现实主义文学的大旗，批判所谓的自然主义的文学。那时候有一组非常响亮的口号，叫作"与天奋斗，其乐无穷；与地奋斗，其乐无穷；与人奋斗，其乐无穷"。全国上下都在鼓吹"人定胜天"，鼓吹改造自然、战胜自然。本来是大自然的一分子的人类，在社会主义的中国，俨然成了大自然的主宰。在这样的时代背景和人文环境之下，不仅当代文学中的自然属性荡然无存，就是古代文学中的那些以描写自然山水取胜的作品如山水诗、山水散文等，也被当作"毒草"而遭到严厉的批判。

"文革"结束之后，国家进入以经济建设为中心的时期，强调科学技术是第一生产力，物质和金钱成为人们追求的目标，科学主义、技术主义、拜金主义也因此而甚嚣尘上。在这样的时代背景和人文环境之下，虽然古代文学中的山水诗、山水散文等不再遭到批判，但是也被许多人所轻视；而文学创作中的自然属性，虽然不能说是荡然无存，但也是十分稀少的。如果说，1949年之后30年的文学，是社会属性扼杀了自然属性；那么改革开放之后

---

[1] 〔美〕加里·斯耐德著，韦清琦译：《空间里的位置：伦理、美学与分水岭》，转引自鲁枢元主编：《自然与人文》，学林出版社2006年版，第992页。

30年的文学，则是经济属性扼杀了自然属性。即使是在今天，在自然环境遭到空前破坏，人与自然的关系日益恶化，少数有识之士的环保意识开始觉醒的情况下，文学的自然属性仍然没有得到恢复。在西方的生态文学和生态批评日益繁荣，并逐步被引进到中国的情况下，中国多数作家的创作与多数批评家的批评，对于文学的自然属性这一问题，仍然是无动于衷的。

正是在这个背景下，笔者极力主张开展文学地理学的研究。因为文学地理学的研究对象，就是文学与地理环境的关系，而地理环境首先就是指自然环境。笔者认为，通过这种研究，可以逐渐恢复文学对于大自然的记忆，进而重建文学和大自然的联系。而"文学与气候、物候之关系研究"，无疑是这种研究的一项重要内容。笔者相信，在生态环境空前恶化，人类与自然的关系日益紧张的今天，从事这项研究是有重要意义的。美国哲学家欧文·拉兹洛指出："诗歌能有力地帮助人们恢复在二十世纪在同自然和宇宙异化的世界中无心地追逐物质产品和权力中丧失的整体意识。所有伟大艺术也一样：美学经验使我们感觉与我们同在的人类，感觉与自然合而为一。"[1] 笔者对此表示高度认同。

尽管文学地理学还不是一个成熟的学科，许多学者对于地理环境的理解甚至还局限在人文环境这一层面；而笔者本人对于"文学与气候、物候之关系"的研究，也只是一个初步的尝试，错误和不足在所难免。但是笔者相信，今后会有更多有思想、有才华的学者来从事这项研究，从而大大地超越笔者的认识和水

---

[1] 〔美〕欧文·拉兹洛著，王宏昌等译：《布达佩斯俱乐部全球问题最新报告》，社会科学文献出版社2004年版，第129页。

平。换言之，文学地理学的研究，包括"文学与气候、物候之关系研究"，乃是一个可持续发展的课题，它的光明前景是可以预期的。

主要参考文献

（以文献的第一个汉语拼音字母为序）

1. 《北史》，（唐）李延寿撰，中华书局1975年版；
2. 《白氏长庆集》，（唐）白居易著，文渊阁《四库全书》本；
3. 《布达佩斯俱乐部全球问题最新报告》，〔美〕欧文·拉滋洛著，王宏昌等译，社会科学文献出版社2004年版；
4. 《本草纲目》，（明）李时珍著，人民卫生出版社1982年版；
5. 《楚辞植物图鉴》，潘富俊著，上海书店出版社2005年版；
6. 《春秋繁露》，（汉）董仲舒著，周桂钿译注，中华书局2011年版；
7. 《词录》，王国维撰，学苑出版社2003年版；
8. 《词学的星空》，曾大兴著，河北人民出版社2009年版；
9. 《曹禺代表作》，曹禺著，华夏出版社2008年版；
10. 《重绘中国文学地图》，杨义著，中国社会科学出版社2003年版；
11. 《东京梦华录笺注》，（宋）孟元老撰，伊永文笺，中华书局2006年版；
12. 《当代词综》，施议对编纂，海峡文艺出版社2002年版；
13. 《风俗通义校注》，（东汉）应劭著，王利器校注，中华书局1981年版；
14. 《方舆胜览》，（宋）祝穆撰，祝洙增订，中华书局2003年版；
15. 《管子今注今译》，李勉注译，台湾商务印书馆1994年版；
16. 《古今岁时杂咏》，（宋）蒲积中编，辽宁教育出版社1998年版；
17. 《广阳杂记》，（清）刘献廷撰，中华书局2007年版；
18. 《广东新语》，（清）屈大均著，中华书局1985年版；
19. 《广东竹枝词》，钟山、潘超、孙忠铨编，广东高等教育出版社2010年版；

20.《淮南子集释》，何宁撰，中华书局 1998 年版；
21.《汉书》，（汉）班固著，浙江古籍出版社 2000 年版；
22.《汉书地理志汇释》，周振鹤编著，安徽教育出版社 2006 年版；
23.《华南气候》，鹿世瑾等编著，气象出版社 1990 年版；
24.《环境心理学》（第 5 版），〔美〕保罗·贝尔等著，朱建军、吴建平等译，中国人民大学出版社 2009 年版；
25.《红楼梦》，（清）曹雪芹著，袁世硕等整理，山东文艺出版社 1980 年版；
26.《红楼梦植物图鉴》，潘富俊著，上海书店出版社 2005 年版；
27.《蕙风词话·人间词话》，况周颐、王国维著，徐调孚、周振甫注，王幼安校订，人民文学出版社 1960 年版；
28.《汉语新文学史》，朱寿桐主编，广东人民出版社 2010 年版；
29.《呼兰河传》，萧红著，中国青年出版社 2008 年版；
30.《经义述闻》，王引之撰，江苏古籍出版社 1985 年影印本；
31.《金枝》，〔英〕弗雷泽著，徐育新、汪培基等译，大众文艺出版社 1998 年版；
32.《离骚草木史》，（清）周拱辰著，《续修四库全书》本；
33.《吕氏春秋注疏》，王利器撰，巴蜀书社 2002 年版；
34.《礼记集解》，孙希旦等点校，中华书局 1989 年版；
35.《礼记正义》，《十三经注疏》，中华书局 2009 年版；
36.《岭外代答校注》，（宋）周去非著，杨武泉校注，中华书局 1999 年版；
37.《岭南古代方志辑佚》，骆伟、骆廷辑注，广东人民出版社 2002 年；
38.《岭南诗歌研究》，陈永正著，中山大学出版社 2008 年版；
39.《岭南历代诗选》，陈永正选注，广东人民出版社 1985 年版；
40.《岭南历代词选》，陈永正选注，广东人民出版社 1987 年版；
41.《论语译注》，杨伯峻撰，中华书局 1980 年版；
42.《论法的精神》，〔法〕孟德斯鸠著，张雁深译，商务印书馆 1963 年版；
43.《论文学》，〔法〕斯达尔夫人著，徐继增译，人民文学出版社 1986 年版；
44.《论历史》，〔法〕费尔南·布罗代尔著，刘北成、周立红译，北京大学出版社 2008 年版；
45.《历代赋汇》，（清）陈元龙辑，上海古籍出版社、上海书店 1987 年版；

46.《历代名人入粤诗选》，黄雨选注，广东人民出版社1980年版；
47.《历代社会风俗事物考》，尚秉和著，江苏古籍出版社2002年版；
48.《历史时期气候变化研究方法》，龚高法等著，科学出版社1983年版；
49.《历史地理》(第1—18辑)，《历史地理》编委会编，上海人民出版社1982年—2002年版；
50.《刘师培学术论著》，刘师培著，浙江人民出版社1998年版；
51.《南雷诗文集》，黄宗羲著，浙江古籍出版社2005年版；
52.《毛诗正义》，《十三经注疏》，中华书局2009年版；
53.《毛诗草木鸟兽虫鱼疏》，(三国)陆玑著，《丛书集成初编》本；
54.《毛诗草木鸟兽虫鱼疏广要》，(明)毛晋著，《丛书集成初编》本；
55.《毛诗名物图说》，(清)徐鼎著，《续修四库全书》本；
56.《牡丹亭》，(明)汤显祖著，徐朔方校注，人民文学出版社1963年版；
57.《明遗民诗》，卓尔堪辑，中华书局1961年版；
58.《明清文人传奇戏曲文体研究》，郭英德著，商务印书馆2004年版；
59.《民俗与迷信》，江绍原著，北京出版社2003年版；
60.《农政全书》，(明)徐光启著，山东书局，清同治十三年(1874)版；
61.《斐然集·崇正辨》，胡寅著，岳麓书社2009年版；
62.《齐民要术今译》，(北魏)贾思勰著，石声汉译，科学出版社1957年版；
63.《气象社会学导论》，姜海如编著，气象出版社2006年版；
64.《气象学与气候学》，姜世中主编，科学出版社2010年版；
65.《青箱杂记》，(宋)吴处厚撰，中华书局1985年版；
66.《清名家词》，陈乃乾编，上海书店1982年版；
67.《全上古三代秦汉三国六朝文》，严可均辑，河北教育出版社1997年版；
68.《全唐诗》，(清)曹寅、彭定求等编，中华书局1960年版；
69.《全唐文》，(清)董浩等编，中华书局1983年版；
70.《全唐五代词》，曾昭岷等编撰，中华书局1999年版；
71.《全宋词》，唐圭璋编纂、王仲闻订补、孔凡礼补辑，中华书局1999年版；
72.《全宋诗》，北京大学古文献研究所编，北京大学出版社1998年版；
73.《全宋文》，曾枣庄、刘琳主编，上海辞书出版社2006年版；
74.《全金元词》，唐圭璋编，中华书局1979年版；

75.《全元散曲》，隋树森编，上海古籍出版社 1965 年版；
76.《全元戏曲》，王季思主编，人民文学出版社 1999 年版；
77.《全清词钞》，叶恭绰编，中华书局 1982 年版；
78.《全清散曲》，凌景埏、谢伯阳编，齐鲁书社 1985 年版；
79.《人文地理》，〔美〕H.J. 德伯里著，王民等译，北京师范大学出版社 1988 年版；
80.《人文地理学词典》，〔英〕R.J. 约翰斯顿主编，柴彦威等译，商务印书馆 2004 年版；
81.《人才学文集》，《人才学文集》编辑组编，江苏科学技术出版社 1981 年版；
82.《20 世纪词学名家研究》，曾大兴著，中华书局 2011 年版；
83.《诗集传》，（宋）朱熹著，上海古籍出版社 1980 年版；
84.《诗经植物图鉴》，潘富俊著，上海书店出版社 2005 年版；
85.《诗品笺注》，（南朝梁）钟嵘著，曹旭笺注，人民文学出版社 2009 年版；
86.《山海经校释》，袁珂著，上海古籍出版社 1985 年版；
87.《水经注》，（北魏）郦道元撰，上海古籍出版社 1990 年版；
88.《世说新语校笺》，（南朝宋）刘义庆撰，徐震堮校笺，中华书局 1984 年版；
89.《四书章句集注》，（宋）朱熹撰，中华书局 1983 年版；
90.《三国演义》，（明）罗贯中著，张国光等校订整理，长江文艺出版社 2000 年版；
91.《宋词辨》，谢桃坊著，上海古籍出版社 1999 年版；
92.《宋词与民俗》，黄杰著，商务印书馆 2005 年版；
93.《生死事大——生死智慧与中国文化》，袁阳著，东方出版社 1996 年版；
94.《死亡之诗与死亡之思》，张三夕著，华中理工大学出版社 1993 年版；
95.《史记》，（汉）司马迁著，浙江古籍出版社 2000 年版；
96.《唐诗植物图鉴》，潘富俊著，上海书店出版社 2005 年版；
97.《唐才子传校笺》，（元）辛文房著，傅璇琮主编，中华书局 1987 年版；
98.《天道与人文》，竺可桢著，北京出版社 2005 年版；
99.《天气改变历史》，〔英〕埃里克·杜尔施米德著，吕洪艳译，东北师范大学出版社 2008 年版；
100.《天气改变了历史》，〔美〕劳拉·李编著，林文鹏等译，上海科学技术文献出版社 2008 年版；
101.《谈艺录》，钱锺书著，中华书局 1984 年版；
102.《文赋集释》，（晋）陆机著，张少康集释，人民文学出版社 2002 年版；
103.《文选》，（南朝梁）萧统编，中华书局 1977 年版；
104.《文心雕龙注》，（南朝梁）刘勰著，范文澜注，人民文学出版社 1958 年版；
105.《文心雕龙创作论》，王元化著，上海古籍出版社 1984 年版；
106.《文心雕龙义证》，詹锳撰，上海古籍出版社 1989 年版；
107.《文心雕龙汇评》，黄霖编著，上海古籍出版社 2005 年版；
108.《文学地理学》（二），曾大兴、夏汉宁主编，世界图书出版公司 2013 年版；
109.《文学地理学》，曾大兴、夏汉宁主编，人民出版社 2012 年版；
110.《文学地理学研究》，曾大兴著，商务印书馆 2012 年版；
111.《文学社会学》，〔法〕罗贝尔·埃斯卡皮著，于沛选编，浙江人民出版社 1987 年版；
112.《文化地理学》，〔英〕迈克·克朗著，杨淑华等译，南京大学出版社 2005 年版；
113.《宛陵先生文集》，梅尧臣著，《四部丛刊》本；
114.《五岳游草·广志绎》，（明）王士性撰，中华书局 2006 年版；
115.《温韦冯词新校》，温庭筠、韦庄、冯延巳著，曾昭岷校订，上海古籍出版社 1988 年版；
116.《物候学》，竺可桢、宛敏渭著，湖南教育出版社 1999 年版；
117.《瓦格纳论音乐》，〔德〕威廉·理查德·瓦格纳著，廖辅叔译，上海音乐出版社 2002 年版；
118.《先秦汉魏晋南北朝诗》，逯钦立辑校，中华书局 1983 年版；
119.《徐霞客游记》，（明）徐弘祖著，丁文江编，商务印书馆 1986 年版；
120.《西游记》，（明）吴承恩著，岳麓书社 1987 年版；
121.《现代地理科学词典》，刘敏、方如康主编，科学出版社 2009 年版；

122.《夏衍剧作选》，夏衍著，人民文学出版社1953年版；
123.《新唐书》，（宋）欧阳修等撰，中华书局1975年版；
124.《新编冰心文集》，冰心著，商务印书馆2008年版；
125.《襄阳耆旧记》，（晋）习凿齿著，文渊阁《四库全书》本；
126.《逸周书汇校集注》，黄怀信等修订，上海古籍出版社2007年版；
127.《乐府诗集》，（宋）郭茂倩编，中华书局1979年版；
128.《元和郡县图志》，（唐）李吉甫撰，中华书局1983年版；
129.《元丰九域志》，（宋）王存撰，中华书局1984年版；
130.《元诗选》，（清）顾嗣立编，中华书局1987年版；
131.《元曲选》，（明）臧晋叔编，中华书局1958年版；
132.《元曲选外编》，隋树森编，中华书局1959年版；
133.《元遗山诗集笺注》，（元）元好问著，施国祁注，麦朝枢校，人民文学出版社1985年版；
134.《燕翼篇》，（清）李淦撰，张潮辑《檀几丛书》二集，康熙刊本；
135.《艺术哲学》，〔法〕丹纳著，傅雷译，人民文学出版社1986年版；
136.《玉台新咏笺注》，（南朝陈）徐陵编，（清）吴兆宜注，中华书局1985年版；
137.《郁达夫散文选集》，郁达夫著，百花文艺出版社1984年版；
138.《于伶剧作选》，于伶著，人民文学出版社1979年版；
139.《粤西文载》，（清）汪森编，广西人民出版社1990年版；
140.《晏子春秋》，汤化注译，中华书局2011年版；
141.《中国大百科全书》，中国大百科全书出版社2000年版；
142.《中国古今物候学》，王梨村著，四川大学出版社1989年版；
143.《中国自然地理·历史自然地理》，中国科学院《中国自然地理》编辑委员会，科学出版社1984年版；
144.《中国自然地理·气候》，中国科学院《中国自然地理》编辑委员会，科学出版社1984年版；
145.《中国气候总论》，盛承禹等编著，科学出版社1986年版；
146.《中国的气候》，林之光、张家诚著，陕西人民出版社1985年版；
147.《中国自然历选编》，宛敏渭主编，科学出版社1986年版；

148.《中国历史时期冬半年气候冷暖变迁》，文焕然、文榕生著，科学出版社 1996 年版；
149.《中国历朝气候变化》，葛全胜等著，科学出版社 2011 年版；
150.《中国历代文论选》，郭绍虞主编，上海古籍出版社 1979 年版；
151.《中国民俗史》，钟敬文主编，人民出版社 2008 年版；
152.《中国移民史》，葛剑雄主编，福建人民出版社 1997 年版。
153.《中国文化地理》，陈正祥著，三联书店 1983 年版；
154.《中国文化地理》，王会昌著，华中师范大学出版社 1992 年版；
155.《中国历史人文地理》，邹逸麟主编，科学出版社 2001 年版；
156.《中国历史地图集》，谭其骧主编，地图出版社 1987 年版；
157.《中国历史地理学》，蓝勇编著，高等教育出版社 2002 年版；
158.《中国民俗地理》，高曾伟主编，苏州大学出版社 1996 年版；
159.《中国古代文学十大主题——原型与流变》，王立著，辽宁教育出版社 1990 年版；
160.《中国古代文学通论》，傅璇琮等主编，辽宁人民出版社 2005 年版；
161.《中国历代文学家之地理分布》，曾大兴著，商务印书馆 2013 年修订版；
162.《中国古代词曲经典导读》，曾大兴、刘庆华编著，高等教育出版社 2009 年版；
163.《中国文人的自然观》，〔德〕顾彬著，马树德译，上海人民出版社 1990 年版；
164.《中华全国风俗志》，胡朴安撰，河北人民出版社 1986 年版；
165.《中华竹枝词》，雷梦水等编，北京古籍出版社 1997 年版；
166.《中华竹枝词全编》，孙仲权等编，北京出版社 2007 年版；
167.《竺可桢全集》，竺可桢著，上海科技教育出版社 2004 年版；
168.《自然与人文》，鲁枢元主编，学林出版社，2006 年版。

附录一：岭南文学与气候、物候之关系

岭南是一个地理的概念。通常所说的岭南，有广义和狭义之分。广义的岭南，是指自然地理上的岭南，即南岭山脉以南的广大地区，包括现在的福建、台湾、广东、广西、海南、香港、澳门等7个省区。狭义的岭南，是指人文地理上的岭南，其范围比自然地理上的岭南要小一些，指广东、广西、海南、香港、澳门等5个省区。需要说明的是，香港在1841年以前，澳门在1881年以前，海南在1988年以前，都属于广东省的版图，所以人文地理上的岭南，多数时候乃是指广东和广西这两个省区。

文学地理上的岭南，似乎比人文地理上的岭南还要小。例如我们现在看到的《岭南文学史》、《岭南历代诗选》、《岭南历代文选》、《岭南历代词选》等比较有影响的图书实际上都只包括广东的文学，而学术界对此并无异议。

为什么岭南文学最后竟成了广东文学呢？这恐怕与文学家的数量之比有一定的关系。笔者曾对谭正璧先生编撰的《中国文学家大辞典》（这也是迄今为止最完整的一部中国文学家大辞典）做过一个统计，这部大辞典"上起李耳，以迄近代"，收录我国历代有影响的文学家共 6781 人，其中有籍贯可考者 6388 人。在这 6388 人中，占籍广东的有 114 人，占籍广西的只有 23 人。也就是说，广西的文学家只占广东的 20%，从数量上讲，岭南文学的主体就是广东文学。从质量上讲恐怕也是如此。历史上的广东，出现了像唐代的张九龄，宋代的余靖、崔与之、李昴英，明代的屈大均、梁佩兰、陈恭尹，近代的黄遵宪、吴趼人、苏曼殊、梁启超等在全国有重要影响的文学家，而历史上的广西，则只有近代的王鹏运、况周颐算得上在全国有重要影响。所以人们讲岭南文学，尤其是讲古代的岭南文学，讲到后来就成了广东文学。但是这样做终究还是有些不妥。所以笔者讲岭南文学与气候、物候之关系，虽然也是以广东为主，但也会顺带讲一点广西。

在正式讨论岭南文学与气候、物候之关系之前，我们要对岭南文学这个概念重新予以界定。

第一节　岭南文学的定义

人们通常所讲的岭南文学，是指岭南文学家创作的文学，它包括这样两个方面，一是岭南文学家在岭南创作的文学，二是岭南文学家在外地创作的文学。笔者认为，这样的界定不够严谨。如果岭南文学家在外地创作的文学也属于岭南文学，那么作为中原文学家的韩愈在岭南创作的《山石》、作为巴蜀文学家的苏轼在岭南创作的《食荔枝》，又属于什么文学？是属于岭南文学，还是属于中原文学或巴蜀文学？如果把这两个作品分别说成是中原文学或巴蜀文学，恐怕研究岭南文学的人都不会赞成。这说明，一律以文学家的籍贯来界定其作品的地域属性是有困难的。

笔者认为，与其以文学家的籍贯来界定其作品的地域属性，还不如以作品的产生地来界定其地域属性。也就是说，作品是在哪个地域产生的，就属于哪一种地域文学。岭南文学也好，中原文学也好，巴蜀文学也好，都是一种地域文学。而地域文学的本质属性，就在于它具有所在地域的自然特点和人文特点，这些特点足以使某一种地域文学和别的地域文学相区别。这就是地域文学的地域特点，或曰地域性，它是独特的，不可以复制或克隆的。一个文学家一生往往要去很多地方，几乎每到一个地方，他都会留下自己的作品，而这些作品或多或少都要带上所在地域的自然和人文特点。也就是说，由于文学家的流动性比较大，他的一生可能会创作具有多种地域特点的文学作品，或者说，他会参与多种地域文学的创作。这种现象在中外文学史上是具有普遍性的，也是读者和文学批评家们所充分认可的，因为这种现象恰好体现了文学的多样性与丰富性。但是作为一种地域文学，它是不可能具有多个地域的特点的。如果它具有多个地域的特点，那它就不是地域文学，而是所谓世界文学了（事实上，这样的世界文学从来就没有出现过）。如果我们把一个文学家在不同的地域创作的文学，都笼而统之地划归为某一种地域文学，那么这个地域文学就不能称作地域文学，它只能是一个大杂烩，这样的地域文学事实上是不存在的。

如果以文学家的籍贯来界定其作品的地域属性，那么他的全部作品就只属于一种地域文学，因为他的真正的籍贯只有一个，也就是他的出生地。他所到过的其他地方，都只是客居地，或者寄居地。他可以取得客居地或寄居地的户籍，参加当地的考试或选举，成为一个户籍意义上的当地人，但是他在填写履历表的时候，在"籍贯"这一栏里，还是要填写他的出生地，这是绝大多数人的习惯。当然也有少数人在填写履历表的时候，由于比较个别的原因，可能会把祖籍当籍贯，但是无论他是把祖籍当籍贯，还是把真正的籍贯当籍贯，他都只能填写一个，而且前后还得统一，不能忽而"广东"，忽而"四川"。如果是这样，那就乱套了，管理部门也不会同意。如果以文学家的籍贯来界定其作品的地域属性，那么韩愈一生的全部作品就只能属于中原文学（他的出生地在今河南孟州市），而苏轼一生的全部作品也只能属于巴蜀文学（他的出生地在四川眉州）。这是很难讲得通的，无论是文学家本人还是广大读者都不会认同。因为这样做，根本忽视了文学作品事实上存在的多样性。相反，如果以作品的产生地来界定作品的地域属性，在哪里产生的就属于哪一种地域文学，这样讲就没有什么困难了。

总之，以文学家的籍贯来界定其作品的地域属性，那么他一生的全部作品就只能属于一种地域文学，这在事实上和学理上都是讲不通的；而以作品的产生地来界定其地域属性，就是认定一个文学家一生的全部作品往往具有多个地域的自然和人文特点，这在事实上和学理上都是可以讲得通的。

有鉴于此，笔者主张，要对岭南文学这个概念予以重新界定，也就是说，真正的岭南文学，实际上是包含了以下两种类型：一是岭南文学家在岭南本地创作的文学，一是外地文学家在岭南创作的文学。这两种文学都是在岭南这块土地上产生的文学，都受到岭南的自然环境和人文环境的影响，也都带有岭南的自然特点和人文特点。至于岭南文学家在外地创作的文学，虽然也会或多或少地带有岭南的人文特点，但不一定带有岭南的自然特点，因而不是完整意义上的岭南文学。在讨论岭南文学家在岭南本地创作的作品时，我们可以把他们在外地创作的作品作为一个参照，但我们不把这些作品归为岭南文学；同理，在讨论外地文学家在岭南创作的文学时，我们也可以把他们在其他地方（包括他的出生地）创作的作品作为一个参照，但我们更不可能把这些作品归为岭南文学。

综上所述，岭南文学，就是在岭南本土产生的、具有岭南的自然特点和人文特点的一种地域文学，这是它的内涵；作为一种地域文学，岭南文学实际上包括两个部分，一是岭南文学家在岭南本地创作的作品，一是外地文学家在岭南创作的作品，这是它的外延。当我们把岭南文学这个概念的内涵和外延都予以重新界定之后，再来讨论岭南文学与岭南气候、物候的关系，我们的工作就较为顺利了。

第二节　岭南的气候特点

一个地方的气候特点，主要是由它的纬度、地形条件、温度和降水量等因素决定的。南岭山脉以南的广东、香港、澳门、海南、广西、福建、台湾等七省区的气候，在全国来讲，是最温暖的。从地图上看，北回归线正好穿过台湾、广东和广西三个省区的中部，如果按照纬度来划分，这条线以南就是热带的范围，以北就是亚热带的范围。如果以1月份10℃的等温线来划分，这条等温线大约经过福州以北，再向西南，经过广东的韶关和广西的柳州、百色等地，等温线以南全年无冬季。所以从纬度来讲，岭南地区正好处于热带和亚热带之间，大部分地区都是无冬的地区。

再从地形条件来看，南岭山脉西起广西和广东两省区北部的五岭，东延为福建西境的武夷山脉，它的高度一般在海拔1000米—1500米左右。这个高度对于冬季南下的寒冷气流有屏障作用，虽然有时北方强大的寒潮也可以到达岭南，使广州和南宁等地1月的日平均温度降至4℃以下，但是这样的温度是不多见的。就地势来讲，广东、广西是北高南低，福建是西高东低，这就非常有利于接受从海洋方面吹来的暖湿气流，使这里的气候更显得温暖湿润。

由于以上这两个因素的影响，岭南地区成为全国气候最温暖的地区。

再看年降水量。我国各地的降水主要是东从太平洋、南从印度洋和南海上来的夏季风带来的。年降水量的总体趋势是由东南向西北逐步减少。东南沿海地区的年降水量普遍在2000毫米左右，淮河、汉水以南的南方地区年降水量则在1000毫米以上。例如上海的年平均降水量是1128.5毫米，北京是682.9毫米，而西北内陆的吐鲁番、塔里木和柴达木等盆地，年平均降水量都在20毫米以下。广东近海的南部地区，年降水量在2200毫米—2500毫米之间，远离海洋的北部地区，最少也在 1490 毫米左右。全省大多数地区的年降水量多在 1500 毫米—2000 毫米之间。山区的降水量多过平原，各地山区都有年降水量超过 3000 毫米的纪录。广东的雨季，一般从 3 月中上旬开始，至 9 月底、10 月初才结束。

从全国范围来讲，岭南地区无疑是降水量最为丰沛的地区之一。

温度和降水量，是形成一个地方的气候特点的两个基本要素。岭南的气候特点，简而言之，就是高温和多雨。

高温多雨的气候表现在季节上，则有如下几个特征：

一是大部分地区没有冬季。以广东省为例。在平远—龙川—新丰—英德—阳山一线及其以北地区，全年有一个时期的候均温（五日为一候）≤10℃，其中北部偏北地区和西北部山区有 9 个候（45 天）≤10℃，北部其他地区有 3 个候（15 天）≤10℃。这条线以南，一年到头的候均温都是 ≥10℃，也就是没有气候意义上的冬季。

二是夏季最长。岭南大部分地区没有冬季，在春、夏、秋三季中，又以夏季为最长。仍以广东为例。全省各地至少有 32 个候（160 天）以上的夏天，最北的乐昌有 34 个候（170 天）的夏天，西北山区的连山最少，也有 32 个候（160 天）的夏天。夏季的起讫日期，在北部是 5 月初至 10 月中旬，在中部是 4 月中旬至 10 月下旬，在南部是 3 月下旬至 11 月中旬。例如广州夏季的起始日期是 3 月 26 日至 11 月 4 日，长达 234 天，日平均气温 >19℃—29℃。

三是四季常青。由于全年气温较高，加上雨水充沛，所以草木丰茂，四季常青，百花争艳，各种果蔬终年不绝。

四是季相不明显。所谓季相，是指植物在不同季节的表象。

植物在一年四季的生长过程中,其叶、花、果的形状和色彩随季节而变化。在不同的气候带,植物的季相是不同的。在温带地区,植物的季相是十分明显的,在寒带和热带地区就不明显。季相能给人以时序的启示,使人增强季节感。岭南大部分地区处于热带,季相不明显,这就容易给人造成一种错觉,以为一年到头都在过夏天。古人形容岭南的气候"四时皆似夏,一雨便成秋",就是季相不明显造成的一种错觉。

清代有一位叫汪森的文学家,曾在广西为官多年。他编过一部《粤西文载》,其中收有明代的苏浚写的一篇《气候论》,这篇文章是这样介绍岭南的气候特点的:

> 晁错曰:扬粤之地,少阴多阳。李待制曰:南方地卑而土薄。土薄,故阳气常泄;地卑,故阴气常盛。阳气泄,故四时常花,三冬不雪,一岁之暑热过中。人居其间,气多上壅,肤多出汗,腠理不密,盖阳不反本而然。阴气盛,故晨昏多露,春夏雨淫,一岁之间蒸湿过半。盛夏连雨即复凄寒,衣服皆生白醭,人多中湿,肢体重倦,多脚气等疾,盖阴常盛而然。阴阳之气既偏而相搏,故一日之内气候屡变。谚曰"四时皆似夏,一雨便成秋",又曰"急脱急着,胜似服药",气故然耳。大抵人身之气通于天地,天气极北寒胜,极南热胜,五岭以南,号曰炎方,乃其高冈又叠嶂,左右环合,水气蒸之,故欎而为岚。[1]

---

[1] 苏浚:《气候论》,汪森辑:《粤西文载》(四),广西人民出版社1990年版,第229—230页。

这个描述可以说是既简洁，又生动。苏浚认为，岭南的气候特点大约有三：一是四时常花，三冬不雪，一岁之暑热过中；二是晨昏多露，春夏雨淫，一岁之间蒸湿过半。三是一日之内气候屡变。

第三节　岭南文学家和外地文学家对岭南气候、物候的反应

气候与物候，是两个既相联系又有区别的概念。如果说气候是指整个地球或其中某一地区在一年或一时段的气象状况的多年特点，那么物候"就是谈一年中月、露、风、云、花、鸟推移变迁的过程"[1]。物候现象是非常广泛的，在大自然中，那些受环境（主要是气候，另外还有水文和土壤等）影响出现的、以一年为周期的自然现象，都属于物候现象。物候现象大体包括三个方面：一是植物（包括农作物）物候，如植物的发芽、展叶、开花、结果、叶变色、落叶，农作物的播种、出苗、开花、吐穗等现象；二是动物物候，如候鸟、昆虫及其他两栖类动物的迁徙、始鸣、终鸣、冬眠等现象；三是气象水文现象，如初霜、终霜、初雪、终雪、结冰、解冻，等等。

文学家对气候的感知，往往是通过对物候现象的把握来实现的。陆机讲："遵四时以叹逝，瞻万物而思纷。悲落叶于劲秋，喜

---

[1]　竺可桢、宛敏渭：《物候学》，湖南教育出版社1999年版，第14页。

柔条于芳春。"[1] 刘勰讲："春秋代序，阴阳惨舒，物色之动，心亦摇焉。"[2] 钟嵘讲："气之动物，物之感人，故摇荡性情，形诸舞咏……若乃春风春鸟，秋月秋蝉，夏云暑雨，冬月祁寒，斯四候之感诸诗者也。"[3] 所谓"四时"，就是指春夏秋冬四季；所谓"气"，在这里就是指气候；所谓"物"或"物色"，在这里就是指物候。四时气候的变化，影响物候的变迁；变迁着的物候，触动作家的情思（或悲或喜），然后形诸文字或歌咏。

物候是具象的，气候则比较抽象。文学家直接描写气候的时候并不多，更多的时候是描写物候，所谓"岁有其物，物有其容；情以物迁，辞以情发。一叶且或迎意，虫声有足引心。……故灼灼状桃花之鲜，依依尽杨柳之貌，杲杲为日出之容，瀌瀌拟雨雪之状，喈喈逐黄鸟之声，喓喓学草虫之韵。"[4] 读者通过文学家所描写的物候现象，可以了解一个地方的气候特点及其变化，更可以感知生命的律动。

值得注意的是，按照一般的经验，本地人对本地气候、物候的反应是不太敏感的，因为生于斯，长于斯，老于斯，早已司空见惯。岭南本地文学家对岭南气候、物候的反应即是如此。他们长年生活在这一片土地之上，每天面对这种高温多雨、四季如春的气候，似乎并没有什么新奇之感。而外地来的文学家就大不一

---

[1] 陆机：《文赋》，郭绍虞主编：《中国历代文论选》第1册，上海古籍出版社1979年版，第170页。
[2] 刘勰：《文心雕龙·物色》，范文澜：《文心雕龙注》，人民文学出版社1958年版，第693页。
[3] 钟嵘：《诗品·序》，曹旭：《诗品笺注》，人民文学出版社2009年版，第1页。
[4] 刘勰：《文心雕龙·物色》，范文澜：《文心雕龙注》，人民文学出版社1958年版，第693—694页。

样了。请看下面这两首诗:

> 独眠不知曙,悄悄邻人语。
> 夜来榕子落,瓦上起风雨。
> ——(清)黄子高《仰高祠夜作》[1]
> 宦情羁思共凄凄,春半如秋意转迷。
> 山城过雨百花尽,榕叶满庭莺乱啼。
> ——(唐)柳宗元《柳州二月榕叶落尽偶题》[2]

两首诗都写榕树。榕树在岭南是一种随处可见的常绿乔木,雨季落叶。周去非《岭外代答》卷八"榕"条:"四时结子,叶脱亦无时,随落随生。春时亦摇落满庭。"[3]屈大均《广东新语》卷二十五"榕"条:"性畏寒,逾梅岭则不生……有子无花,子落时常如密雨。"[4]黄子高是香山(今广东中山)人,平生足迹不出岭南。他对榕树雨季落叶这种现象司空见惯,他感兴趣的,是榕树的果实(榕子)像骤雨一样打在屋瓦上的那种声音。而柳宗元就不一样了。他的祖籍在河东(今山西永济),生长在京兆长安(今陕西西安),因"永贞革新"的失败,被贬在柳州做刺史。他最初在二月里看见榕树落叶时的反应,是迷惑不解

---

[1] 陈永正选注:《岭南历代诗选》,广东人民出版社1985年版,第620页。
[2] 柳宗元:《柳州二月榕叶落尽偶题》,《全唐诗》卷三百五十二,中华书局1960年版,第3937页。
[3] 周去非:《岭外代答·榕》,杨武泉校注:《岭外代答校注》,中华书局1999年版,第289—290页。
[4] 屈大均:《广东新语·榕》,《广东新语》,中华书局1985年版,第617页。

（意转迷）。按照他在北方的经验，树木落叶，应该是在秋天，怎么会是"春半"（即二月）呢？他当时还不知道在岭南，干季和雨季的区别比春、夏、秋、冬四季的区别还要大。榕树在天气晴朗干燥的时候并不落叶，秋、冬皆如此。但是在下雨的时候就要落叶了，不管在时令上是属于哪一个季节。由于尚不了解岭南的气候和物候特点，看见榕树落叶的景象，他就以为是秋天到了，一年好景即将过去，于是悲秋之感便油然而生，所谓"宦情羁思"，纷至沓来。

周去非和屈大均也是这样。周是外地（浙江永嘉）人，曾在钦州和静江府（今广西桂林）为官六年。屈大均则是本地（广东番禺）人。他们对"榕"的记载也说明了这一点。周所关注的，是榕叶的"春时亦摇落满庭"；屈所关注的，则是榕子的"落时常如密雨"。

岭南本地文学家对岭南气候、物候的反应是平淡的，可以说是"司空见惯浑闲事"，一般不会有什么新奇怪异之感。而外地文学家，或者说岭北的文学家对岭南气候、物候的反应则是强烈的，他们往往感到新奇，感到惊诧，甚至迷惑。这是因为海德格尔所讲的那个"先结构"在起作用，是因为在这些外地文学家的经验世界里，根本就没有这种气候或者物候。

第四节　岭南文学作品对岭南气候、物候的反映

也正是因为怀着这种新奇感，惊诧感，甚至迷惑感，从外地迁

谪、流寓岭南的文学家们，真实而生动地描写了许多岭南风物，形象地反映了岭南的气候特点和物候变迁，从而丰富了中国文学的题材内容和审美风貌，丰富了读者的认知世界和审美感觉，也为从事气候学、物候学、生物学、地理学和民俗学研究的学者们提供了第一手宝贵的文献资料。下面分四个方面来予以介绍和说明。

1."四时常花，三冬不雪，一岁之暑热过中"

> 秋尽更无黄叶树，夜阑唯对白头僧。
> ——（唐）卢肇《题清远峡观音院》[1]
> 榕叶交阴笋出窠，南中冬律似春和。
> ——（清）查慎行《冬暖》[2]

秋尽而树叶不黄，冬时而榕荫如盖、新笋破土，这种四季如春的景象，只有在"南中"即岭南才能见得到。

> 南中有八桂，繁华无四时。
> 不识风霜苦，安知零落期？
> ——（南朝齐）范云《咏桂树》[3]

---

[1] 卢肇:《题清远峡观音院》，黄雨选注:《历代名人入粤诗选》，广东人民出版社1980年版，第41页。
[2] 查慎行:《冬暖》，黄雨选注:《历代名人入粤诗选》，广东人民出版社1980年版，第377页。
[3] 范云:《咏桂树》，黄雨选注:《历代名人入粤诗选》，广东人民出版社1980年版，第13页。

屈大均《广东新语》卷二十五"桂"条:"古时番禺多桂。《山海经》云:'贲禺之东,八桂生焉。'"[1]内地的桂花是八月开花。江西民歌:"八月桂花遍地开"。岭南的桂花则是四季常开,所谓"无四时",即不分四时,不分季节,所以又叫"四季桂"。

> 交趾殊风候,寒迟暖复催。
> 仲冬山果熟,正月野花开。
> ——(唐)杜审言《旅寓安南》[2]

安南,即唐时的安南都护府,包括两广及越南的一部分,治广州。所谓"殊风候",即风物、气候特殊。在内地,仲冬无果,正月无花。岭南不是这样,所以谓之"殊风候"。

> 瘴烟长暖无霜雪,槿艳繁花满树红。
> 每叹芳菲四时厌,不知开落有春风。
> ——(唐)李绅《朱槿花》[3]

"厌",与"餍"通,即美好。红槿四季开花,与春天来去无关。孟琯《岭南异物志》:"岭南红槿,自正月至十二月常开,秋冬

---

[1] 屈大均:《广东新语·桂》,《广东新语》,中华书局1985年版,第614页。
[2] 杜审言:《旅寓安南》,黄雨选注:《历代名人入粤诗选》,广东人民出版社1980年版,第23页。
[3] 李绅:《朱槿花》,黄雨选注:《历代名人入粤诗选》,广东人民出版社1980年版,第66页。

差少耳。"[1] 屈大均《广东新语》卷二十五"朱槿":"自仲春花至仲冬……粤女多种之。插枝即生。以其花蒸醋食之,能美颜润血。"[2]

> 红蕉花样炎方识,瘴水溪边色最深。
> 叶满丛深殷似火,不唯烧眼更烧心。
> ——(唐)李绅《红蕉花》[3]

红蕉,即美人蕉,原产于热带地区。周去非《岭外代答》卷八"红蕉花":"春夏开,至岁寒犹芳。"[4]

> 南路蹉跎客未回,常嗟物候暗相催。
> 四时不变江头草,十月先开岭上梅。
> ——(唐)樊晃《南中感怀》[5]

> 未腊梅先实,经冬草自熏。
> ——(唐)许浑《岁暮自广江至新兴,
> 往复中,题峡山寺》[6]

---

[1] 孟琯:《岭南异物志》,骆伟、骆廷辑注:《岭南古代方志辑佚》,广东人民出版社2002年版,第241页。
[2] 屈大均:《广东新语·朱槿》,《广东新语》,中华书局1985年版,第665页。
[3] 李绅:《红蕉花》,黄雨选注:《历代名人入粤诗选》,广东人民出版社1980年版,第67页。
[4] 周去非:《岭外代答》,杨武泉校注:《岭外代答校注》,中华书局1999年版,第327页。
[5] 樊晃:《南中感怀》,《全唐诗》卷一百十四,中华书局1960年版,第1166页。
[6] 许浑:《岁暮自广江至新兴,往复中,题峡山寺》,黄雨选注:《历代名人入粤诗选》,广东人民出版社1980年版,第87页。

屈大均《广东新语》卷二十五"梅":"梅花唯岭南最早。冬至雷动地中,则梅开地上。"在内地,梅花是在腊月开花,所以又叫"腊梅"。岭南则不然。屈大均又云:"广中梅于一之日已花,二之日成子。"(一之日:周历十月以后第一个月的日子,即冬月。依此类推)又云:"韶州梅,长至已开。腊月大雪,梅复开尤盛。有于旧蒂而作新花者。其地属岭北,故梅以腊以正月开。广则秋末冬初,梅且开尽。往往不待长至。以地暖故开更早,气盛则开而又开。岭梅一岁再开花。"[1] 按樊晃所述,岭上梅在十月就开花了,比屈氏所言还要早。这是因为唐代的气温比明清时期的气温要高。

罗浮山下四时春,卢橘杨梅次第新。
日啖荔枝三百颗,不辞长作岭南人。
——(宋)苏轼《食荔枝二首》之二[2]

荔枝性畏寒,受冻即枯萎,不能在北方生长,产地原只限于广东、福建及四川的部分地区。屈大均《广东新语》卷二十五"荔枝":"荔枝以腊而萼,以春而华,夏至而翕然子赤。"[3] 夏至:阳历6月21日(或22日)至7月6日(或7日)。又"粤东荔枝早熟"云:"社日,犀角子先熟。……又三月熟者曰三月青,四月

---

[1] 屈大均:《广东新语·梅》,《广东新语》,中华书局1985年版,第612—613页。
[2] 苏轼:《食荔枝》,黄雨选注:《历代名人入粤诗选》,广东人民出版社1980年版,第144页。
[3] 屈大均:《广东新语·荔枝》,《广东新语》,中华书局1985年版,第621页。

熟者曰四月红。……盖以先年十月作花，故早熟也。"[1]

《食荔枝》是苏轼的名作。苏轼在岭南，前后生活了六年。他写过许多反映岭南的气候、物候的作品。他在《江月五首》的引言中说："岭南气候不常，吾常云：菊花开时乃重阳，凉天佳月即中秋，不须以日月为断也。"[2]他对岭南的气候特点的概括是很准确的。

> 岭南二月无桃李，夹路松开黄玉花。
> ——（宋）陈与义《又和大光》[3]

这里需要说明一下。岭南无李，但有桃。这里的"桃李"是偏义复词。桃树开花在阳历二月中旬。这里的"松"，是指马尾松。马尾松开花在阳历二月中下旬，色嫩黄，其洁如玉。

> 姚黄魏紫向谁赊？郁李樱桃也没些。
> 却是南中春色别，满城都是木棉花。
> ——（宋）杨万里《三月一十雨寒》[4]
> 春深绝不见妍华，极目黄茅际白沙。

---

[1] 屈大均：《广东新语·荔枝》，《广东新语》，中华书局1985年版，第661页。
[2] 苏轼：《江月五首》，黄雨选注：《历代名人入粤诗选》，广东人民出版社1980年版，第145页。
[3] 陈与义：《又和大光》，黄雨选注：《历代名人入粤诗选》，广东人民出版社1980年版，第212页。
[4] 杨万里：《三月一十雨寒》，黄雨选注：《历代名人入粤诗选》，广东人民出版社1980年版，第245—246页。

几树半天红似染，居人云是木棉花。

——（宋）刘克庄《潮惠道中》[1]

木棉是热带植物。屈大均《广东新语》卷二十五"木棉"："正月发蕾，似辛夷而厚，作深红、金红二色。蕊纯黄六瓣，望之如亿万华灯，烧空尽赤，花绝大……花时无叶，叶在花落之后……自仲春至孟夏，连村接野，无处不开，诚天下之丽景也。"[2]

化工到得巧穷时，东补西移也大奇。
君看桄榔一窠子，竹身杏叶海棠枝。

——（宋）杨万里《题桄榔树》[3]

桄榔也是热带植物。屈大均《广东新语》卷二十五"桄榔"条："（桄榔）与槟榔、椰、蒲葵三种，皆号木中之竹……诸祠宇多植桄榔、蒲葵、木棉，佛寺多植菩提，里社多榕，池塘堤岸多水松、荔枝。"[4]

自来北至无鸿雁，从此南飞有鹧鸪。

——（清）朱彝尊《度大庾岭》[5]

---

[1] 刘克庄：《潮惠道中》，黄雨选注：《历代名人入粤诗选》，广东人民出版社1980年版，第270页。
[2] 屈大均：《广东新语·木棉》，《广东新语》，中华书局1985年版，第615—616页。
[3] 杨万里：《题桄榔树》，黄雨选注：《历代名人入粤诗选》，广东人民出版社1980年版，第252页。
[4] 屈大均：《广东新语·桄榔》，《广东新语》，中华书局1985年版，第630—631页。
[5] 朱彝尊：《度大庾岭》，黄雨选注：《历代名人入粤诗选》，广东人民出版社1980年版，第348页。

周去非《岭外代答》卷九"雁"条:"衡阳有回雁峰,云雁至此不复南征。余在静江(桂林)数年,未尝见一雁,益信有回雁之说。盖静江虽无瘴疠,而深冬多类浅春,故雁不至。况于深广常燠之地乎?"[1] 宋之问《题大庾岭北驿》亦云:"阳月南飞雁,传闻至此回。"[2] 屈大均《广东新语》不载"雁",均可证"自来北至无鸿雁"之说。

鹧鸪产自南方温暖之地,性畏霜露之寒。屈大均《广东新语》卷二十"鹧鸪"条云:"鹧鸪,随阳越雉也。天寒则口龄,暖则对啼。啼必连转数音,而多云但南不北。其飞必向日,日在南故常向南……其志怀南,故谓之南客。飞数必随月,正月一飞而止,十二月则十二飞而止。山中人辄以其飞而计月。人问何月矣,则云鹧鸪几飞矣。早暮有霜露则不飞……故性绝畏霜露……鸣必在万山丛薄中。鸣多自呼,其曰行不得也哥哥。声尤凄切,闻者多为堕泪。"[3]

> 来时麦苗绿,归路麦穗黄。
> 南方冬春交,物候总不常。
>   ——(清)查慎行《二月八日初离广州》[4]

---

[1] 周去非《岭外代答·雁》,杨武泉校注:《岭外代答校注》,中华书局1999年版,第372页。
[2] 宋之问:《题大庾岭北驿》,《全唐诗》卷五十二,中华书局1960年版,第640页。
[3] 屈大均:《广东新语·鹧鸪》,《广东新语》,中华书局1985年版,第516—517页。
[4] 查慎行:《二月八日初离广州》,黄雨选注:《历代名人入粤诗选》,广东人民出版社1980年版,第378页。

屈大均《广东新语》卷十四"麦"条:"麦属阴而粟属阳。岭南阳地,故多粟而少麦。多小麦而少大麦。晚禾既获,即开畦以种小麦,正月而收。然作面常有微毒,以霜雪少,麦花夜吐,又种于冬收于春,以春为秋,故其性罕良。"[1]北方是秋天种麦,夏天收麦;岭南则冬天种麦,春天收麦,二月八日就见"麦穗黄"了,故云"物候总不常"。

以上所述榕、笋、八桂、槿、红蕉、梅、荔枝、木棉、桄榔、麦等10种植物,均体现了岭南地区"四时常花,三冬不雪"的气候特点。

再看其"暑热"之特点:

南越逢初伏,东林度一朝。
曲池煎畏景,高阁绝微飙。
竹簟移先洒,蒲葵破复摇。
地偏毛瘴近,山毒火威饶。
裹汗绨如濯,亲床枕并烧。
堕枝伤翠羽,萎叶惜红蕉。
且困流金炽,难成独酌谣。
望霖窥润础,思吹候纤条。
旅恨生乌浒,乡心系洛桥。
谁怜在炎客,一夕壮容销。
——(唐)刘言史《广州王园寺伏日即事寄北中亲友》[2]

---

[1] 屈大均:《广东新语·麦》,《广东新语》,中华书局1985年版,第377页。
[2] 刘言史:《广州王园寺伏日即事寄北中亲友》,黄雨选注:《历代名人入粤诗选》,广东人民出版社1980年版,第72页。

初伏，也就是夏至后的第三个庚日（旧历以时日配天干地支。每十天必有一个庚日）。夏至在6月21日（或22日）至7月6日（或7日），那么初伏，也就是七月中、下旬。俗话说，"热在中伏"。但岭南的"初伏"就已经很热了。这时候的最高气温可达35℃。岭南的夏天，是内陆热于沿海，盆地热于山地。广州属于沿海，应该说还不是最热的地方。但据诗人的描述，已经是酷热难耐了。

岭南的天气，直到九月也还很热。苏辙《闰九月重九与父老小饮四绝》之一写道：

> 九日龙山霜露凝，龙川九日气如蒸。[1]

龙山，在今湖北江陵，是晋时孟嘉重九日登高处；龙川在广东，当时的循州治所，现在的河源市龙川县。通过对比，即可看到两地气候之差异。

2."晨昏多露，春夏雨淫，一岁之间蒸湿过半"

> 积雨生昏雾，轻霜下震雷。
> ——（唐）杜审言《旅寓安南》[2]

安南即唐时的安南都护府，治所在今广州。杜审言被徙峰州

---

[1] 苏辙：《闰九月重九与父老小饮四绝》，黄雨选注：《历代名人入粤诗选》，广东人民出版社1980年版，第159页。
[2] 杜审言：《旅寓安南》，黄雨选注：《历代名人入粤诗选》，广东人民出版社1980年版，第23页。

（今越南北境）时，来往皆经过广州。这首诗当是写在广州。据曾隆颖所作《广东省广州的季节划分与自然历》载，1964—1982年间，广州"初霜"的平均日期在1月7日，最早日期在12月5日，最晚日期在2月11日；广州"终雷"的平均日期则在10月11日，最早日期在9月11日，最晚日期在11月15日。[1] 唐时广州的温度，要比今天高1℃—2℃。唐时广州的"初霜"和"终雷"，应该比这个时间还要晚一点。杜审言旅寓广州时，居然在"轻霜"之日听到了"震雷"，这当然是很奇特的。这就表明岭南的雨是很多的，春、夏之季不必论，即便秋、冬之季，也还有"积雨"，有"昏雾"，而且有"震雷"，诚所谓"一岁之间蒸湿过半"。又如：

重林宿雨晦，远岫孤霞明。
———（唐）杨衡《经端溪峡中》[2]

炎风杂海气，暑雨每成霖。
涂圮亲杖履，苔藓渍衣襟。
———（唐）杨衡《南海苦雨寄赠王四侍郎》[3]

地湿烟尝起，山青雨半来。
———（唐）宋之问《登粤王台》[4]

---

[1] 曾隆颖：《广东省广州的季节划分与自然历》，宛敏渭主编：《中国自然历选编》，科学出版社1986年版，第284—285页。
[2] 杨衡：《经端溪峡中》，黄雨选注：《历代名人入粤诗选》，广东人民出版社1980年版，第61页。
[3] 杨衡：《南海苦雨寄赠王四侍郎》，黄雨选注：《历代名人入粤诗选》，广东人民出版社1980年版，第62页。
[4] 宋之问：《登粤王台》，黄雨选注：《历代名人入粤诗选》，广东人民出版社1980年版，第27页。

由于高温多雨,气候湿热,故山林间多有瘴气。如:

> 日夜清明少,春冬雾雨饶。
> 身经火山热,颜入瘴江消。
> ——(唐)宋之问《早发韶州》[1]
> 潭蒸水沫起,山热火云生。
> ——(唐)宋之问《入泷州江》[2]
> 南海风潮壮,西江瘴疠多。
> ——(唐)张说《端州别高六戬》[3]

瘴气,指山林间因蒸湿燠热而致人疾病的气体。岭南尤多。瘴气在平原地区是很少的,主要是在山区。苏浚《气候论》云:"郡居夷旷者,犹或差胜,若城依岩谷,或近卑湿,崎岖迫厄间,有近午方见日色者。至若蛮溪嶲峒,草木蔚荟,虺蛇出没,江水有毒,瘴气易染,春三月曰青草瘴,四五月曰黄梅瘴,六七月曰新禾瘴,八九月曰黄茅瘴,又曰桂花瘴、菊花瘴。商旅氓□,触热征行,与夫饮食起居不节者,每为所中。"[4]

"瘴气"是个什么样子?请看下面这首诗:

---

[1] 宋之问:《早发韶州》,黄雨选注:《历代名人入粤诗选》,广东人民出版社1980年版,第25页。
[2] 宋之问:《入泷州江》,黄雨选注:《历代名人入粤诗选》,广东人民出版社1980年版,第29页。
[3] 张说:《端州别高六戬》,黄雨选注:《历代名人入粤诗选》,广东人民出版社1980年版,第34页。
[4] 苏浚:《气候论》,汪森辑:《粤西文载》(四),广西人民出版社1990年版,第229页。

> 山有浓岚水有氛，非雾非烟也非云。
> 北人不识南中瘴，只到龙川指以君。
>
> ——（宋）杨万里《明发龙川》[1]

"瘴气"一词，常见于诗词之中，但具体描写"瘴气"的诗似只此一首。[2] 文献证明，杨万里的描写是非常真实而形象的。屈大均《广东新语》卷一"瘴"条："其蒸变而为瘴也，非烟非雾，蓬蓬勃勃。又多起于水间，与山岚相合。"[3] 瘴气之由，即在天气的郁蒸。周去非《岭外代答》卷四"瘴"条："南方凡病，皆谓之瘴，其实似中州伤寒。盖天气郁蒸，阳多宣泄，冬不闭藏，草木水泉，皆禀恶气。人生其间，日受其毒，元气不固，发为瘴疾。"[4]

3. "一日之内气候屡变"

屈大均《广东新语》卷一"风候"条："岭南之地，其属韶阳者。秋冬宜寒而反热，春夏宜热而反寒……大抵冬不甚寒而春寒，夏不甚热而秋热，似与岭北气候较迟。"[5] 这种现象在文学作品中也有反映。如：

---

[1] 杨万里：《明发龙川》，黄雨选注：《历代名人入粤诗选》，广东人民出版社1980年版，第247页。
[2] 黄雨选注：《历代名人入粤诗选》，广东人民出版社1980年版，第247页。
[3] 屈大均：《广东新语·瘴》，《广东新语》，中华书局1985年版，第23页。
[4] 周去非：《岭外对答·瘴》，杨武泉校注：《岭外代答校注》，中华书局1999年版，第152页。
[5] 屈大均：《广东新语·风候》，《广东新语》，中华书局1985年版，第14页。

> 江云带日秋偏热，海雨随风夏亦寒。
> ——（唐）许浑《朝台送客有怀》[1]
>
> 木棉花落南风起，五月交州海气凉。
> ——（明）汪广洋《广州杂咏》[2]

这是写一年之中气候无常。更多的、更常见的，是"一日之内气候屡变"。岭南的气候，不仅是高温、多雨，而且气温的日变化也大，一日之内，温度的升降可达6℃—8℃。如：

> 晴云欲平常挥扇，晓雾生寒又着绵。
> 自是岭南多气候，日中常有四时天。
> ——（宋）龚茂良《题惠来驿》[3]
>
> 粤南天欲尽，风气迥难持。
> 一日更裘葛，三家杂汉夷。
> ——（明）吴国伦《高州杂咏》[4]

"风气迥难持"，即一日之内气候多变，颇难将息。这个描述

---

[1] 许浑：《朝台送客有怀》，黄雨选注：《历代名人入粤诗选》，广东人民出版社1980年版，第86页。
[2] 汪广洋：《广州杂咏》，黄雨选注：《历代名人入粤诗选》，广东人民出版社1980年版，第310页。
[3] 龚茂良：《题惠来驿》，黄雨选注：《历代名人入粤诗选》，广东人民出版社1980年版，第235页。
[4] 吴国伦：《高州杂咏》，黄雨选注：《历代名人入粤诗选》，广东人民出版社1980年版，第329页。

是非常真实的。即如笔者写作这一章的 2009 年 12 月间,早晨的广州,气温只有 10℃左右,上身要穿一件 T 恤、一件羊毛衫、一件棉楼。至 11 点以后,气温达到 16℃左右,就要脱掉棉楼,换上夹克;至下午两三点,气温再升至 20℃左右,连羊毛衫都要脱掉,只穿 T 恤和夹克了。许多年轻人在下午这个时候甚至连夹克都不穿了,只穿一件 T 恤。这不就是"一日更裘葛"的最好证明吗?笔者亦曾戏作《竹枝词》云:

三冬无雪草芊芊,二月多阴落叶旋。
最是一天寒暑替,午穿 T 恤早穿棉。[1]

又如:

海气空蒙日夜浮,山城才雨便成秋。
——(明)汪广洋《登南海驿楼》[2]
炎方入夏偏多雨,海国逢晴也半阴。
——(清)潘耒《惠来道中》[3]

周去非《岭外代答》卷四"广右风气"条云:"南人有言曰:

---

[1] 曾大兴:《广州竹枝词·气候》,中山大学中文系编:《中华诗教国际学术研讨会资料》,2010 年 3 月。
[2] 汪广洋:《登南海驿楼》,黄雨选注:《历代名人入粤诗选》,广东人民出版社 1980 年版,第 306 页。
[3] 潘耒《惠来道中》,黄雨选注:《历代名人入粤诗选》,广东人民出版社 1980 年版,第 373 页。

雨下便寒晴便热，不论春夏与秋冬。此语尽南方之风气矣……钦阳雨则寒气渐渐袭人，晴则温气勃勃蒸人，阴湿晦冥，一日数变，得顷刻明快，又复阴合。冬月久晴，不离葛衣纨扇；夏月苦雨，急须袭被重裘。大抵早温、昼热、晚凉、夜寒，一日而四时之气备。"[1] 说的是钦州，其实体现了岭南气候的基本特点。

4. 与气候密切相关的几个生活习性

岭南炎热、蒸湿的气候环境，直接影响到人们的生活习性。这些习性在文学作品中也多有反映。这里只讲其中的三种。

（1）赤足

> 粤女市无常，所至辄成区。
> 一日三四迁，处处售虾鱼。
> 青裙脚不袜，臭味猿与狙。
> 孰云风土恶？白州生绿珠。
>
> ——（宋）秦观《海康书事》[2]

"臭味猿与狙"，是说岭南各地来的女子同气相求，如猿与狙之同类。而"脚不袜"，即气候炎热、蒸湿所致。但是不能说这里

---

[1] 周去非：《岭外代答·广右风气》，杨武泉校注：《岭外代答校注》，中华书局1999年版，第149页。
[2] 秦观：《海康书事》，黄雨选注：《历代名人入粤诗选》，广东人民出版社1980年版，第168页。

的环境和人物不美。例如在白州（广西玉林市博白县），还出了绿珠这样的大美人呢！

> 溪边赤足多蛮女，门外青帘尽酒家。
> ——（宋）李光《丙寅元日偶出，见桃李已离披，海南风土之异，不无感叹。独追维三伏中荔枝之胜，又江浙所不及也。因并见于诗》[1]
> 蛮女科头足踏尘，丈夫偏裹越罗巾。
> 无分晴雨穿高屐，岂是风流学晋人？
> ——（清）徐乾学《潮州杂兴》[2]

"足踏尘"，就是不穿鞋袜。"屐"，就是木屐，木底铁齿鞋，走起路来吱吱作响。木屐是汉人的传统服饰，在隋唐以前很流行，在今天的广东潮汕地区仍非常普及。女人"足踏尘"与男人"穿高屐"，都是由于气候炎热、蒸湿所致。竺可桢先生讲："气候和人生关系之密切，从衣、食、住各方面都可以看出来……以鞋袜而论，山东、平、津一带的苦力，如东洋车夫，统是着鞋袜的。一到长江流域，一般苦力就赤双足、着草鞋。因为长江流域雨量多，到处是水田，普通苦力穿了鞋袜是行不通的。在北洋军阀时代，一般北方兵士到长江一带来，对于穿草鞋的习惯引为一桩苦事。到了两广一

---

[1] 李光：《丙寅元日偶出……》，黄雨选注：《历代名人入粤诗选》，广东人民出版社1980年版，第219页。
[2] 徐乾学：《潮州杂兴》，黄雨选注：《历代名人入粤诗选》，广东人民出版社1980年版，第360页。

带，雨水更多，草鞋一浸水就不易干，一变而通行木屐。赤了足穿木屐，在多雨而闷热的岭南，是很适于环境。可惜现在有钱的人多穿皮鞋，皮鞋极不通风，在两广遂流行一种足趾湿气病，这类病为欧美所无，西医无以名之，遂名之曰香港足。"[1] 竺先生的描述是准确的，需要补充的是：在今天的岭南，虽然"有钱的人多穿皮鞋"，可是他们一旦进入自己的办公室，往往第一件事就是把皮鞋脱掉，换上拖鞋；一旦回到自己的家里，则往往连拖鞋也不穿了，干脆赤足。

（2）嚼槟榔

> 寂寂孤村竹映沙，槟榔迎客当煎茶。
> ——（宋）陈与义《又和大光》[2]
> 新插芭蕉一两丛，女墙多种木芙蓉。
> 朱唇轻染胭脂色，爱嚼槟榔玉齿红。
> ——（明）宋征璧《潮州竹枝词》[3]

屈大均《广东新语》卷二十五"槟榔"条云："粤人最重槟榔，以为礼果，款客必先擎进。"又云：槟榔"入口则甘浆洋溢，香气熏蒸。在寒而暖，方醉而醒。既红潮以晕颊，亦珠汗而微滋。真可以洗炎天之烟瘴，除远道之饥渴。虽有朱樱、紫栗，无可尚之矣。……予尝有《竹枝词》云：日食槟榔口不空，南人口让北人

---

[1] 竺可桢：《天道与人文》，北京出版社2005年版，第40页。
[2] 陈与义：《又和大光》，黄雨选注：《历代名人入粤诗选》，广东人民出版社1980年版，第212页。
[3] 宋征璧：《潮州竹枝词》，黄雨选注：《历代名人入粤诗选》，广东人民出版社1980年版，第346页。

红。灰多叶少如相等,管取胭脂个个同。"[1]

何为"灰多叶少"?周去非《岭外代答》卷六"食槟榔"云:灰即蚬灰,叶即蒌叶。周氏云:"自福建下四川与广东、西路,皆食槟榔者。客至不设茶,唯以槟榔为礼。其法,斫而瓜分之,水调蚬灰一铢许于蒌叶上,裹槟榔咀嚼,先吐赤水一口,而后啖其余汁。少焉,面脸潮红,故诗人有'醉槟榔'之句。……唯广州为甚,不以贫富、长幼、男女,自朝至暮,宁不食饭,唯嗜槟榔……询之于人,'何为酷嗜如此?'答曰:'辟瘴、下气、消食。食久,顷刻不可无之,无则口舌无味,气乃秽浊。'"[2]

可见岭南人的酷嗜槟榔,首要的目的即在于"辟瘴",在于"洗炎天之烟瘴",也是气候的炎热、蒸湿所致。

(3)缀素馨

> 积雨还教六月凉,家家砧杵捣衣裳。
> 素馨髻挽连环结,几度风吹枕簟香。
> ——(明)宋征璧《潮州竹枝词》[3]

> 金齿屐一尺,素馨花两鬟。
> 摸鱼歌未阕,凉月出云间。
> ——(清)朱彝尊《东官书所见》[4]

---

[1] 屈大均:《广东新语·槟榔》,《广东新语》,中华书局1985年版,第629页。
[2] 周去非:《岭外代答·食槟榔》,杨武泉校注:《岭外代答校注》,中华书局1999年版,第235—236页。
[3] 宋征璧:《潮州竹枝词》,黄雨选注:《历代名人入粤诗选》,广东人民出版社1980年版,第346页。
[4] 朱彝尊:《东官书所见》,黄雨选注:《历代名人入粤诗选》,广东人民出版社1980年版,第350页。

素馨髻,是指妇女用彩丝穿素馨花心,连接成环,缀于髻上。又名"花梳"。素馨花,是过去岭南人最为喜爱的一种花。屈大均《广东新语》卷二十七"素馨"条云:"珠江南岸,有村曰庄头,周里许,悉种素馨,亦曰花田。妇女率以昧爽往摘。以天未明,见花而不见叶。其稍白者,则是其日当开者也。既摘覆以湿布,毋使见日。其已开者则置之。花客涉江买以归,列于九门。一时穿灯者,作串与璎珞者数百人。城内外买者万家。富者以斗斛,贫者以升,其量花若量珠然……信粤中之清丽物也。庄头人以种素馨为业。"又云:"南人喜以花为饰,无分男女,有云髻之美者,必有素馨之围。在汉时已有此俗。"即如上引这两首诗,一写在潮州,一写在东莞,可见爱素馨花者,远非广州一地之人。屈氏又云:"东莞又称素馨花为河南花,以其生长珠江南岸之河南村也。"

古时的岭南人爱素馨,固然是由于这种花的芳香非它花可比,所谓"南越百花无香,惟素馨香特酷烈"。但是更重要的,还在于此花可以"辟暑"。屈氏又云:"怀之辟暑,吸之清肺气。予诗:'盛开宜酷暑,半吐在斜阳'……或当宴会酒酣耳热之际,侍人出素馨球以献客,客闻寒香,而沉醉以醒,若冰雪之沃乎肝肠也。以挂复斗帐中,虽盛夏能除炎热,枕簟为之生凉。谚曰:槟榔辟寒,素馨辟暑。故粤人以二物为贵。献客者先以槟榔,次以素馨。"[1]

---

[1] 屈大均:《广东新语·素馨》,《广东新语》,中华书局 1985 年版,第 695—697 页。

第五节　也不伤春，也不悲秋——岭南气候、物候对岭南文学家生命意识之影响

伤春和悲秋，是由春天和秋天的特定物候，例如花开花谢、草长莺飞、落叶飘零、燕去鸿归等等所引发的两种既有联系也有区别的令人伤感和悲戚的情绪。人们由自然界的物候的变迁，想到自己的生命状况，想到当下的处境和未来的命运，例如青春消磨、年华老去、人生苦短、来日无多，或者去国怀乡、衔冤负屈、坎坷沉沦、怀才不遇等等，从而对自然、对人生、对历史、对现实，发出种种沉吟或浩叹。这是中国古代文学家的两种最为普遍、最为典型的情绪体验，也是中国古代文学中的两个最基本的主题类型。

判断一个作品是不是伤春或悲秋之作，不是看它所抒发的情感，而是看它所描写的景物。因为类似青春消磨、年华老去、人生苦短、来日无多，或者去国怀乡、衔冤负屈、坎坷沉沦、怀才不遇等等情感，也经常在别的主题类型的作品如咏物、咏史、怀古、怀人、思乡、游仙之作中出现。伤春、悲秋之所以成为两个特别的主题类型，就是因为上述这些情感是由春天或秋天的特定的景物所触发的。

景物包罗万象，并不是所有的景物都是物候。只有那些受气候等环境因素的影响而出现的、以一年为周期的自然现象，才叫物候。物候现象有两个主要特点，一是它的时序性，一是它的地域性。在岭南这个"四时皆似夏"、"季相"不明显的地方，能够引起文学家的伤春和悲秋之感的物候，原是很少的。

由于"季相"不明显,缺乏相应的能够触发文学家的伤春和悲秋之感的物候,所以就难以产生真正的伤春和悲秋的作品。这也是岭南文学的一个特点。这个特点,过去一直没有人指出过。

文学史上许多内地文学家,由于种种原因被流放、贬谪、迁徙到岭南,虽不乏去国怀乡之感,却鲜有伤春悲秋之作。不是他们的内心里没有伤悲,而是岭南这个地方,"四时皆似夏",季节不分明,"季相"不明显,春花不谢,秋叶不凋,春无来燕,秋无归鸿,没有相应的物候触发他们的春怀和秋思。换句话说,触动他们的去国怀乡、衔冤抱屈、坎坷沉沦、怀才不遇之感的,并不是内地常有的春花秋叶、春鸟秋虫等等物候,而是别的景物,或者人事。是这些别的景物或人事,触发了他们对岭南这个流放、贬谪、迁徙之地的陌生感、疏离感,甚至是恐惧感,进而引起了他们的伤悲。例如:

> 交趾殊风候,寒迟暖复催。
> 仲冬山果熟,正月野花开。
> 积雨生昏雾,轻霜下震雷。
> 故乡逾万里,客思倍从来。
>
> ——(唐)杜审言《旅寓安南》[1]

在岭南这个地方,仲冬仍结果,正月即开花,冬春之际竟

---

[1] 杜审言:《旅寓安南》,黄雨选注:《历代名人入粤诗选》,广东人民出版社1980年版,第23页。

然还有雷声，没有内地常见的春之落花与秋之落叶。而他的"客思"，即去国怀乡之情，也不是因为花谢、叶落而引起的，而是因为对岭南风物的一种整体的陌生感引起的。再如：

> 地湿烟尝起，山青雨半来。
> 冬花采芦橘，夏果摘杨梅。
> 迹类虞翻枉，人非贾谊才。
> 归心不可度，白发重相催。
> ——（唐）宋之问《登粤王台》[1]

这里只写了"冬花"和"夏果"，没有涉及春花和秋叶，触发他的"归心"的，不是春秋两季的物候，而是冬景和夏景，以及虞翻被冤、贾谊蒙屈这两件"人事"。又如：

> 端州江口连云处，始信哀猿伤客心。
> ——（唐）李绅《闻猿》[2]

"伤客心"的媒介，或者触发物，是"猿"的鸣叫，而"猿"的鸣叫是不具周期性，不具时序性的，不是春天或秋天的物候现象。

---

[1] 宋之问：《登粤王台》，黄雨选注：《历代名人入粤诗选》，广东人民出版社1980年版，第27页。
[2] 李绅：《闻猿》，黄雨选注：《历代名人入粤诗选》，广东人民出版社1980年版，第67页。

不堪肠断思乡处,红槿花中越鸟啼。

——(唐)李德裕《贬崖州司户道中》[1]

孟琯《岭南异物志》:"岭南红槿,自正月迄十二月常开。"[2]"红槿"的开谢与"越鸟"的啼叫,都是不具周期性、不具时序性的,都不是春天或秋天的物候现象。

内地文学家在内地颇多伤春悲秋之作,在岭南则几乎没有;岭南文学家在内地也不乏伤春悲秋之作,然而一回到岭南,就很难再有了。例如:

木落浅滩石出,霜冷疏林叶丹。
天外数声归雁,人在高楼倚栏。

——(明)丘濬《秋思》[3]

这是一首很成功的悲秋之作。作品写深秋的清寒之景,就像一幅元人的山水画;其中的秋思秋悲,也很耐人寻味。丘浚是琼州人,36岁中进士之后,一直在北方做官。这首诗无疑是写在北方的。再如:

---

[1] 李德裕:《贬崖州司户道中》,黄雨选注:《历代名人入粤诗选》,广东人民出版社1980年版,第81页。
[2] 孟琯:《岭南异物志》,骆伟、骆廷辑注:《岭南古代方志辑佚》,广东人民出版社2002年,第241页。
[3] 丘浚:《秋思》,陈永正选注:《岭南历代诗选》,广东人民出版社1985年版,第151页。

> 迁客易为感，况兼秋有声。
> 天风吹木叶，一半满边城。
> 是处皆肠断，无时免泪零。
> 不知何时切？未必尽乡情。
>
> ——（清）函可《偶感》[1]

这也是一首很成功的悲秋之作。函可是个和尚，广东博罗人。因撰《再变记》一书触犯忌讳，被清顺治皇帝发配至盛京（今沈阳）。这首诗就是在发配之地写的。再如：

> 戍晚栖乌乱，城秋斑马哀。
> 茫茫王霸业，抚剑独徘徊。
>
> ——（清）屈大均《登潼关怀远楼》[2]
>
> 西望云州但夕阳，汉家何处有金汤？
> 三年马首迷春草，八月龙沙怨早霜。
> 梦逐黄河穿塞尽，愁随秋雁入关长。
> 平生壮志成萧瑟，空复哀歌吊战场。
>
> ——（清）屈大均《望云州》[3]

---

[1] 函可:《偶感》，陈永正选注:《岭南历代诗选》，广东人民出版社1985年版，第311页。
[2] 屈大均:《登潼关怀远楼》，陈永正选注:《岭南历代诗选》，广东人民出版社1985年版，第356页。
[3] 屈大均:《望云州》，陈永正选注:《岭南历代诗选》，广东人民出版社1985年版，第364页。

秋林无静时，落叶鸟频惊。
一夜疑风雨，不知山月生。
松门开积翠，潭水入空明。
渐觉天鸡晓，披衣念远征。

——（清）屈大均《摄山秋夕作》[1]

潼关，在陕西。云州，即今山西大同。摄山，即栖霞山，在南京。以上三首诗，都是屈大均的作品。屈大均是"岭南三子"之一，在明末清初的中国诗坛影响很大。为了寻求反清复明，他四处奔走，到过许多地方。他对内地的物候变化是很敏感的，无论是在西北的潼关、北方的大同，还是长江流域的南京，他都有悲秋和伤春之作。他的词，如《浣溪沙·血洒春山尽作花》、《一落索·杜宇催春从汝》、《梦江南·悲落叶》，也都是很好的伤春悲秋之作，也都写于内地。可是他一回到岭南，似乎就失去了对物候的敏感，既不悲秋，也不伤春了。例如：

翠微春更湿，烟雨欲无山。
白鹭一溪影，桃花何处湾？
渔村疏竹外，古渡夕阳间。
田父不相识，相随谷口还。

——（清）屈大均《江皋》[2]

---

[1] 屈大均：《摄山秋夕作》，陈永正选注：《岭南历代诗选》，广东人民出版社 1985 年版，第 352 页。
[2] 屈大均：《江皋》，陈永正选注：《岭南历代诗选》，广东人民出版社 1985 年版，第 377 页。

这是典型的岭南春景。闲淡幽雅,连一点伤春的影子都没有。黄培芳也是如此。在北方就悲秋,到了岭南就不悲秋了。例如:

> 三辅扼雄关,苍茫秋色间。
> 风高碣石馆,日落蓟门间。
> 塞马平原牧,居人古柳环。
> 寒衣刀尺急,词客几时还?
> ——(清)黄培芳《燕郊秋望》[1]

这是诗人于嘉庆二十四年(1819)在北京太学读书时的作品,是一首悲秋之作。及至第二年(1820),他回到岭南,就不再悲秋了:

> 气候南来暖渐舒,重裘尽卸薄绵初。
> 江流碧玉山如黛,爱听乡音唤卖鱼。
> ——(清)黄培芳《过清远》[2]
>
> 有客轻舟云水边,空蒙载入蔚蓝天。
> 珊瑚逐影春流乱,十里清溪放木棉。
> ——(清)黄培芳《金溪即目》[3]

---

[1] 黄培芳:《燕郊秋望》,陈永正选注:《岭南历代诗选》,广东人民出版社1985年版,第602页。
[2] 黄培芳:《过清远》,陈永正选注:《岭南历代诗选》,广东人民出版社1985年版,第603页。
[3] 黄培芳:《金溪即目》,陈永正选注:《岭南历代诗选》,广东人民出版社1985年版,第600页。

黄培芳在清代的岭南诗坛颇有地位。论者谓其"诗格高浑，有山水清音"。黄乔松《香石诗钞题辞》更赞其"不仅作诗人，而诗兼众妙"，"如秋菘春韭，味出自然，要皆和平中正之音，而以清真为主"[1]。他的这两首诗，确实当得起一个"清"字，但绝对没有"悲"或"伤"的色彩。

不仅仅是屈大均和黄培芳，可以说，几乎所有的岭南作家，大凡写在岭南本地的作品，都很少伤春或悲秋的色彩。这方面的例子可以说是不胜枚举。我们先看写春景的：

> 池草不成梦，春眠听雨声。
> 吴蚕朝食叶，汉马夕归营。
> 花径红应满，溪桥绿渐平。
> 南园多酒伴，有约候新晴。
>
> ——（明）赵介《听雨》[2]

这首诗写春雨，但是并不伤感，诗人期待着天晴之后的南园之约，心情好得很。赵介是番禺人，一生未仕，足迹未出岭南。

> 九十韶光，回头过半，久雨初晴。百草抽芽，垂杨着絮，几处开耕。

---

[1] 黄乔松：《香石诗钞题解》，陈永正选注：《岭南历代诗选》，广东人民出版社1985年版，第600页。
[2] 赵介：《听雨》，陈永正选注：《岭南历代诗选》，广东人民出版社1985年版，第136页。

> 撩人蝶蝶莺莺。最叵耐、啼鹃数声。昨日花朝,今朝寒食,明日清明。
>
> ——(清)黄子高《柳梢青·寒食日石溪庄作》[1]

这首词写寒食节的春景,也没有伤春之意,心情很好。黄子高是香山人,只做过广州学海堂学长,没有在外地做过官,一生足迹主要在岭南。

再看写秋景的:

> 豆花棚外稻花稠,绿野青山一片秋。
> 诗思渺然人独立,夕阳林外看耕牛。
>
> ——(清)林伯桐《秋日》[2]

作品写秋野风物,无任何悲秋色彩。林伯桐一直生活在岭南,做过广州学海堂学长和德庆州学正,没有在外地为学为官的经历。

> 一棹三山十余里,三更将入二更初。
> 零烟漠漠秋兼绿,月色江声闻打鱼。
>
> ——(清)李士祯《舟泊三山》[3]

---

[1] 黄子高:《柳梢青·寒食日石溪庄作》,陈永正选注:《岭南历代诗选》,广东人民出版社1987年版,第157页。
[2] 林柏桐:《秋日》,陈永正选注:《岭南历代诗选》,广东人民出版社1985年版,第595页。
[3] 李士祯:《舟泊三山》,陈永正选注:《岭南历代诗选》,广东人民出版社1985年版,第597页。

三山在佛山市南海区境内，是珠江边的一座小山。作品写珠江三角洲水乡秋景，清新幽美，亦无半点悲秋情调。

> 暮蝉不语抱疏桐，寥廓云天少过鸿。
> 凉月一棚星数点，豆花风里听秋虫。
>
> ——张维屏《杂忆》[1]

蝉不语，鸿少过，秋虫的声音不是从衰草里传来的，而是从豆花风里传来的，流露出生命的欢悦。作品虽写了不少秋景，但无悲秋的意思。

伤春和悲秋，体现了作者的生命意识，体现了作者对个体生命的状态、价值和意义的关切，因而是有积极意义的，也是最能打动读者之所在，因为它以作者对于生命的感悟唤起了读者对于自身生命的感悟。

人是大自然的一分子，人的生老病死无不遵循着大自然的规律。就像大自然的花、草、虫、鸟一样，人的生命也是有限的。俗话讲"人生一世，草木一秋"，就是这个道理。然而，人由于世俗事务的种种牵缠，往往忽视了这一点。而自然界的花开花谢，草长草枯，雁去燕来等等物候现象，无疑是对人的一种友善的提醒。它们让人醒悟：生命都是有限的。那么人就应该在有限的人生，让自己的生命更充实，更快乐，更有价值，更有意义。文学家们正是以自己的敏感，发现了物候的变迁，捕捉到了自然界生

---

[1] 张维屏:《杂忆》，陈永正选注:《岭南历代诗选》，广东人民出版社1985年版，第655页。

老病死的信息，然后把这一切与自己当下的生命状态联系起来，形诸文字，发为吟咏，既警醒自己，也警醒读者。这就是伤春、悲秋之作的生成机制。从这个角度上讲，四时物候对于文学家的意义，文学家伤春悲秋之作对于读者的意义，可谓大矣。

岭南这个地方，四季常青，三冬不雪，这是大自然对生于兹、长于兹、死于兹的岭南人的一种恩惠。值得注意的是：大自然在给予岭南人这种恩惠的时候，也在一定程度上麻痹了岭南人的感觉，使他们陶醉于四季常青的环境，而忽略了生命本身在静悄悄地流逝。他们眼前所见的，永远是鲜花，永远是绿色，这就容易让他们产生一种错觉，以为自己一直生活在春天里。其实大自然从来就没有改变过春、夏、秋、冬的时序，从来就没有改变过生、老、病、死的节律。只是他们未能通过气候的四时变化，真正领略春、夏、秋、冬的全部内涵；未能通过物候的季节性变迁，真正感受生、老、病、死的全部意义而已。岭南人在不知不觉中变老。

岭南的文学，尤其是岭南本地文学家在岭南本地创作的文学，缺乏真正意义上的伤春和悲秋的作品，这是一个事实。这个事实可以从两个方面来看。一方面，这样的文学能给人一种平和、清新、淡雅的美感；另一方面，这样的文学由于缺乏应有的生命意识，不能触及人的灵魂，也未免给人一种平淡、肤浅的感觉。上面所举的几个例子，就已经说明了这一点。为了进一步证明笔者的这个判断，我们不妨再举几个例子。

看月人谁得月多？湾船齐唱浪花歌。

花田一片光如雪,照见卖花人过河。

——(清)何梦瑶《珠江竹枝词》[1]

三十二村村一峰,峰峰削出青芙蓉。

歌声唱出浇茶女,幽涧杜鹃相映红。

——(清)陈世和《西樵歌》[2]

熏人市有糟床气,近水门多茧簌香。

桑叶雨余堆野艇,鱼花春晚下横塘。

——(清)张锦芳《村居》[3]

渡头微雨笼斜阳,一个雷峰凝水光。

尽沤空青染江色,横波人影绿衣裳。

——(清)黎简《复题寄正夫》[4]

湖光如雪静无波,绿酒红亭倚醉歌。

三面青山四围水,藕花香处笛船多。

——(清)张锦麟《湖心亭》[5]

沿岸成球苦楝子,满天打旋红蜻蜓。

---

[1] 何梦瑶:《珠江竹枝词》,陈永正选注:《岭南历代诗选》,广东人民出版社1985年版,第467页。

[2] 陈世和:《西樵歌》,陈永正选注:《岭南历代诗选》,广东人民出版社1985年版,第469页。

[3] 张锦芳:《村居》,陈永正选注:《岭南历代诗选》,广东人民出版社1985年版,第486页。

[4] 黎简:《复题寄正夫》,陈永正选注:《岭南历代诗选》,广东人民出版社1985年版,第517页。

[5] 张锦麟:《湖心亭》,陈永正选注:《岭南历代诗选》,广东人民出版社1985年版,第530页。

过河晓日村妆靓，横水渡头山影青。

——（清）钟启韶《即事》[1]

  这些作品既不伤春，也不悲秋，在风格上都是很清淡、很平和的，就像我们熟悉的粤菜，清新，鲜嫩，平和，但是不够刺激。这也从一个很重要的角度，反映了岭南人的日常性格：平和，不激烈。

  不能否认，岭南的文学，除了清淡的风格，还有雄直的风格，除了平和的一面，还有慷慨悲歌的一面。但是，它的雄直，它的慷慨悲歌，往往是在异族入侵、国势岌岌可危的背景之下发生的。例如宋、元易代之际，明、清易代之际，以及鸦片战争、抗日战争时期，在岭南的文学中，就出现了许多雄直的、慷慨悲歌的作品。但是，这一类的作品所抒写的，大多是政治上的兴亡之感，是一个国家、一个民族的集体诉求，是国家意识、民族意识，或者家园意识、社会意识，较少涉及个体的生命意识。而在政局稳定或者外患平息之后，雄直的风格往往就被清淡的风格所替代了。诚然，清淡的风格与生命意识的表达并不矛盾，问题是，生命意识的表达需要有相关的物候现象的触发，而岭南的文学，缺乏的就是一些可以触发作者的生命意识的物候。所以从总的方面来看，岭南文学的生命意识，同外地文学相比，还是有些欠缺的。

  缺乏生命意识的文学，给人的感觉就是平平淡淡，不够深刻，不够厚重，不够敏锐，缺乏一种触及灵魂、发人深省的力度。这是岭南文学的宿命，是特殊的气候（物候）条件使然，与作家的

---

[1] 钟启韶：《即事》，陈永正：《岭南历代诗选》，广东人民出版社 1985 年版，第 579 页。

学力、才气和智慧无关。好在岭南文学还有它雄直的一面，而这雄直，甚至是外地许多地方的文学所不及的，可以弥补它的清淡之作在生命意识方面的缺憾。

余论

当然，我们只是讲岭南文学中缺乏真正的伤春、悲秋之作，并不是讲绝对没有。这里有两种情况需要做点说明。

一是明清时期，是中国气候史上的"小冰期"。从1537年至1893年，岭南地区经历了6个冷冬年段，分别为：1537—1549，1614—1619，1682—1690，1757—1763，1830—1836，1887—1893。由于气候变冷，在岭南文学家写于岭南本地的作品中，也曾出现过霜、雪这种物候，但为数很少。由于气候变冷，在岭南文学家写于岭南本地的作品中，也曾出现过若干伤春、悲秋的作品，但其伤春、悲秋的意绪并不浓厚，远远不能与那些写于内地的同类作品相比。这是因为：第一，在明清"小冰期"，岭南的气候在全国来讲仍然是最暖和的；在长达356年的漫长岁月里，岭南只经历过6个冷冬年段，加起来也不过43年，而"四时皆似夏"，高温多雨，四季常青，仍然是其主要的气候（物候）特点。屈大均《广东新语》卷一"风候"条云："广州风候，大抵三冬多暖，至春初乃有数日极寒。冬间寒不过二三日复暖。暖者岭南之常，寒乃其变。"[1] 说的是广州，其实代表了岭南。第二，岭南本地

---

[1] 屈大均：《广东新语·风候》，《广东新语》，中华书局1985年版，第13页。

的文学向来缺少真正的伤春、悲秋之作,没有形成这个传统,所以即使遇到气候偶尔变冷的日子,也难以形成一个真正的伤春、悲秋的氛围。

二是文学家伤春、悲秋,主要是出自个体生命之体验,但有时也是出自文学的传统和惯例。前人出自个体生命之体验的伤春、悲秋之作,由于写得很成功,后人也就不免跟着写。但是这种写作由于不是出自个体生命之体验,是辛弃疾所讲的"为赋新词强说愁",读者一眼就可以看得出来的。因此,在岭南人和外地人写于岭南的作品中,我们偶尔也会看到某些与个体生命之体验没有关系的伤春或悲秋之作。由于这种平庸之作既与物候的变化无关,也与作家的生命意识无关,我们就没有必要详加讨论了。

附录二:《气候与文学之关系研究》审读意见

文学地理学是当下学术界十分关注的领域,在这个跨学科领域,人们已将视线从传统的文本研究,转移到了对文学与地理环境之间关系的研究,这一转移无疑拓宽了文学研究的视阈。地理环境大致包括水文、气候、生物、灾害以及地貌等多个方面。在这诸多方面,气候与文学的关系,似乎更为重要。可以这样认为,气候与文学的关系问题,是文学地理学研究中的一个基本问题。从这个层面审视,《气候与文学之关系研究》当是一部系统、全面破解这一基本问题的著作,而从目前学术界来看,这也是第一部专门研究气候、物候与文学之关系的著作。

由于是第一部研究气候、物候与文学之关系的专著,因此该书更具拓荒意义。当然,作者并未因为自己的著作具有这样的拓荒意义,而忽视对前人相关论述的总结与承接。在该书的"绪论"中,作者辟出专节,对前人的论述作了比较详细的综述和梳理。虽然涉及的相关评论家并不多,但是,要在浩瀚的文献资料中考察与搜寻相关的论述,无异于大海捞针。如对刘勰《文心雕龙·物色》、钟嵘《诗品·序》中相关论述的考察，以及对法国19世纪批评家斯达尔夫人《论文学》中相关论述的辨析等，既反映出作者严谨的治学态度，也显示出作者扎实的文献功底，更体现出作者在与前人相关论述链接的基础上，又有较大的突破、拓展和创新，从而使这部著作更具系统性和唯一性。这当是该书所体现出的重要价值之一。

众所周知，文学的两大要素是文学家和文学作品，那么，气候究竟怎样对这两大要素产生影响呢？这是该书作者所要解答的最基本也是最重要的问题。作者以"上篇"和"下篇"共七章的篇幅，对这个问题作了系统全面的论述和分析。首先，作者对气候影响文学的途径作了精准的解答；其次，作者在解答了第一个问题的基础上，又对气候影响文学主要表现在哪些方面，进行了详细的阐述。在对这两个问题进行解答时，作者不仅资料翔实，而且论述缜密，使得作者的重要观点得到了有力的支撑，因而更具说服力。如：作者认为，"气候不能直接对文学构成影响，它必须以物候为中介；物候也不能直接影响文学作品，它必须以文学家的生命意识为中介。也就是说，气候只能通过物候来影响文学家的生命意识，进而影响文学作品"。"气候影响文学家的什么呢？可以说，既能影响文学家的身体，也能影响文学家的精神。换句话说，既能影响文学家的生命（包括健康状况、寿命长短等），也能影响文学家的生命意识（包括对生命的种种情绪体验和理性思考）"等等，都是在扎实的文献基础上形成的。这当是该书所体现出的第二个重要价值。

该书对气候影响文学的途径以及气候影响文学的几个主要方

面所做的论述与解答，其价值还表现，作者使得"气候影响文学"这样一个带有或然性的问题，成为一个必然性的问题，从而使得这一命题具有可持续发展的空间，这种具有原创性的研究，对于开拓文学地理学的研究领域，解决文学与地理环境的关系等等问题，无疑有着重要的学术意义。同时，这一课题的研究，还可以唤起广大的文学读者和文学工作者（作家与批评家）对于大自然的回忆和联想，进而恢复和重建文学与自然的联系，更好地亲近自然、认识自然和保护自然，因此这个项目也有着相当的实践意义和现实意义，这当是该书所体现出的第三个重要价值。

总之，这一课题作为迄今为止第一部研究气候、物候与文学之关系的专著，其创新意义和学术价值，都是值得充分肯定的。相信该课题结项出版后，亦将在学界产生重大影响。

夏汉宁
江西省社会科学院文学所研究员

附录三：《气候与文学之关系研究》鉴定意见

　　文学地理学是近年学术界关心的热点领域之一，着重研究文学与地理环境之关系。地理环境包括自然环境和人文环境，自然环境包括地貌、水文、生物、气候、灾害等要素，人文环境包括政治、军事、经济、文教、宗教、风俗等要素。考察古今中外相关学术史，有关文学与人文环境之关系的言述较多，有关文学与自然环境之关系的言述相对较少，而涉及文学与气候之关系的言述更少。因此，本书的创新性首先在于，它在一定程度上具有填补学术研究某些空白的意义。

　　作者的问题意识明确，他要解答两个问题：一是气候影响文学的途径是什么？二是气候对文学的影响主要表现在哪些方面？通过对这两个问题的解答，来丰富文学地理学的基础理论研究，解决文学与自然地理环境的关系问题，开拓文学研究的新领域。另外，通过气候与文学之关系的探讨，唤起广大的文学爱好者和研究者对于自然的回忆和联想，重建文学与自然的联系，更好地亲近自然、认识自然和保护自然。

本成果的主要建树是解答了气候影响文学的途径问题，即气候通过物候影响文学家的生命意识，进而影响文学家和文学作品；找到了物候与文学之间的"节点"，即物候的时序性与文学家对时序的感知。同时提出并论证了气候、物候影响文学家与文学作品的六个主要方面。中国古代文学中常见的"伤春"和"悲秋"主题以及南北文化、文学不同论在本成果中获得了新的阐释。

作者有强烈的理论建构目的，他努力想使"气候影响文学"这个问题由一个或然性的问题变成为一个必然性的问题，而且是一个可持续研究的重要命题。我们目前还难以说研究者完全达到了他的理论目的，但这种理论探索的精神值得肯定。它在一定程度上丰富了文学地理学的基础研究。同时，研究者试图提出和阐释气候、物候影响文学家和文学作品的六个方面，无疑丰富了"气候影响文学"这一学术命题的内涵，并拓展了它的外延。另外，附录中有关岭南文学与气候、物候之关系的研究具有独特个案研究的学术价值。

当然，本书也存在不足之处，其中一个主要有待进一步推敲的问题是"气候"与"物候"的联系与区别，尽管本书对此有所论述，但只是简单地说"气候的地域性，导致不同的地区具有不同的物候现象"，而没有深入思考两者的不同。建议用专章来论述"气候"与"物候"的联系与区别，以及影响中国文学的不同点。

张三夕
华中师范大学文学院教授